BRÛLURE DIVINE

Au Cœur des Flammes

J.H. CROIX

Chapitre Un

CALEB

La pluie froide s'abattait sur mon visage alors que je sortais du camion. En traversant l'autoroute aussi vite que possible, je courais vers la voiture couchée dans le fossé. Le côté conducteur était écrasé, et je ne pouvais pas voir le conducteur.

« Bonjour ? Dites quelque chose si vous pouvez m'entendre », appelai-je.

Seul le bruit de la pluie contre la voiture me répondit.

Alors que mon cœur battait staccato, j'analysais la scène. Le sol était couvert de boue et d'eau. Si je voulais avoir une chance d'examiner le conducteur et de les sortir de là, j'allais devoir monter sur le véhicule, qui était couché sur le côté passager. Ignorant la pluie, je fis le tour de la voiture accidentée et grimpai dessus. La fenêtre côté passager était cassée, donc je poussai le reste du verre en faisant attention, puis jetai un œil.

« Hé... »

Mes mots se coincèrent dans ma gorge et mon cœur s'envola comme une fusée. Ella Masters était en boule contre le tableau de bord. Une coulée de sang descendait de son front sur sa joue. Je dus me forcer à rester concentré. Ce sauvetage de routine venait de se transformer en quelque chose de bien plus personnel à la seconde où mon regard s'était posé sur elle.

« Ella, Ella ! »

J'essayais de garder une voix calme, mais je pouvais sentir la panique monter en moi. Quand elle ne répondit pas, je fis presque quelque chose d'idiot et commençai à passer par la fenêtre. Un morceau de métal coupant qui dépassait s'accrocha à la manche de mon manteau, me touchant juste assez pour me libérer de ma panique.

M'arrêtant un instant, je digérai le choc. Je passai le bras à travers la fenêtre pour poser deux doigts sur le poignet d'Ella qui reposait mollement sur le volant. J'expirai un soupir de soulagement quand je sentis son pouls. Le sentiment horrible en moi se calma un tout petit peu. Il fallait toujours que je la sorte de là, mais au moins je savais qu'elle était en vie.

En fouillant mes poches, je sortis violemment mon téléphone pour rapidement passer un appel.

« Allô. Quelle est la nature de votre urgence ?

— Hé Maisie, c'est Caleb. Accident sur l'autoroute.

— D'accord, je viens d'appeler l'équipe de garde. Je confirme ta position immédiatement, répondit rapidement Maisie. Il y a quelque chose qu'ils doivent savoir ?

— Juste que c'est Ella Masters. Tu devrais peut-être le dire à Cade si jamais il est en chemin, dis-je en parlant du grand frère d'Ella qui travaillait avec moi à la caserne de pompiers de Willow Brook.

— Elle va bien ? » demanda calmement Maisie.

En regardant le visage d'Ella, mon cœur se serra et la panique prit contrôle de mes poumons. En la repoussant, je déglutis.

« Il y a un pouls, mais elle n'est pas consciente. »

J'absorbai les détails en la regardant. Il y avait une ligne de sang entre son front et ses cheveux et son corps était remonté vers le plafond. Par miracle, je ne voyais aucune autre blessure, même si je ne pouvais pas voir grand-chose. De la pluie froide tombait par la fenêtre cassée. Son visage était mouillé et sa peau devenait bleue.

« Tu as ma position ？ demandai-je à Maisie, l'opératrice de notre station, sur qui l'on pouvait toujours compter.

— Bien sûr. L'équipe est à trois minutes de toi. C'est l'équipe de Beck. Je vais appeler Cade et lui dire, dit-elle doucement.

— D'accord. Je vais te laisser. Je pense que je peux la sortir du véhicule. Salut.

— Fais... »

Je supposai qu'elle allait me dire de faire attention mais je ne voulais pas l'entendre. L'inquiétude n'était pas un mot assez fort pour décrire ce qui traversait mes pensées. Mon unique priorité était de sortir Ella de là en sécurité.

En rangeant mon téléphone dans ma poche, je pris une respiration pour me calmer puis reculai doucement. Avec un pied sur la porte arrière, je réussis à ouvrir l'autre porte. En faisant attention, j'appuyai mes hanches contre la porte pour qu'elle reste ouverte et je tendis le bras vers Ella.

Au moment où j'enroulai mes mains autour des siennes, je perdis presque l'équilibre quand elle parla.

« Caleb ？ »

Je balayai son visage du regard. Ses grands yeux verts rencontrèrent les miens, confus et brumeux.

« Qu'est-ce qu'il s'est passé ？ Pourquoi t'es là ？ »

J'étais tellement soulagé qu'elle soit consciente, l'émotion s'empara de mon cœur.

« Tu as eu un accident. Je rentrais d'Anchorage et je me suis arrêté pour examiner la voiture. L'équipe d'urgence est en chemin mais j'essaie de voir si je peux te sortir de là d'abord. Comment tu te sens ? »

Elle me regarda fixement, et j'avais l'impression de remonter le temps jusqu'à la nuit la plus effrayante de ma vie. En me secouant mentalement, je réussis à rester concentré.

« Je crois que ça va. J'ai dû me cogner la tête », murmura-t-elle alors qu'elle levait la tête et essuyait le tracé de sang sur sa joue.

D'habitude, le sang ne me dérangeait pas. Du tout. Mais là c'était Ella. Je supportais à peine l'idée qu'elle soit blessée.

« Tu as mal ailleurs ? »

Elle commença à bouger et je resserrai mon emprise sur ses poignets, mon cœur battant fort contre mes côtes.

« Attends. D'abord dis-moi comment tu te sens. »

Son regard rencontra le mien à nouveau. Si je survivais à ce moment sans faire une attaque, ce serait un miracle.

« Je crois que ça va. Laisse-moi...

— Ella ! Doucement, dis-je soudainement quand elle commença à se sortir du coin où elle avait atterri.

— Toujours autoritaire à ce que je vois », dit-elle avec un sourire difficile.

Je m'étais presque remis de mes émotions. Bon sang, j'étais un pompier entraîné pour les situations extrêmes. Aider quelqu'un dans un accident de voiture était une action de routine pour moi. Ou du moins, c'était censé l'être. Mais c'était Ella, et on avait un passé : un passé compliqué impliquant un autre accident de voiture, qui nous avait déchirés. Au moment où une larme coula sur sa joue, j'étais foutu.

« Ella, ne pleure pas, réussis-je à dire malgré la boule dans ma gorge. Ça va aller. Bouge doucement, et on va te sortir de là. »

Comme si le destin nous pointait du doigt, la pluie se calma un peu. Les minutes qui suivirent furent un réel puzzle. Je réussis à aider Ella à sortir de la voiture, juste au moment où l'équipe d'urgence arriva.

Beck Steele, que je connaissais depuis l'école primaire, me poussa presque hors du chemin quand il réalisa qui j'avais aidé à sortir de la voiture. Beck dirigeait l'une des équipes à la caserne de Willow Brook, alors que j'étais sous-intendant d'une autre équipe. Et le grand frère d'Ella, Cade, dirigeait encore une autre équipe. C'était une réalité douce et amère que de travailler avec le grand frère d'Ella.

Tout ça me traversait l'esprit alors que Beck commençait à ordonner à son équipe de s'occuper de la voiture probablement fichue d'Ella.

« Tu as bien du bol qu'elle ait été en état d'être bougée », marmonna-t-il dans mon oreille après qu'elle eut été escortée jusqu'à l'ambulance et examinée par les ambulanciers.

« Ta gueule, marmonnai-je. Tu aurais fait exactement pareil. Je l'ai examinée avant de faire quoi que ce soit. Comme tu peux le constater, elle était en état de sortir du véhicule. »

Beck posa une main sur sa hanche, jetant un regard à la pluie qui tombait du ciel comme s'il pouvait l'arrêter.

« Je l'aurais sûrement fait, dit-il après un moment. Tu sais si Maisie a appelé Cade ?

— Elle a dit qu'elle le ferait. Je... »

Beck secoua la tête fermement.

« Ne l'appelle pas. Laisse Maisie s'en occuper. Elle sera en contact avec les ambulanciers et pourra le tenir au courant. »

Quelqu'un l'appela. Avec un petit hochement de tête dans ma direction, il se détourna.

En le regardant s'éloigner, je me dirigeai vers l'ambulance. Ella était assise à l'arrière. En m'approchant de son côté, je m'arrêtai devant elle.

« Ça va ? »

Mon cœur s'accéléra dû au simple fait que j'étais proche d'elle. Ça faisait cinq ans que je n'avais pas vu Ella. Elle leva les yeux vers moi, à travers la pluie, ses yeux verts brillant dans la lumière argentée. J'avais l'impression de remonter le temps, les émotions se percutant au passage. J'avais aimé Ella comme un fou fut un temps.

« Je crois. Dana dit que j'ai juste besoin de quelques points de suture, c'est ça ? » demanda-t-elle, son regard se dirigeant vers Dana Halloran, l'une des ambulancières présente.

Dana acquiesça de là où elle était, se retournant vers Ella, ses yeux faisant des allers-retours entre nous. Elle mit du désinfectant sur un coton-tige, tamponnant doucement la coupure sur le front d'Ella.

« Je pense que tu n'auras pas besoin de plus. Je vais te nettoyer et on bougera. Ils s'occuperont des points à l'hôpital. »

Ella me regarda à nouveau.

« Tu vois, rien que quelques points.

— Je te rejoins à l'hôpital, dis-je alors que Dana mettait un pansement sur la plaie.

— T'as pas besoin de faire ça », répondit Ella.

Dana s'éloigna pour parler au conducteur de l'ambulance. Je me concentrai sur Ella.

« Je te retrouve là-bas, répétai-je.

— Caleb, tu n'as pas besoin de t'occuper de moi. Je... »

Un éclair de colère monta en moi. Je ne pensais peut-être pas très clairement mais bon sang. Ella avait été mon monde à une époque. Puis, tout était parti en flammes.

« Ella, tu viens d'avoir un accident de voiture. Est-ce qu'on est obligés de faire comme si on n'avait aucune importance l'un pour l'autre ? »

Chapitre Deux

ELLA

En patientant dans une pièce froide, j'enroulai mes bras autour de ma taille, en essayant d'oublier mes frissons. J'étais fatiguée, vraiment fatiguée. J'étais aussi trempée et j'avais froid. Mes émotions me collaient à la peau. Je voulais les garder enfouies en moi, mais je n'en avais plus la force. J'étais secouée et à fleur de peau. De tout ce qui aurait pu arriver aujourd'hui, il fallait que j'aie un bête accident de voiture. J'étais tellement proche de la maison, tellement pressée d'arriver que je n'avais pas fait attention et que je roulais beaucoup trop vite. J'avais pris un tournant sur l'autoroute et j'avais perdu le contrôle de la voiture sur la route mouillée, ma voiture finissant dans le fossé.

Et qui était arrivé pour me sauver ? Caleb Fox. Le seul homme que je n'avais jamais oublié. Une coïncidence folle. Dire que notre passé était chargé n'était qu'un pauvre euphémisme. Pour la seconde fois de ma vie aujourd'hui, Caleb m'avait sortie d'une voiture accidentée. La dernière fois, la voiture était en feu et j'avais failli mourir. Et pourtant, j'avais eu de la chance.

Le meilleur ami de Caleb était mort dans ce même accident.

Je n'avais pas réalisé que je pleurais jusqu'à ce que je sente les larmes chaudes sur mes joues. En me retournant, j'attrapai un mouchoir dans la boîte sur le comptoir le long du mur. Cette pièce était étrangement familière, sans doute parce que j'avais passé trois semaines à l'hôpital après le dernier accident. Je trouvais les hôpitaux froids, stériles et bizarres. C'était étrangement réconfortant.

Mes sutures étaient faites et j'étais prête à partir mais ils m'avaient dit d'attendre qu'une infirmière revienne pour m'autoriser à partir. Avec le mouchoir en boule dans ma main, je me laissai pleurer quelques minutes. J'étais toute seule, au sens littéral et figuratif.

En appuyant mes hanches contre la table, je pleurais. Je filai vers chez moi, et j'avais tellement envie de rentrer que j'avais complètement oublié que Caleb était peut-être dans le coin. Les pleurs secouaient mes épaules, et j'avais mal à la tête à cause de ce qu'elle avait heurté quand ma voiture s'était retournée.

Reprends-toi, Ella. Ce n'est pas grave. Toi et Caleb avez un passé, mais c'est tout ce que c'est. Tu peux lui faire face. Après tout ce que tu as traversé dernièrement, tu peux gérer ça.

Après un dernier soupir saccadé, j'essuyai mes dernières larmes et jetai le mouchoir dans la poubelle à côté de la porte.

Quelqu'un frappa doucement à la porte. En supposant que c'était la personne qui venait me dire que je pourrai enfin partir, je dis :

« Entrez. »

Au lieu d'une infirmière, Caleb passa la porte. Le moment où mes yeux se posèrent sur lui, mon pouls s'accéléra. J'avais réussi à oublier à quel point il était beau. Il avait des cheveux bruns lisses qu'il coupait toujours court et qui répondaient à ses yeux couleur chocolat. Je le parcourus du regard, absorbant la vue de ce visage familier avec ces lignes définies : une mâchoire carrée, des lèvres charnues, des pommettes sculptées dans la pierre et un nez droit. Et comme si tout ça ne suffisait pas, il était tout en muscles. Dans son jean délavé et t-shirt mouillé, il n'y avait pas grand-chose de caché. Le tissu le caressait comme mes mains en rêvaient.

« Salut, je voulais juste passer pour voir comment tu allais », dit-il, d'une voix de miel et de whisky.

Les larmes revinrent à mes yeux, mais je déglutis, repoussant l'émotion. Je ne m'écroulerai pas devant lui.

« Salut », croassai-je.

La pièce n'était pas immense, donc quand il s'avança de quelques pas, il atterrit en plein devant moi. Bon sang. Je pouvais sentir son odeur fraîche de sapin qu'il semblait amener partout où il allait. Je pris une grande inspiration, et me forçai à garder mes yeux sur lui.

« Comment tu te sens ? » demanda-t-il, enfouissant ses mains dans ses poches.

En resserrant l'emprise de mes bras sur ma taille, je haussai les épaules.

« Bien. Ils m'ont recousue et ont dit que je pourrai partir bientôt. J'attends, mais ça prend mille ans. »

Il acquiesça, ses yeux m'inspectant. C'était très étrange. La dernière fois que Caleb était venu me voir à l'hôpital, on avait rompu.

On resta en silence un instant. Une fois de plus, je ne compris que je pleurais que quand les larmes coulèrent sur mes joues. Puis Caleb était tout près, à me prendre dans ses bras. Cette fois, je pleurai comme je n'avais pas pleuré depuis des années. Enfouissant mon visage dans son torse, je jetai mes bras autour de son corps et m'accrochai. C'était à propos de bien plus qu'une voiture dans le fossé. C'était des années de regret, où il m'avait manqué, et où j'avais voulu changer tout ce que j'avais raté. C'était tout ça et le fait que je me sentais en sécurité pour la première fois depuis très très longtemps.

Il me tenait simplement, une main dans mes cheveux mouillés et l'autre faisant des cercles dans mon dos. Il murmura quelques sons pour me calmer et ne s'arrêta pas pour me demander ce qui n'allait pas. Dieu merci, parce que je ne l'aurais pas supporté. Pas tout de suite.

Après je ne sais pas combien de temps, je reculai doucement mon visage de son torse et le regardai.

« J'ai mouillé ton t-shirt », marmonnai-je.

Caleb me regarda, le coin de sa bouche se retroussant en un sourire, lâchant des papillons dans mon estomac.

« Je suis quasi sûr qu'il était déjà mouillé. »

On se regarda, mon esprit explosant en une cascade de pensées et d'émotions brouillées. Caleb m'avait beaucoup manqué depuis beaucoup trop longtemps, j'hurlais d'envie d'être proche de lui. Et pourtant, je m'étais dit depuis des années que je ne le méritais pas, et je supportais à peine le fait qu'il soit là. Après un instant, son regard se refroidit.

« Ça va ? »

Je secouai la tête, mais je ne semblais pas capable de parler.

Ses yeux s'écarquillèrent, inquiets.

« Je vais aller chercher un infirmier. »

Il commença à s'éloigner, mais je gardai mon bras autour de sa taille, secouant à nouveau la tête.

« C'est pas ça. C'est juste une journée de merde... »

Je me forçai à me taire. Je n'avais pas besoin que Caleb sache à quel point ma vie était un bordel, c'était la dernière personne à qui je voulais en parler. J'avais déjà semé la pagaille dans sa vie une fois.

« Qu'est-ce qu'il y a ? demanda-t-il, ses yeux me perçant. Si tu as besoin de quoi que ce soit, tu sais que tu n'as qu'à demander. »

Je fondis presque en larmes une fois de plus. Parce que c'était tellement Caleb, c'était un gars fiable avec un cœur en or et j'avais tout gâché. Tout à propos de lui et de qui il était semblait plus grand à ce moment. J'étais rentrée à la maison pour enfin essayer de faire face au bazar que j'avais laissé dans mon sillage. Une grande partie de ce bazar était Caleb et je voulais arranger les choses. Peut-être que s'il pouvait me pardonner, je pourrais me pardonner moi-même.

« Rien. Tu ne peux rien faire. Je suis juste vraiment contente que tu sois là », dis-je.

Je le pensais tellement que ça me faisait mal au cœur.

Il relaxa sa main dans mes cheveux et écarta quelques mèches de mon front, inspectant le pansement. La coupure était juste le long de la limite de mes cheveux, donc j'espérais que la cicatrice ne serait pas trop marquée.

« Dis-moi ce qui ne va pas », dit-il, son ton était prudent et me fit presque pleurer à nouveau.

Je voulais lui dire, mais je ne pouvais pas. C'était trop gênant.

On se regarda à nouveau. Mon Dieu. C'était tellement bon d'être proche de lui. Pour la première fois depuis des années, j'avais l'impression de pouvoir me détendre. Je voulais m'enrouler autour de Caleb et rester là pour toujours.

Les mots qui sortirent de ma bouche après ça me prirent par surprise.

« Tu me manques. »

Au moment où ces mots m'échappèrent, j'eus envie de les rattraper et de les ravaler. Je n'avais pas besoin de lâcher tout un tas de discours émotionnels et fous. Ce n'était pas censé se passer comme ça.

Caleb me regarda, la main qui faisait des cercles dans mon dos s'arrêtant enfin. Il déglutit, avec un son qui résonna dans la pièce. Je faisais tellement attention à tout ce qu'il faisait que j'en eus la chair de poule.

« Tu n'as aucune idée d'à quel point tu m'as manqué », grogna-t-il presque.

Mes émotions me submergèrent, se mélangeant à un désir qui aurait dû sembler mal placé vu tout ce qui s'était passé, mais ne l'était pas. Mon désir pour Caleb m'était aussi naturel que de respirer. Depuis toujours. J'avais oublié à quel point cette assurance était forte. Une joie pure s'éleva à travers les couches de regrets et de douleur accumulées, se heurtant au désir comme du silex sur la pierre.

C'était moi, c'était Caleb. Nous. Il n'y avait jamais eu personne d'autre dans mon cœur, et mon corps le savait. Il tirait sur chaque corde de mon être par sa simple existence et sa présence dans le même espace-temps que moi.

Avec un grognement perdu, il pencha la tête pour embrasser un coin de ma bouche, puis l'autre. Bon sang. J'adorais les baisers en coin, du moins quand c'était avec lui. Deux baisers de plus caressèrent le coin de ma bouche et je soupirai. Sa langue passa sur le bout de mes lèvres et je lâchai un gémissement.

Je le tenais comme s'il était un radeau en plein mer, m'enfouissant en lui alors que nos langues se mélangeaient. Mon cœur battait si fort que je pouvais à peine respirer. Un appel passa dans les enceintes de l'hôpital, et il s'éloigna doucement, son front caressant le mien.

On resta comme ça, alors que nos respirations étaient lourdes. En posant ma paume sur son torse, je sentis le battement de son cœur, aussi fou que le mien.

Chapitre Trois

CALEB

Les flammes montaient haut dans le ciel. Je me tenais loin, regardant la maison en feu devant l'équipe. Le feu accélérait. On pouvait entendre l'air s'y engouffrer, remplissant les espaces créés par l'effondrement du toit. En regardant les flammes monter haut dans le ciel, mon esprit revint à dix ans plus tôt.

Nous étions au lycée, revenant d'une journée à skier. Ella était avec moi, ainsi que mon meilleur ami Jake et sa nana Holly. Jake et moi étions en terminale, alors qu'Ella et Holly étaient deux années en dessous. Il n'était pas très tard, mais c'était l'hiver en Alaska, donc il faisait sombre même à 20 h. Ella conduisait le long de Turnagain Arm. Ce nom était la parfaite description de la route, ça aurait presque pu être une blague. Turnagain Arm était une section de l'autoroute au sud d'Anchorage. Elle longeait la côte de Cook Inlet, le long des montagnes. De ce fait, c'était virage sur virage sur virage, zigzagant autour de la péninsule Kenai.

Pendant cette soirée d'hiver froide, au détour d'un virage, une autre voiture arrivait de l'autre côté. On apprit plus tard que le conducteur était saoul. Il est entré en collision avec la voiture des parents d'Ella, lançant la voiture dans un tonneau. Elle se retourna plusieurs fois avant d'atterrir au pied d'une colline.

Je me souvenais encore de l'odeur de l'essence et de l'adrénaline dans mes veines. Jake avait été éjecté du véhicule. Ella et Holly étaient en vie, mais blessées. J'étais dans le siège passager, la seule partie de la voiture qui n'avait pas été écrasée pendant les tonneaux.

Au lycée, j'étais déjà pompier volontaire. Donc j'avais quelques bases et savais quoi faire. Je m'étais extirpé de la voiture, ignorant la douleur dans mon épaule. Holly était juste derrière moi. Bien qu'elle ait été blessée, elle avait rampé hors de la voiture par la fenêtre cassée côté passager. Pendant ce temps, l'odeur de l'essence avait pris le dessus. En un instant, les flammes avalaient la voiture. Tout ce dont je me souvenais, c'était qu'il fallait sortir Ella de là aussi vite que possible. Elle était passée de pleurs à un silence de mort. Je n'entendais plus rien que le bruit du feu qui prenait le dessus et hurlant dans mes oreilles.

Je me souvenais de la chaleur qui m'avait enveloppé alors que j'étais entré dans les flammes. Par pure chance, Ella était facile à atteindre et je l'avais tirée hors de la voiture. Nous avions tous les deux été brûlés. Elle était en bien pire état que moi, avec une horrible coupure sur sa cuisse et des brûlures sur son côté et l'une de ses jambes. Mes avant-bras étaient brûlés mais rien de plus. J'avais encore les cicatrices pour le prouver.

Pas que j'avais besoin de quoi que ce soit pour me souvenir de cette nuit.

Après ça, je me souvenais de l'air froid sur ma peau qui m'avait procuré une sensation étrange, et la panique qui m'avait traversé alors que j'examinais Ella et courais vers Jake. Il était mort. Il avait été projeté sur une pierre le long de l'autoroute. Ils nous avaient dit plus tard qu'il était mort sur le coup.

Je n'avais jamais oublié la peur brute qui m'avait traversé quand je l'avais vu, étendu sur le côté contre la pierre, une grosse coupure sur son front, et son cou dans un angle étrange. Malgré la peur, j'avais réussi à vérifier son pouls et n'avais rien trouvé. En y repensant, je savais probablement qu'il était mort avant même de l'atteindre, mais l'adrénaline m'animait. Même si je ne sentais pas de pouls, j'avais essayé de le ranimer, un effort inutile mais j'avais besoin d'essayer.

Holly avait quelques coupures et bleus et un bras cassé, mais rien de plus. Elle avait été étrangement calme, ou du moins en avait eu l'air. Elle était restée avec Ella alors que j'avais traversé l'autoroute pour aller voir Jake. J'imagine que j'avais dû avoir l'air calme aussi. Quand on est assommé par la peur et le choc, on peut avoir l'air très calme de l'extérieur.

Après l'accident, j'avais terminé le lycée, survivant à peine aux derniers mois. La douleur d'avoir perdu Jake et le traumatisme de la façon dont c'était arrivé étaient violents.

Ella et moi avons rompu. Je ne pouvais pas dire aujourd'hui si l'un de nous avait voulu que ça se passe comme ça, mais c'était ce qu'il s'était passé. Elle s'était sentie responsable de l'accident, même si ce n'était pas de sa faute. Pas du tout. Elle était simplement celle au volant de la voiture quand cet idiot nous était rentré dedans.

Donc il y avait ça. Je suis allé à l'université alors qu'Ella était restée pour finir le lycée et aller à la fac deux ans plus tard. Nos vies étaient allées dans deux directions différentes. J'avais été rappelé par Willow

Brook, mon besoin d'être pompier n'avait été qu'approfondi par cette tragédie. Même si je n'avais pas été capable de sauver Jake cette nuit-là – bon sang, je n'avais pas eu la chance d'essayer – j'avais sauvé beaucoup de vies depuis.

Mis à part l'autre jour, la dernière fois que j'avais vu Ella avait été cinq ans plus tôt. On s'était croisés dans un supermarché. Ma mère était avec moi, donc on avait eu une discussion polie et rien de plus. Ça m'avait fait mal de la voir, surtout parce qu'elle paraissait si éloignée, avec une certaine froideur et une distance que je n'avais jamais vues chez elle auparavant. Quand on tombe amoureux, ou qu'on désire quelqu'un, au lycée, eh bien, c'est dur à comprendre.

Quand on est jeunes, tout paraît nouveau et puissant : des jours heureux remplis de vie, de jeunesse et d'une impression que la vie pourrait vous offrir tout ce que vous voulez. Il y avait ça et le simple fait que le désir quand on est jeune est incomparable au reste : une force folle et sans bride, sans artifice qui la gâche. Ella était silencieuse, intelligente et magnifique. J'adorais tout chez elle.

Cinq ans de plus étaient passés. Je voyais Cade, le grand frère d'Ella, quasiment tous les jours. Il était assez intelligent pour me laisser tranquille, mais je n'avais jamais su s'il savait à quel point Ella me manquait.

Bon sang, je ne savais pas à quel point Ella me manquait jusqu'à ce que je la voie l'autre jour.

« Caleb ! »

Je me retournai en entendant le surintendant de mon équipe m'appeler. Je marchai dans sa direction, jetant un œil à la maison qui s'effondrait derrière moi. Cet appel était arrivé trop tard pour qu'on puisse sauver la maison. Mais on était très chanceux de quand même avoir reçu l'appel. C'était un chalet de chasse, et un beau. Entouré par des hectares de vie sauvage. Si on n'avait pas contrôlé le feu, ça se serait sans doute transformé en un feu de forêt.

D'ailleurs, nous venions de rentrer d'une semaine à essayer de contrôler un autre feu de forêt à environ 70 km au nord, à vol d'oiseau. L'automne approchait. La saison des feux était encore bien présente en Alaska.

J'arrivai près de Ward et le regardai.

« Oui ? »

Ward me lança un sourire.

« Je me suis dit que je verrai si tu avais envie de rentrer à la caserne plus tôt. On gère la situation ici, mais il y a un autre feu en ville. Comme tu le sais, l'équipe de Cade est sur le terrain et l'équipe locale est en entraînement. On est les plus près. Je me suis dit que tu pourrais prendre la moitié de l'équipe et t'en occuper.

— Bien sûr, répondis-je.

— Parfait », dit Ward alors qu'il plissait ses yeux gris en regardant l'un des nouveaux membres de l'équipe faire tomber une échelle.

J'aimais bien travailler dans l'équipe de Ward. Il était facile à vivre, et une fois qu'il savait qu'il pouvait compter sur vous, c'était bon. J'avais pris le poste de sous-intendant quand la pompière qui était maintenant la fiancée de Ward avait changé d'équipe pour intégrer l'équipe locale parce qu'elle était enceinte. Le timing avait été parfait pour moi. Ça faisait quelques années que je m'étais éloigné de Willow Brook pour aller travailler à Fairbanks. Quand j'ai terminé mon entraînement de pompier forestier, il n'y avait pas de poste de libre ici donc j'avais pris un poste à Fairbanks. Quand ce poste s'est libéré, j'ai sauté sur l'occasion de rentrer à la maison. Je ne pouvais pas imaginer qu'Ella finirait ici.

Avec un signe de main, je me détournai de Ward et rassemblai la moitié de l'équipe pour aller nous occuper de l'appel.

À la station ce soir-là, je jetai ma serviette dans le panier après ma douche. Le feu en ville avait été plutôt mineur, ce qui était une bonne chose car nous avions été très occupés ces dernières semaines. Je m'assis sur un banc après avoir enfilé un jean propre et un t-shirt, et j'avalai un verre d'eau. J'entendais le son de la télévision s'échapper de la salle de pause, ainsi que le son répétitif du tapis de course et des pieds qui rebondissaient dessus.

Je pensai à Ella. Mais en réalité, je pensais à elle depuis une semaine entière. À part la fois où j'étais passé la voir à l'hôpital, je ne l'avais pas revue. Pas encore. Je n'arrêtais pas de penser à elle et à ce que ça m'avait fait de la tenir enfin dans mes bras depuis toutes ces années. Notre baiser était ancré dans mes pensées.

Tu me manques.

Elle m'avait vraiment pris par surprise avec ses mots. Je ne m'étais jamais vraiment remis de la façon dont les choses s'étaient terminées entre nous. En réalité, si j'étais honnête avec moi-même, je savais que j'avais tout gâché. Elle me manquait depuis tout ce temps.

Le problème était que nous étions complètement détruits après l'accident. Ella était dans le service des grands brûlés d'Anchorage. Les blessures de Holly étaient superficielles mais elle n'allait vraiment pas bien. Et Jake était mort. C'était tellement définitif. Mon approche de la mort était différente aujourd'hui, ne serait-ce que parce que j'y avais été confronté assez pour comprendre que ça faisait partie de la vie. Mais à ce moment-là, la mort de Jake m'avait mis un sacré coup et je ne savais pas comment m'en relever.

Je n'avais jamais mis la faute sur Ella parce que je savais qu'elle était simplement celle au volant quand ce gars nous était rentré dedans. Nous souffrions tous d'un syndrome du survivant, la culpabilité d'être en vie. Mais Ella le ressentait encore plus que nous. Elle le vivait bien plus mal. Elle se remettait aussi de blessures bien plus graves. Par miracle, je m'en étais sorti avec rien de plus que quelques brûlures sur les bras et quelques coupures.

Le jour où j'étais allé rendre visite à Ella à l'hôpital et qu'elle avait rompu avec moi, j'avais été en colère parce que j'avais l'impression que tout s'effondrait. Mon meilleur ami était mort, ma copine était brisée et elle me repoussait. D'une main d'acier.

Je ne savais même pas comment décrire ce que ça m'avait fait de la voir l'autre jour. Ça avait ramené une avalanche de sentiments que j'avais mis dans une boîte au plus profond de moi. Parce que j'avais eu l'impression de ne pas avoir le choix. Tout était emmêlé et brisé. Si on m'avait demandé ce qui était le plus difficile, perdre Jake ou perdre Ella, je n'aurais pas pu répondre car ces deux choses étaient intimement liées.

Entendre qu'Ella avait pensé à moi était un coup à l'estomac et au cœur. Puis de la prendre dans mes bras et de l'embrasser. Bon sang. J'avais failli tomber à genoux.

Je pensais qu'elle m'avait brisé quand on était jeunes, mais c'était bien pire aujourd'hui. Je la connaissais, même si j'avais essayé d'oublier à quel point je la connaissais bien. Il se passait quelque chose d'autre. Quelque chose ou quelqu'un lui avait fait du mal.

En me secouant intérieurement, je jetai ma

bouteille d'eau dans la poubelle de recyclage dans le coin. Je me levai, attrapant ma veste en jean dans mon casier. Je l'enfilai et me dirigeai vers la sortie. Je saluai les gars qui regardaient la télé et passai la porte, épaules les premières vers le parking. Cade Masters était là, à parler à sa femme, grande sur de grandes jambes, Amelia Masters. Avec ses yeux et ses cheveux bruns, elle était splendide, mais pas du tout mon style. Ce qui était pratique, parce que Cade m'aurait botté le cul.

Ils étaient mariés depuis quelques années maintenant. Ils étaient aussi ensemble au lycée et avaient rompu pendant des années. Malgré tout, ils s'étaient retrouvés. Je ne pouvais pas m'empêcher de me demander si j'aurai la même chance avec Ella.

Cade dit quelque chose à Amelia puis passa sa main dans ses cheveux en l'attirant dans un baiser. Elle recula, ses joues rougirent lorsqu'elle me vit. Elle me salua avant de se retourner pour monter dans son pickup et partir.

Il semblait que Cade ait eu envie de me parler. Il resta où il était jusqu'à ce que j'arrive à son niveau.

« Qu'est-ce qu'il y a ? demandai-je en m'arrêtant devant lui.

— Tu as vu Ella ? » demanda-t-il.

Je secouai la tête.

« Pas depuis que je suis passé la voir à l'hôpital. »

Cade et moi n'avions pas parlé de son accident et du fait que je l'avais sortie de cette voiture. Je me disais que s'il était en colère, il m'en aurait parlé.

« Je sais que Beck était inquiet que tu aies pris le risque de la sortir toi-même de la voiture. Mais pour ce que ça vaut, je voulais te dire que j'aurais fait pareil », dit-il.

La surprise dut se voir sur mon visage car il continua.

« J'ai entendu dire que Beck t'a fait la remarque. Je ne demanderais jamais à personne d'attendre sans rien faire. Non pas que je ne comprenne pas ce qu'il veut dire. Il parle des règles, mais bon... Bref, je pense que tu vois ce que je veux dire.

— Oui, dis-je simplement. Comment va-t-elle ? »

Ma question m'échappa sans filtre.

Cade me regarda, passant sa main dans ses boucles brunes en désordre. Il n'y avait absolument rien de féminin chez Cade, mais Ella et lui se ressemblaient tellement. Elle avait les mêmes cheveux bruns épais, et ces mêmes yeux verts. Cade était quelqu'un de bien, et je savais que l'accident l'avait beaucoup secoué il y a toutes ces années. J'étais trop jeune et trop défait pour faire attention à qui que ce soit autour de moi, mais je me souvenais de lui et de ses parents à l'hôpital. Je savais qu'il s'inquiétait pour Ella, mais on ne parlait presque jamais d'elle.

Je sentais que Cade avait plus à me dire, donc je décidai de rentrer dans le vif du sujet.

« Quelque chose ne va pas avec Ella ? Je veux dire, à part l'accident de la semaine dernière. »

Cade passa sa main dans ses cheveux une fois de plus et un soupir lourd lui échappa.

« Tu sais qu'Ella est très indépendante, depuis des années. Tu sais aussi bien que moi que depuis cet accident au lycée, eh bien, elle n'a jamais plus été la même. C'est pas comme si elle avait disparu. Elle donnait des nouvelles, mais elle gardait ses distances. Il se passe quelque chose, mais je ne sais pas trop quoi. Elle avait le boulot de ses rêves et elle l'a quitté du jour au lendemain. Et je suis super content qu'elle soit rentrée, c'est vraiment pas ça, mais... Même si je vais peut-être paraître fou, la vérité c'est que j'ai un très mauvais pressentiment. Et si elle fait confiance à quelqu'un, c'est bien toi », dit-il platement, en me regardant droit dans les yeux.

En maintenant son regard, je pris une grande inspiration. Je ne savais même pas comment absorber ce qu'il voulait dire. Ella avait pratiquement coupé les ponts avec moi à la scie sauteuse après l'accident. Pourquoi pensait-il qu'elle me faisait confiance plus qu'à qui que ce soit d'autre ?

« Mec, elle me parle à peine. »

Cade hocha la tête.

« Je sais. Je dis juste qu'elle tient beaucoup à toi. Et de ce que je sais, elle n'est sortie avec personne depuis le lycée. Pas de façon sérieuse.

— Tu sais pourquoi elle est revenue à Willow Brook ? »

Cade haussa les épaules.

« Je ne suis pas sûr, mais ça a quelque chose à voir avec son boulot. Elle a démissionné, ce qui n'a aucun sens. Quand elle a eu ce job, elle n'arrêtait pas de dire que c'était son rêve. Et sorti de nulle part, elle démissionne et rentre à Willow Brook. »

Après un moment, je hochai la tête.

« J'essaierai de lui parler, mais je pense que tu as trop d'espoir en mes capacités. »

Je rentrai chez moi, ruminant les mots de Cade dans mon esprit. Mon instinct me disait la même chose que le sien, avec moins de faits. Avec tout ce qu'Ella avait déjà vécu, j'espérais simplement que ce n'était rien de trop grave.

Chapitre Quatre

ELLA

Je me tenais sur le parking derrière le Wildlands à regarder la voiture de ma mère s'éloigner après m'avoir déposée. Ma voiture avait été déclarée complètement hors-service par mon assurance, ce qui n'était pas surprenant. L'accident n'était pas très grave, mais ma vieille poubelle ne valait déjà plus grand-chose. Le coût des réparations dépassait le prix de la voiture. Je poussai un soupir. Encore une chose à gérer.

Ma mère, bien sûr, avait insisté pour me déposer ce soir, et avait même proposé que j'utilise sa voiture. J'avais refusé la seconde partie puisque Holly avait promis de me ramener à la maison. Même si je n'aimais pas avoir besoin des autres, c'était agréable d'être à la maison où je pouvais recevoir un certain soutien logistique qu'on n'a pas quand on n'a pas d'amis et de famille qui vit près de nous ; quelqu'un pour vous déposer au magasin, quelqu'un pour venir vous chercher à l'aéroport, les petites choses comme ça. C'était difficile de quantifier ce que ces choses valaient jusqu'à ce qu'on ne les ait plus.

Il y avait ça et bien plus. Caleb était l'exemple

parfait du bien plus. Je n'avais pas réalisé à quel point il m'avait manqué. Je l'avais enfoui si loin dans mon cœur pour ne jamais avoir à y penser.

Je me retournai et regardai le lac Swan. Beaucoup de mon enfance avait été centrée autour de ce lac. Le lac était visible au loin depuis la maison de mes parents. J'avais passé de nombreux étés au bord de ce lac, à nager quand il ne faisait pas trop froid et à traîner dans les hautes herbes. Le lac Swan était la pièce maîtresse de Willow Brook. C'est un lac tentaculaire et il y avait de nombreuses maisons, hôtels et bars tout autour.

Des hydravions étaient amarrés et le coucher de soleil projetait des couleurs aquarelles partout, des roses et violets caressant la surface du lac. Après une grosse respiration, je me détournai de la vue. Mon amie Holly, l'une de mes meilleures amies du lycée, m'avait appelée et m'avait invitée à « prendre une verre et se raconter nos vies » dans ce bar. Comme si c'était aussi simple.

J'avançais doucement vers le Wildlands. Malgré le fait que ce bar était sans doute le lieu le plus populaire de la ville, et l'avait été depuis aussi loin que je me souvienne, je n'y avais jamais passé beaucoup de temps. Simplement parce que dès que j'avais terminé le lycée, j'avais quitté la ville. L'accident qui avait détruit ma relation avec Caleb m'avait également fait fuir la ville, m'éloignant de Willow Brook aussi vite que possible. Le deuil et la culpabilité avaient été très lourds pour moi, je voulais seulement m'échapper et j'ai fait l'erreur de penser que changer de ville me donnerait cette chance. Intellectuellement, je pouvais me dire que l'accident n'était pas de ma faute, mais il fallait encore que j'en vienne à cette conclusion dans mon cœur.

Jake était mort. C'était le meilleur ami de Caleb, le

petit ami de Holly, et mon ami aussi. Les années avaient étouffé la douleur et j'allais mieux. Mieux était le plus que je pouvais espérer pour ma vie, et c'était sans doute plus que ce que je méritais. Je ne le faisais plus aussi souvent qu'à une époque, mais je rejouais encore la nuit de l'accident dans ma tête, me disant que si j'avais réagi plus vite, si seulement... tout aurait été différent.

J'avais déménagé aussi vite que possible, préférant fuir les souvenirs douloureux. En fuyant, j'avais laissé d'autres choses prendre trop d'importance et ça m'avait mis dans une situation compliquée.

En mettant un pied devant l'autre, je passai la porte arrière du Wildlands. En avançant vers le hall, j'écoutais le brouhaha des voix qui venaient du restaurant et du bar. Quand j'entrai à l'arrière du bar, je fis le tour de la pièce avec mes yeux pour trouver Holly. Elle était restée à Willow Brook après le lycée. Elle avait obtenu son diplôme d'infirmière et travaillait dans notre petit hôpital de ville.

Holly me fit signe depuis l'un des coins, ses cheveux blonds se détachant de l'ambiance tamisée. Je ne pus m'empêcher de sourire. Malgré le mélange d'émotions, ça faisait du bien de la voir. Elle avait réussi à prendre une table dans le coin. En me faufilant à travers les tables, je m'approchai d'elle.

Avant que je puisse m'asseoir, Holly se leva et m'engloba dans une embrassade.

« Oh mon dieu ! Ça fait tellement plaisir de te voir », lâcha Holly, serrant mes épaules en se reculant.

Je lâchai un petit sourire. Holly n'avait pas changé, toujours chaleureuse et pétillante. On était une bonne paire au lycée. J'étais plus discrète, toujours cachée derrière un livre, alors qu'elle était drôle et effervescente. Notre amitié, qui datait de la maternelle, avait été un pilier dans ma vie jusqu'à l'accident. Je l'avais vue de temps en temps quand je venais rendre visite à ma famille. Quand j'avais enfin accepté que je ne pouvais pas me cacher des souvenirs douloureux, on avait pu passer plus de temps ensemble lors de mes visites.

« Ça fait plaisir de te voir », dis-je en retirant mon manteau.

Je le jetai sur la banquette et m'installai en face d'elle alors qu'elle se rasseyait.

« Qu'est-ce qu'on commande ? Un pichet de bière ? Ou une bouteille de vin ? » demanda-t-elle.

Je ris.

« Prenons du vin. »

Holly sourit.

« Ça marche. Alex m'a déposée et a promis de nous ramener toutes les deux chez nous. »

Alex était le frère jumeau de Holly et était un frère pour moi aussi. Bien que le commentaire de Holly soit lancé comme ça, il était lourd de sous-entendus. Le conducteur qui avait causé notre accident et avait tué Jake était saoul. Je ne pensais jamais à conduire si j'avais bu un verre, de même pour Holly et Caleb.

Une serveuse arriva pour prendre notre commande puis s'enfuit en nous disant qu'elle reviendrait dans quelques minutes avec notre vin. Holly posa ses coudes sur la table, avec des yeux bruns chaleureux et un grand sourire.

« Dis-moi que tu es rentrée pour de bon. Tu me manques, dit-elle.

— Je prévois de rester pour le moment. J'espère que mon poste à l'Université d'Alaska me conviendra », répondis-je en faisant référence au poste que je venais d'accepter dans le programme de sciences environne-mentales. Pendant les années que j'avais passées à me cacher dans mes études, j'avais obtenu un doctorat en sciences de l'environnement.

Holly, qui n'avait jamais peur de rien, entra dans le vif du sujet.

« Bien. Il est plus que temps que tu reviennes dans le coin. Personne ne pense que tu es responsable de l'accident. Ou peut-être que je devrais mieux le formuler. Personne ne t'en veut d'avoir survécu. »

Holly me connaissait trop bien. On avait déjà eu cette conversation plusieurs fois. Holly ne comprenait pas l'ampleur de la culpabilité que je portais. Avec un soupir, je soutins son regard.

« Est-ce qu'il faut qu'on reparle de ça ? Encore une fois ? »

Le regard de Holly se calma et elle hocha la tête.

« Oui. Jusqu'à ce que tu arrêtes de te sentir coupable. Ce. N'était. Pas. Ta. Faute. »

Des larmes s'accumulèrent dans mes yeux alors que l'émotion me serrait la gorge. Je pris une gorgée d'eau, dans le verre qui m'avait attendue à table.

« Je sais, mais peut-être...

— Il n'y a pas de peut-être. Le gars nous est rentré droit dedans ! Il n'y avait aucun moyen de l'arrêter. »

En la regardant, je pris une lente inspiration, regrettant le fait que mon cerveau refuse de comprendre ça. Parce que je savais que c'était vrai, mais d'une façon ou d'une autre, la culpabilité me tenait. Jake était mort, et je conduisais. En fermant les yeux, je pris une inspiration calme avant de croiser son regard à nouveau.

« Je sais. J'y travaille. D'accord ? Est-ce qu'on est obligées de parler de ça maintenant ? »

Elle prit ma main pour la serrer.

« Non. Je suis désolée. Je n'aime simplement pas te

voir te faire du mal depuis, eh bien, depuis si long-temps. Bref, qu'est-ce qui t'a enfin fait rentrer ?

— Mon boulot est parti en fumée. Donc je me suis dit que c'était le moment de rentrer.

— Qu'est-ce qu'il s'est passé ? » demanda-t-elle.

Je croisai les yeux de Holly et ne pus m'empêcher de soupirer. S'il y avait bien une personne avec qui je pouvais être honnête, c'était elle. Malgré tout, elle avait maintenu notre amitié. Je pris une gorgée d'eau, me reculant quand notre serveuse arriva. Elle nous servit rapidement notre vin, prit notre commande de nourriture et se dirigea rapidement vers une autre table. Une gorgée de vin me donna de la force.

Holly fit un cercle en l'air avec sa main, me rappelant que cette interruption ne lui avait pas fait oublier sa question.

« C'était le boulot de tes rêves, non ? Qu'est-ce qu'il s'est passé bon sang ? »

Le boulot de mes rêves était d'avoir un poste en sciences de l'environnement à l'Université de Portland. Je n'avais pas imaginé à quel point les choses pouvaient mal tourner en si peu de temps. Après une autre gorgée de vin, je regardai Holly.

« Il y avait un autre chercheur à la fac, Lance Wallace. Il travaillait dans un autre département, mais on lui a donné un projet avec moi. Bref, au début il essayait de flirter. Je l'ai ignoré, parce que je n'étais pas intéressée. Et puis je ne veux pas mélanger boulot et vie romantique de cette façon. Ça complique tout trop vite, tu vois ce que je veux dire ? »

Holly hocha la tête.

« Je t'en supplie, dis-moi que ce n'est pas une histoire de harcèlement.

— Ce n'était pas mon supérieur ou quoi que ce soit du genre. Mais il était complètement obsédé par moi.

La seule façon de le décrire est de dire qu'il me harcelait. Je l'ai dit à notre directrice et elle a essayé d'aider. Mais il ne faisait rien de déplacé sur notre lieu de travail. Tout ce qui était malaisant, il le faisait à l'extérieur. Il m'envoyait des photos quand il me voyait déjeuner avec d'autres gars. Et ce n'était même pas des rendez-vous galants ! J'ai eu beau changer mon numéro de téléphone plusieurs fois, et mon e-mail perso, il trouvait toujours le nouveau pour m'envoyer des trucs. Il ne s'arrêtait jamais. Ça me rendait folle, donc j'ai décidé qu'il valait mieux partir. »

Les yeux de Holly s'écarquillèrent alors que son souffle s'accélérait.

« Sérieusement ? »

Elle s'arrêta et prit une gorgée de vin.

« Enfin, bien sûr, je sais que tu es sérieuse. Je n'arrive juste pas à croire ce qui t'est arrivé. Tu en as parlé à la police ?

— Ouais. Ils ne pouvaient pas faire grand-chose parce qu'il ne me menaçait pas physiquement... »

Mes mots s'effacèrent dans un soupir.

Holly prit une gorgée de son vin en plissant les yeux.

« Donc tu es juste partie ?

— Ouais. Je pensais à tout ce que j'aurais dû faire pour m'en sortir, et il n'y avait pas de bonne option. Il fallait que ça empire pour que je fasse quoi que ce soit. En plus, ça me mettait dans un état pas possible. Je ne veux plus jamais vivre près de lui. Même si je pensais que c'était le job de mes rêves, ça n'en valait pas la peine. J'ai reçu une offre de l'Université d'Anchorage. Ça me ramenait plus proche de chez mes parents, et cette région me manquait dans tous les cas. Je me suis dit qu'ici au moins, s'il se passe quoi que ce soit, il ne s'en sortirait pas aussi facilement. C'est trop petit ici. »

Holly plissa les yeux.

« Oh jamais. Il ne pourra pas pointer le bout de son nez ici. Tu penses qu'il serait assez fou pour essayer ?

— Je n'en sais rien. Il ne sait pas où je suis, et j'ai encore changé mon numéro de téléphone. Mais il sait peut-être d'où je viens. C'était dans ma biographie à l'université. »

D'une certaine façon, c'était un grand soulagement de dire tout ça à Holly. J'avais quelques amis en Oregon qui savaient ce qu'il se passait, mais ce n'était pas comme si qui que ce soit pouvait m'aider. D'une certaine façon, j'avais l'impression que c'était le karma que je méritais pour l'accident qui avait tué Jake. Lui était mort, et moi j'avais ça.

C'était aussi très gênant. Je ne pouvais pas me détacher du fait que j'aurais dû le voir venir. J'aurais dû voir que Lance était un pervers. J'avais passé beaucoup trop de temps à repenser à chaque détail de nos premières interactions pour essayer de juger si je lui avais donné la mauvaise impression sans le faire exprès.

« Promets-moi que tu me le diras si jamais ce gars revient. Parce qu'à la seconde où il s'approche de toi, tout ton entourage devrait le savoir, dit-elle fermement.

— Je te le promets. »

Elle acquiesça gentiment, ses cheveux se détachant de sa queue de cheval. Elle retira son élastique et le fit claquer autour de son poignet, puis prit une autre gorgée de vin.

« Bon sang. Je n'arrive pas à y croire. »

Je vivais avec cette histoire depuis un peu plus d'un an, donc tout ce que j'espérais maintenant c'était que la distance entre moi et Lance voudrait dire que c'était enfin terminé. Je ne voulais plus y repenser.

« Ouais, c'est un sacré bazar. Bref, je ne veux pas me lamenter dessus. Je suis rentrée et je reste ici. »

Holly sourit et leva son verre pour porter un toast. Je tintai mon verre contre le sien et pris une autre gorgée de vin. J'avais besoin de me détendre un peu ce soir. Bon sang, j'avais besoin de quelque chose pour me détendre dans l'ensemble de ma vie. Entre le cyberharceleur horrible que j'avais laissé en Oregon, ce nouvel accident de voiture et que Caleb soit celui qui m'ait trouvée et m'ait aidée, j'étais sens dessus dessous.

Alors que je regardais Holly de l'autre côté de la table, je vis ses yeux regarder l'entrée. En suivant son regard, je vis Caleb entrer par l'arrière avec son plus jeune frère Nate à ses côtés.

Le moment où mes yeux atterrirent sur lui, il leva le regard, ses yeux attrapant les miens de l'autre côté de la pièce. Je n'avais pas cessé de penser à lui depuis que je l'avais vu à l'hôpital, pas un moment sans repenser à ce que ça m'avait fait d'être dans ses bras. Et ces baisers en coin qui m'avaient presque tuée.

Un gémissement naquit dans mon centre, tourbillonnant dans mon ventre. Mon pouls eut un petit sursaut. Je le pensais quand je lui avais dit qu'il m'avait manqué. Parce que c'était le cas. Tout dans mon monde me donnait l'impression de s'effondrer. Les murs que j'avais montés autour de mon corps s'effondraient au premier souffle.

Je n'avais que seize ans quand cet accident était arrivé. J'étais jeune, pleine d'espoir, et folle de Caleb. La réalité brutale de cet accident avait détruit mon innocence. Quand j'avais rompu avec Caleb, j'étais une boule de confusion, de culpabilité et de deuil. J'avais passé des semaines dans la section des grands brûlés d'Anchorage, à me remettre de grosses blessures, dont une brûlure sur mes côtes et mes jambes. J'avais encore des cicatrices aujourd'hui et les aurais pour toujours. Dire que je n'étais pas dans mes chaussettes était l'euphémisme du siècle.

Même si j'avais encore des restes de syndrome du survivant, j'avais fait beaucoup de progrès. Le fait que je sois rentrée en Alaska était énorme. Je fuyais peut-être quelque chose, mais j'étais beaucoup trop fatiguée pour continuer à porter ce poids. J'avais fait une thérapie pour essayer de me reconstruire. Ma psy avait suggéré que je devrais arrêter d'éviter tous ceux que j'avais laissés dans le passé. Ça m'avait beaucoup énervée mais elle avait tout à fait raison.

J'avais sans doute des démons à vaincre et j'avais sans doute du mal à penser que je m'en remettrais un jour, mais je voulais une chance de recommencer. À part pour le reste de l'histoire, c'était pour ça que j'étais enfin rentrée.

Depuis tout ce temps, j'avais vu mon amour de jeunesse avec Caleb comme quelque chose que je devais laisser dans mon passé. Je savais que j'étais amère quand j'avais rompu avec lui. Il avait réagi tout aussi violemment que moi. On avait tous les deux été secoués par la mort de Jake. Je m'étais dit que c'était mieux de nous laisser au passé. Dans les années qui avaient suivi, j'avais très rarement été seule avec lui. Je l'avais vu quelques fois par-ci par-là quand j'avais rendu visite à ma famille, mais ça avait toujours été bref.

Une fois, j'avais appris qu'il voyait quelqu'un, et je m'étais dit que c'était mieux comme ça. Les plans pour l'avenir sont de drôles de choses. Puisque j'avais complètement perdu le contrôle de ma vie après l'accident, je m'étais enterrée dans la seule grotte sur laquelle je pouvais compter : les études. J'étais intelligente et un rat de bibliothèque depuis toujours. Je m'y étais raccrochée pour traverser la douleur, émotionnelle et physique. C'était devenu ma vie, et la science environnementale était devenue l'amour de ma vie. En grandissant en Alaska, j'avais vu de mes propres yeux à quelle vitesse le climat changeait notre planète et ça m'avait toujours passionnée. Après avoir terminé mon master, j'avais été acceptée dans un programme doctoral en Oregon et dans le corps enseignant.

Et tout du long, l'Alaska m'avait manqué, Willow Brook m'avait manqué et Caleb m'avait manqué. Mais je m'étais dit ce que beaucoup de gens se disent sans doute : le temps passait, la vie changeait, et je ne pourrais jamais revenir en arrière et retrouver tout ce que j'avais perdu.

Et pourtant, j'étais là. Je ne savais pas comment traverser le pont créé par le temps, la distance et les souvenirs, mais je voulais essayer.

Je n'avais pas réalisé que je le fixais jusqu'à ce que Holly tousse fort. Je sentis mes joues rougir en la regardant à nouveau.

« Tu sais, il est peut-être temps, dit-elle.

— Temps de quoi ? » demandai-je en me forçant à la regarder et à ne pas chercher Caleb et Nate des yeux.

— De réessayer avec Caleb, dit-elle directement. Il n'en parle pas beaucoup, mais si tu veux mon avis, il ne s'est jamais remis de toi. Je sais que ça s'est mal terminé. Mais c'était tordu pour nous tous à ce moment-là, et on était tous très jeunes pour vivre ce genre de choses.

— C'est une façon de voir les choses.

— Jake me manque toujours, dit-elle doucement. Mais rester ici m'a obligée à faire face aux choses. Aux mauvaises choses qui nous sont arrivées, et on peut encore passer à autre chose. »

Mon cœur se serra, et ce deuil si familier me

poignarda, mais je me dis que j'étais capable de le supporter maintenant. Je tendis la main et serrai la sienne.

Elle me rendit mon geste puis eut un sourire amusé.

« Si jamais tu te poses la question, il vient vers nous. Je ne vois pas Caleb souvent mais Nate est toujours très copain avec Alex, dit-elle, en parlant de son frère jumeau. Donc, bien sûr, je vois Nate tout le temps. »

Caleb et Nate s'arrêtèrent à côté de notre table. Nate était un peu plus jeune que Caleb et était dans notre promo quand on était au lycée. Nate avait les mêmes cheveux et yeux marron que Caleb et avait toujours l'air détendu. Il était devenu pilote, et pilotait des avions dans la nature alaskienne. Avec un sourire, il me regarda.

« Ça fait plaisir de te voir ici, Ella.

— Toi aussi. Je ne sais même plus quand était la dernière fois que je t'ai vu », répondis-je.

Nate haussa les épaules.

« Moi non plus, mais il paraît que tu es de retour pour de bon.

— Pour une fois, les potins sont véridiques. »

Caleb croisa mon regard et mon pouls s'accéléra à nouveau, mon ventre se remplissant de papillons et une chaleur traversant mes veines. Bon sang. Je n'avais pas pensé au fait que Caleb m'affecterait aussi. Je me sentais à moitié folle quand j'étais proche de lui.

« Ça vous dérange si on se joint à vous ? demanda Nate.

— Non, bien sûr », dit Holly en se décalant.

Qu'ils l'aient prévu comme ça ou non, Caleb se retrouva assis à côté de moi. Son odeur familière et la chaleur de son corps étaient comme du miel pour le mien. L'avoir si proche de moi faisait vibrer chaque cellule de mon corps.

Malgré mon stress, être avec Caleb, Holly et Nate me paraissait si familier, j'avais l'impression d'être plus détendue que je ne l'avais été depuis longtemps. Mes vieilles peurs s'éloignaient et la ceinture de tension autour de mon cœur se desserra. La douleur emmêlée dans notre passé commun ne me paraissait pas aussi horrible qu'avant.

Nate nous raconta quelques-unes de ses histoires de pilote et Caleb se moqua de lui.

« Ton boulot est bien moins stressant que le mien », proposa-t-il avec un clin d'œil à la fin d'une histoire où Nate avait dû atterrir sans visibilité sur des graviers dans la campagne.

Caleb gloussa, un son rauque qui me fit frissonner des pieds à la tête.

« C'est ça, frangin. Pense ce que tu veux.

— Je dirais que Holly a probablement le boulot le plus stressant à cette table », ajoutai-je.

Nate me regarda.

« Pourquoi tu dis ça ? Elle travaille à l'hôpital. Si elle a besoin de quoi que ce soit, elle a tout ce qu'il faut.

— Ouais, mais elle doit s'occuper de chaque urgence qui se présente à elle. Au moins toi tu peux choisir de ne pas prendre un vol. Je veux dire, tu peux toujours annuler un voyage si la météo est mauvaise. »

Nate eut un grand sourire amusé avant que je ne continue.

« Et pour Caleb, quand ils s'occupent de feux, il y a toute l'adrénaline et ces hormones de folie qui les aident à avancer. Aux urgences, Holly doit s'occuper de tout pendant que tout le monde panique. Crois-moi, je suis sûre que c'est stressant. »

Holly sourit et prit une gorgée de son vin, taquinant Nate du coude.

« Tu vois, et tu dis qu'être pilote c'est dur.

— Hé, tous les jours, je suis responsable de la vie d'au moins six personnes », contra Nate avec un sourire.

Caleb ouvrit la bouche.

« C'est vrai. Un pilote de petits avions en Alaska est considéré comme l'une des professions les plus dangereuses statistiquement. C'est pour ça que maman s'inquiète pour toi. »

Nate leva les yeux au ciel.

« Je suis le bébé de la famille, et elle s'inquiète pour moi quoi que je fasse. Je ne fais que de lui dire que c'est toi qui te jettes dans des feux tout le temps. »

Notre serveuse arriva pour prendre la commande de Caleb et Nate et pour nous servir ce que nous avions déjà commandé.

Holly regarda les deux garçons.

« On n'attend pas que votre commande arrive. J'ai la dalle », dit-elle de façon très directe.

Nate leva les yeux au ciel et Caleb gloussa, alors qu'on prenait chacune une bouchée. Leurs verres arrivèrent et quelques autres vieux amis s'arrêtèrent à notre table pour nous saluer alors qu'on mangeait. Ça faisait du bien d'être à la maison. Je n'avais pas passé une soirée comme ça depuis des années.

Alors que Caleb attendait son burger, il vola quelques-unes de mes frites. Ce n'était rien du tout et quelque chose qu'il avait sans doute fait des centaines de fois quand on sortait ensemble au lycée. Comme la plupart des adolescents, il avait toujours faim. Holly rigolait avec Nate à propos d'un projet sur lequel il travaillait avec son frère quand je jetai un œil à Caleb alors qu'il mangeait l'une des frites qu'il avait volées.

C'était comme s'il reconnaissait ce qu'il faisait au même moment que moi.

On se figea tous les deux, à se regarder. Mon ventre se retourna rapidement, mon cœur se tordant de nostalgie dans ma poitrine. Tout d'un coup, l'émotion me prit à la gorge, m'écrasant complètement. Ce n'était pas un mauvais sentiment. C'était même assez agréable de partager ce moment, ce tout petit geste, je ne savais presque pas quoi en faire. Je réussis à prendre une inspiration, et la tension dans ma gorge se défit un peu.

Je souris car c'était la seule chose que je voulais faire. Caleb me lança un sourire et vola une autre de mes frites. Quelques secondes plus tard, leur nourriture arriva.

« Alors, Ella, qu'est-ce que tu as de prévu ? » demanda Nate entre deux bouchées.

Je terminai ma bouchée, finissant mon burger, puis pris une gorgée de mon eau avant de le regarder.

« Comment ça ?

— Tu vas vraiment rester ? C'est pas la question que tout le monde se pose ? »

Caleb marmonna quelque chose mais je ne compris pas ce qu'il disait. Je regardai Nate et hochai la tête.

« Je ne savais pas que c'était la question que tout le monde se posait, mais oui, je reste. J'ai pris un poste à l'Université d'Anchorage. Je vais surtout gérer des cours en ligne et mes recherches, mais j'irai à Anchorage une fois par semaine. »

Je sentis le regard de Caleb sur moi et je ne pus m'empêcher de le regarder. Ses yeux chocolat chaud me fixèrent un instant, une lueur y brillant. Mon cœur se serra à nouveau et j'eus besoin de prendre une grande respiration pour me calmer.

« Eh bah c'est vraiment génial, dit Nate très directement. Tu nous as manqué. »

Nate n'était pas l'homme le plus subtil du monde. Holly lui donna un autre petit coup de coude.

« Évidemment qu'elle nous a manqué. Elle le sait.

— Je le dis juste, ajouta Nate en mâchant une bouchée de son burger. J'ai dit à Caleb...

— Mec », interrompit Caleb, avec une teinte de menace dans son ton.

Nate leva les yeux avec un air d'innocence. Mais je me demandai ce qu'il voulait dire. Le moment passa. Je continuai de boire mon vin pendant qu'ils finissaient leur dîner. Le frère jumeau de Holly, Alex, arriva pour nous ramener chez nous comme promis. Holly me regarda et se leva, ouvrant la bouche pour dire quelque chose. Caleb parla avant qu'elle n'en ait l'occasion.

« Je déposerai Ella. C'est sur mon chemin. »

Je dormais chez mes parents, et leur maison était en effet sur le chemin vers la maison de ses parents à lui, mais ça m'aurait surprise d'apprendre qu'il vivait chez eux. Tout ce que je savais c'était que je voulais voler ces quelques minutes de plus avec lui.

Alors que Nate se levait pour laisser passer Holly, elle me regarda avec une question dans les yeux.

« Caleb peut me déposer. Ça fait plaisir de te voir Alex », dis-je, en le regardant et en espérant changer le sujet de ma décision le plus rapidement possible.

Alex sourit.

« Ça fait toujours plaisir de te voir. Holly ne parle plus que du fait que tu es enfin rentrée. »

Pendant que Nate et Caleb se levaient, j'en profitai pour me lever également. Alex avait toujours été comme un frère pour moi. Il m'attrapa dans ses bras brièvement. Grand et tout fin, il avait aussi les mêmes yeux marron que Holly et les mêmes cheveux blonds.

« Je sais qu'on se verra bientôt », offrit-il en reculant.

Holly me fit un câlin également, tout en murmurant à mon oreille.

« Tu es sûre que tu ne veux pas qu'on te ramène ?

— Oui, ça va, murmurai-je.

— D'accord, appelle-moi demain alors », dit-elle en se reculant.

Avec un signe de la main, Holly et Alex partirent.

Nate me prit rapidement dans ses bras aussi alors que quelqu'un l'invitait à aller jouer au billard dans le fond du bar.

« À bientôt », dit-il avec un hochement de tête et un clin d'œil vers Caleb.

Caleb et moi nous retrouvâmes seuls à la table. Le bruit des voix autour de nous s'effaça quand je le regardai. Le moment où mes yeux trouvèrent les siens, une électricité prit le contrôle de mon corps, générant une chaleur dans mon centre qui m'irradiait. J'avais oublié à quel point son regard pouvait être intense. C'était comme si j'étais la seule personne dans tout l'univers pour lui, et que son regard sombre cherchait le mien. Sans un mot, il donna un coup de menton dans la direction de la porte arrière et se tourna, en attendant que je passe devant. À la dernière minute, il sortit son portefeuille et posa quelques billets sur la table.

Je zigzaguais entre les tables, sentant la présence de Caleb derrière moi. J'étais un tout petit peu pompette, mais pas trop. Même si j'avais profité du vin, Caleb n'avait lui bu que de l'eau. En m'avançant dans la fraîcheur de cette nuit de printemps, je m'arrêtai alors que la porte se refermait derrière nous.

« Je ne sais pas à quoi ressemble ta voiture », dis-je, en le regardant alors qu'il s'arrêtait à côté de moi.

On resta là, dans la lumière mourante du coucher

de soleil. Un vent frais traversa le parking, secouant les feuilles des arbres qui bordaient le lac. Quelques feuilles se détachèrent, comme de petites taches jaunes dans l'obscurité.

J'avais l'impression que le temps se refermait sur lui-même. J'avais l'impression que mon passé me fonçait dessus et m'évitait au même moment. Car, voyez-vous, tout à propos de Caleb me semblait familier. Revenir dans cette ville était familier. Le cri distinct d'un aigle déchira le silence qui nous séparait encore du bruit des nombreuses voix qui habitaient le Wildlands.

Le son brisa l'instant. Mon ventre vibra et de la chaleur liquide emplit mes veines. Je regardai Caleb. Avec son regard sombre familier posé sur moi, j'avais l'impression qu'il pouvait lire en moi comme dans un livre ouvert. Sans un mot, il se tourna et je le suivis, nos pieds écrasant les graviers.

On s'arrêta à côté d'un pickup noir. Dès que je le vis, je le reconnus plus clairement que le jour où je l'avais déjà vu. Je m'étais parfois demandé si je me sentais autant en sécurité avec lui parce qu'il m'avait sauvé la vie deux fois, par chance, destin ou coïncidence. Et pourtant, j'avais l'impression que c'était plus que ça. Je ne fais pas facilement confiance aux gens, plus maintenant.

Me faire harceler m'avait changée d'une drôle de façon. Ça m'avait forcée à remettre tout en question : mon jugement, ma santé mentale, et plus que tout ma sécurité. Mais avec Caleb, ce sentiment de peur en moi disparaissait. C'était un immense soulagement.

Je m'arrêtai à côté de sa voiture, côté passager. En me tournant, je trouvai son regard qui m'attendait. J'avais oublié à quel point il était beau. Ce n'était pas comme si je ne l'avais jamais revu. Pendant les dix ans qui avaient suivi l'accident, je l'avais vu une poignée de fois. La dernière fois était il y a environ cinq ans, en coup de vent en ville quand j'étais venue voir mes parents. Ça faisait toujours mal de le voir, mais j'enfouissais le sentiment, le rangeant dans un coin de ma tête pour ne pas y faire face.

Et pourtant, ici et maintenant, j'avais l'impression que les époques se mélangeaient. Alors qu'il me regardait dans la lumière tamisée, mon cœur commença à battre fort, et je perdais mes moyens. Il s'avança, puis il était juste devant moi. Mes hanches se heurtèrent à sa voiture. Mon souffle se crispa et mon corps devint chaud.

Il leva la main, repoussa une mèche rebelle sur ma joue, ses doigts passant sur la limite de mes cheveux.

« Ça a l'air de bien cicatriser », dit-il d'une voix rauque.

Ma voix n'était qu'un souffle.

« Ça ne fait pas mal. J'ai rendez-vous dans quelques jours pour me faire retirer les points. »

Il rangea mes cheveux derrière mon oreille, la caresse de ses mains de travailleur contre ma peau sensible envoya des frissons chauds dans mes veines suivis d'une chair de poule.

« Qu'est-ce que ça voulait dire quand tu as dit que je t'avais manqué ? » demanda-t-il, faisant référence à la déclaration soudaine que je lui avais faite à l'hôpital la semaine dernière.

Je n'entendais quasiment plus rien à part les lourds battements de mon propre cœur. J'étais une boule d'émotions et de sentiments. Après un petit souffle, je déglutis.

« Juste ce que j'ai dit.

— Pourquoi est-ce que tu es revenue ? »

Je le regardai sans cligner des yeux, sans vouloir tout lui expliquer. Et sûrement pas maintenant.

Je ne savais même pas par où commencer. Comment expliquer que je m'étais enfin remise de ce que j'avais fui ? La culpabilité qu'il me restait de cet accident me faisait peur et me fatiguait. Je me sentais mal que Jake soit mort quand je conduisais cette voiture, et j'avais l'impression que j'aurais dû le sauver, d'une façon ou d'une autre. Et pourtant j'avais besoin, non, je voulais passer à autre chose si j'en étais capable. Il y avait ça, et le fait que ce qui m'avait enfin poussée à rentrer à la maison était un harceleur. Bon Dieu. Ma vie était vraiment un bazar sans fin. Je me secouai pour essayer de me concentrer.

Caleb lisait clair dans mon jeu, son regard me pénétrant jusqu'au centre, jusqu'au morceau de moi qui avait beaucoup douté ces dernières années. Je repoussai ce sentiment. En secouant mes pensées, je pris une grande inspiration et lui proposai une partie de la vérité.

« Ma vie ici me manquait. Il était temps de rentrer. »

Ses yeux se plissèrent, s'assombrissant en analysant mon visage. Ses doigts dansèrent en l'air.

« Et c'est tout ? »

Je haussai les épaules. Je ne voulais pas continuer de parler de ça, pas maintenant. Car je dirais la vérité, mais ce ne serait qu'une partie de l'histoire. Oui, certains évènements m'ont poussée dans cette direction, et pourtant mon désir de rentrer à toujours été présent et n'a jamais disparu. Je n'aimais pas penser au reste, à quel point ça me faisait me sentir petite et vulnérable.

Je voulais me concentrer sur autre chose à la place : sur la chaleur dans mon ventre et les fils qui m'attiraient plus près de lui. En passant ma main à la naissance de son cou et dans ses cheveux, je l'attirai vers moi pour l'embrasser.

S'il avait eu l'intention d'insister, il venait de laisser tomber. Notre baiser était un contact choc, un éclair qui me traversait de part en part. Ça envoya une chaleur blanche dans ma colonne vertébrale et dans chacun de mes membres. Juste après un soupir, sa langue entra dans ma bouche, et j'oubliai tout le reste en extase.

Chapitre Cinq

CALEB

Je m'étais dit que je n'allais pas embrasser Ella. Je m'étais dit qu'il se passait quelque chose dans sa vie et que je devais savoir quoi. Je m'étais dit qu'il fallait que je défasse toutes les émotions douloureuses qui nous séparaient encore depuis l'accident. Je m'étais dit de nombreuses choses.

Et pourtant mon corps avait trompé mon esprit. Alors que le corps d'Ella était pressé contre le mien, elle se mit sur la pointe des pieds et passa sa main dans mes cheveux et mon cerveau s'éteignit entièrement. Le moment où ses lèvres rencontrèrent les miennes, j'étais perdu. Je ne pouvais pas résister à la douce chaleur de ses lèvres, la caresse de sa langue contre la mienne.

Je ne savais pas ce qu'un premier amour était pour tout le monde, mais je savais ce que c'était pour moi. L'innocence n'était pas exactement la bonne façon de le décrire. Quand ça touchait à Ella et moi, il y avait un côté pur, profondément nu. Tout était lourdeur et lumière à la fois. Nous avions partagé tellement de premières fois que nous ne pourrions jamais répéter. Il y avait beaucoup trop de profondeur dans mes sentiments pour elle. Il y avait ça et la façon dont les choses avaient explosé. La réalité nous avait heurté de plein fouet, nous laissant dans un chaos d'émotions.

Je m'étais demandé si on pourrait un jour retrouver ce qu'on avait en voyant à quel point elle était fermée maintenant. Mais tout ça avait disparu au moment où on s'était touchés. Elle avait toujours été courageuse avec une pointe de folie. Exactement comme elle l'était maintenant. Sa main passa dans mes cheveux. Après qu'elle eut pris une autre bouffée d'air, je m'enroulai autour d'elle, mes mains agrippant ses cheveux presque brutalement.

Le besoin que je ressentais de l'avoir avait été enfoui en moi, enfermé dans une hibernation pendant beaucoup trop longtemps. Personne d'autre n'avait atteint ce niveau. J'avais eu quelques relations presque sérieuses, mais elles s'étaient toujours éteintes. Parce que je cherchais encore. Je cherchais quelque chose qui s'approchait au moins un peu de ce que j'avais ressenti quand j'étais avec Ella.

Pendant un moment, je m'étais convaincu que c'était à cause de la façon dont nous avions rompu, à un moment où on était tous les deux vulnérables pour des raisons qui n'avaient rien à voir avec une relation d'adolescents. Et pourtant, tout était mélangé, entre l'accident et un premier amour, y compris la rupture. Je me perdais dans mon propre deuil d'avoir perdu mon meilleur ami, et dans l'inquiétude que je ressentais pour Ella, j'arrivais à peine à penser. Je m'étais énervé quand elle m'avait repoussé.

Et puis je n'avais plus rien ressenti sauf le regret pendant les années qui ont suivi. Il avait été évident qu'elle croyait – sans raison logique – qu'elle aurait dû trouver une façon de changer ce qui s'était passé cette nuit-là. On souffrait tous, mais elle avait porté un poids encore plus lourd, et je n'avais pas su comment l'aider. J'étais trop jeune à l'époque pour naviguer entre ces émotions compliquées.

Le moment où je l'avais tenue dans cet hôpital une nouvelle fois la semaine dernière, je m'étais souvenu de tout ce qui m'avait manqué. Maintenant qu'elle m'embrassait, nos bouches fusionnaient comme si nous ne faisions qu'un, et je n'arrivais pas à me sentir rassasié.

Ma main traversa ses cheveux, passant le long de son dos, et attrapa ses fesses rondes. Ses fesses parfaitement ovales étaient le centre de bien trop de mes rêves. Elle grogna alors que ses hanches se penchaient vers moi. J'étais parfaitement dur et prêt et j'avais porté un demi-garde-à-vous depuis que je m'étais approché d'elle ce soir.

Je me reculai, murmurant son nom durement, mes lèvres traçant un chemin chaud le long de son cou, savourant chaque respiration et gémissement qu'elle me laissait entendre. Une porte claqua au loin et me sortit de ma transe d'excitation. Je réalisai que nous étions sur un parking à la vue de qui que ce soit entrerait et sortirait du Wildlands. Je ne pouvais pas me convaincre de reculer trop loin, donc je restai où j'étais. Collé contre elle, je sentais son cœur battre fort contre mon torse, ses battements aussi fous que les miens.

En ouvrant mes yeux, je regardai les siens, ce riche vert couvert de petits éclats d'or. Ses lèvres étaient gonflées de notre baiser, ses yeux sombres. L'air était lourd autour de nous, vivant et pesant de notre besoin et de nos émotions.

« Viens avec moi », murmurai-je.

Ella me regarda, ses yeux brumeux, mais se réveillant alors qu'on se regardait.

« Je ne sais pas si c'est une bonne idée, dit-elle enfin.

— Dis-moi pourquoi c'est une mauvaise idée. »

Un petit rire lui échappa, ses yeux s'élargissant légèrement.

« Tu vois quelqu'un ? » demandai-je.

Elle secoua la tête sans hésitation, avec une teinte d'amertume dans les yeux.

Je pris note, sachant très bien qu'elle ne disait jamais tout.

« Et toi ? » demanda-t-elle en retour.

Je secouai la tête.

« Non. »

On se regardait, l'air vibrait. Je mourais d'envie qu'elle rentre avec moi, mais je sentais que j'allais trop loin et trop vite pour le moment. Ça ne changeait pas ce que je voulais.

« J'ai envie de dire oui », dit-elle enfin avant de se taire à nouveau.

Ses dents attrapèrent le coin de sa lèvre inférieure alors qu'elle me regardait. Un espoir s'empara de mon cœur, alors que mon corps avait beaucoup d'idées propres.

« Mais mes parents m'attendent à la maison. »

Quelque chose traversa ses yeux à nouveau. De l'inquiétude, ou de la peur. Je n'étais pas certain.

« Peut-être qu'on ne devrait pas aller trop vite. »

Il y avait tout un tas de choses que je voulais dire, mais je savais qu'aucune n'était raisonnable. S'il y avait bien une chose que je ne voulais pas revivre, c'était de mettre mon cœur en jeu et qu'Ella le brise.

Si cela se trouvait, elle rentrait après une grosse

rupture et j'étais un pansement. Donc je reculai, même si cela me demanda une grande discipline.

Alors qu'on se mettait en chemin vers la maison de ses parents, je me rendis compte que la dernière fois que j'avais été dans une voiture avec Ella était la nuit de l'accident. Me rendre compte de ça fut comme un coup en plein cœur. Être avec elle était si familier.

Chapitre Six

ELLA

En entrant dans la cuisine de la maison de mes parents, je trouvai ma mère qui préparait un petit-déjeuner et du café. Georgia Masters, la libraire de la ville, était une force de la nature. C'était une mère qui nous soutenait sans fin et sans chichi.

Avant que j'ai même le temps d'ouvrir la bouche, elle regarda par-dessus son épaule.

« Assieds-toi, chérie. Je vais te servir un café et des œufs.

— Maman, je peux me servir mon propre café et tu n'es pas obligée de me faire à petit-déjeuner tous les jours. »

J'étais rentrée depuis plus d'une semaine et elle m'avait fait à manger tous les matins. Ça ne me dérangeait pas. Ma mère cuisinait très bien, et c'était génial, absolument génial, de rentrer à la maison et qu'elle en fasse toute une affaire.

Elle posa sa spatule sur le comptoir, ses yeux verts brillants aux coins avec un sourire. Avec ses cheveux argentés qui furent un temps bruns, ses yeux verts paraissaient plus brillants.

« Je sais que je n'y suis pas obligée. C'est la première fois que tu rentres pour plus qu'une simple visite depuis des années, et je veux te gâter », dit-elle tout simplement.

Elle coupa le feu sous les œufs brouillés et désigna la table.

« Assieds-toi. »

En lui rendant son sourire, je marchai plus vite, la dépassant.

« Je me sers mon propre café. »

En me servant une tasse de café, j'ajoutai un peu de crème avant de m'asseoir à la table. Je pris quelques gorgées en regardant par la fenêtre de la cuisine. Mes parents avaient une maison en rondins entourée de pins. Cette partie de l'Alaska était rocheuse et montagneuse dans les empreintes distantes de Denali, le pic le plus haut du Nord de l'Amérique et la pièce maîtresse de la campagne d'Alaska. La cuisine donnait sur un champ d'herbes traversé par une rivière. Même si l'Alaska m'avait toujours manqué, cette maison accentuait la chose. Le bord de nature sauvage, la beauté spectaculaire : c'était ma maison.

Je dégustais mon café alors que je profitais de la vue et du sentiment d'être de retour. Après quelques minutes, ma mère me rejoignit à la table en nous servant des œufs brouillés à toutes les deux, avec de la feta et des poivrons rouges. Tout était, bien entendu, délicieux.

L'une des choses qui ajoutait à la honte que je ressentais à propos de Lance, c'était que j'avais l'impression que j'aurais dû le voir venir. Même la première fois que je l'avais rencontré, j'avais eu un mauvais pressentiment, et pourtant je m'étais convaincue que ce n'était rien. Ma mère était tellement forte, intelligente et indépendante. J'avais l'impression que je n'étais pas la femme que j'aurais pu être.

La honte est un sentiment étrange. Ça vous ronge le cerveau, dépassant chaque pensée rationnelle et gagnant la course à chaque fois. Dans ce sens, la honte est une amie proche de la culpabilité. Ces deux sentiments fonctionnent de la même manière et ont cette capacité de prendre le contrôle de votre esprit. Je me souvenais avoir parlé de ma culpabilité à ma psy quand Jake était mort. Ma psy avait parlé du fait d'accepter qu'il y a des mauvaises choses qui arrivent dans la vie parfois, même quand personne n'a rien fait de mal. Elle avait essayé de m'aider à en arriver au point où j'appliquais cette croyance à l'accident qui nous était arrivé. Elle m'avait répété un nombre incalculable de fois que je n'étais pas responsable et qui l'était. Au bout d'un moment, j'en étais arrivée à un point où je pouvais imaginer me détacher de ma culpabilité. Rentrer à la maison était la dernière étape, ou du moins je l'espérais.

L'accident avait été tellement horrible et triste et déprimant et final. C'était un moment unique et pourtant il avait répandu une horreur dans mon cœur et mon esprit. Quand Lance s'est mis à me harceler, même ça m'avait ramenée à l'accident. Intellectuellement, je me disais que ça n'avait aucun sens, mais une partie de moi pensait que je ne méritais pas d'être heureuse et le fait que Lance me terrifie comme il le faisait était simplement une chose qui faisait partie de ma vie, un résultat logique.

Me faire harceler me donnait l'impression d'être folle. Lance ne faisait pas partie de ma vie personnelle. Et pourtant, de loin, il arrivait à me terrifier, au point où je regardais derrière moi partout où j'allais, tout ça sans qu'il n'ait jamais à me toucher.

Je pris une gorgée de mon café, me demandant quand et comment parler de tout ça à ma mère ou qui que ce soit dans ma famille. Comme si elle pouvait lire dans mes pensées, ma mère leva la tête, ses yeux bien trop perspicaces scannant mon visage. Elle finit sa bouchée d'œufs. Après une gorgée de café, elle pencha la tête sur le côté.

« Ton amie Susan m'a appelée. »

Merde. Susan était ma seule amie en Oregon qui savait tout ce qu'il se passait. Elle avait été là par accident quand un autre bouquet de fleurs était arrivé chez moi – un autre bouquet non désiré que j'avais immédiatement jeté dans la poubelle dehors, avant de recevoir un e-mail le lendemain matin m'engueulant de ne pas savoir apprécier un petit cadeau.

Sois une grande fille. La seule personne à qui tu dois faire face tout de suite est ta mère.

Même si je me jugeais moi-même, je savais qu'elle ne me jugerait pas.

« Qu'est-ce que Susan a dit ?

— Eh bien, elle m'a dit tout ce qu'il s'était passé avec cet homme. Pourquoi tu ne m'as rien dit ? Est-ce que c'est pour ça que tu es rentrée à la maison ? » demanda ma mère doucement.

Ma poitrine se serra, et mes intestins se tordirent. Tout le confort dans lequel je m'étais baignée cette semaine, en rentrant ici, avait disparu instantanément.

« Je voulais rentrer dans tous les cas, dis-je enfin. Tout ce qu'il se passe avec Lance m'a poussée à prendre la décision. J'espère juste que maintenant que je ne bosse plus au même endroit que lui, il va m'oublier. J'ai peur qu'il n'ait aucun mal à me retrouver. Ma biographie au boulot disait d'où je venais. »

Je ne savais pas ce que Susan lui avait dit, mais puisque Susan savait tout, je supposais que ma mère savait également tout. Ma mère resta silencieuse en plissant les yeux.

« Maman, je suis désolée...

— Oh, ma chérie, tu n'as pas à t'excuser pour quoi que ce soit. Je suis en colère contre la personne qui t'a fait ça. Susan m'a dit qu'il te harcèle en ligne depuis plus d'un an, c'est vrai ? »

À mon hochement de tête, elle continua :

« Je vais parler à ton père ce soir et voir ce qu'on peut faire. »

Mon père était le chef de la police à Willow Brook. Il voulait toujours arranger les choses. Encore une fois, mes parents allaient se plier en quatre pour m'aider, tout comme après l'accident. J'avais l'impression qu'à chaque fois que j'essayais de prendre le contrôle de ma vie, quelque chose arrivait et détruisait tout.

Après l'accident au lycée, ma famille m'avait soutenue, m'aidant avec ma rééducation, à passer des jours et des nuits à l'hôpital. Caleb m'avait sauvée de deux accidents de voiture. J'essayais de me sauver moi-même pour une fois.

« C'est pour ça que tu es rentrée à la maison, non ? Parce que tu te sentais en sécurité ici et que tu ne serais pas seule. »

Je luttais pour ne pas pleurer, mais les larmes coulèrent sur mes joues quand même.

« Je voulais rentrer à la maison parce que ça me manquait. Je suis tellement fatiguée de me retrouver dans des situations où les autres doivent s'occuper de moi. Je m'en sortais. Je m'en sors toujours. Si tu le dis à papa, il va... »

Ma mère secoua vivement la tête.

« C'est ce que font les gens. Ils s'entraident. Est-ce que tu dirais à une amie que c'est de sa faute si quelque chose comme ça lui arrivait ? C'est une moitié de ce que c'est que d'être fort : demander de l'aide quand on en a besoin. Je ne vais pas cacher ça à ton père, donc ne me le demande pas, dit ma mère platement.

— Et ça veut dire que Cade sera au courant, et tous les autres aussi », marmonnai-je, en parlant de mon grand frère.

Que j'adorais mais qui n'avait pas besoin de s'inquiéter pour moi non plus.

Ma mère prit une grande inspiration, s'arrêtant pour prendre une gorgée de café avant de m'anéantir avec son regard laser.

« Ton frère t'aime. J'aurais voulu que tu nous en parles plus tôt. Je n'arrive pas à croire que tu sois dans cette situation depuis plus d'un an. »

Je voulais taper du pied au sol mais j'étais tellement soulagée. Parce qu'elle avait raison. J'avais essayé de m'occuper de cette histoire seule, j'avais été têtue, et je ne pouvais pas. Je la regardai en essayant mes larmes.

« Je sais, dis-je enfin. Je me disais juste que ça finirait par s'arrêter. »

Ma mère me regarda en silence, son regard se durcissant.

« Les gens comme ça ne s'arrêtent pas avant d'être arrêtés. »

La tension qui avait pris le contrôle de ma poitrine et de mon cœur se calma un petit peu.

« Bien. Je sais que tu voudras le dire à papa, et je m'en occuperai. Si tu peux attendre, je lui dirai moi-même. »

Ma mère tendit le bras et serra ma main rapidement.

« Merci. »

On mangea en silence pendant un temps avant qu'elle ne reprenne la parole.

« Et si tu me parlais de ton nouveau boulot ? Ou

mieux encore, j'ai remarqué que Caleb t'a déposée à la maison la nuit dernière. »

Je sentis mes joues rougir et je les ignorai.

« Maman, il m'a juste déposée. »

Je décidai de ne pas lui raconter nos baisers passionnés ou le fait que nous nous étions quasiment embrasés sur le parking du Wildlands. Elle serait sans doute ravie. Mais je n'étais pas prête à gérer ça. Pas tout de suite.

« Alors, mon boulot. Comme tu le sais j'ai accepté un poste de professeure à l'Université d'Anchorage dans le département d'études environnementales. J'enseignerai quelques sujets chaque semestre pour leur programme hybride, qui est une combinaison de cours en ligne et sur le campus. J'irai à Anchorage une fois par semaine, mais sinon je pourrai travailler ici. Ce qui est parfait pour moi. Je me dis qu'un aller-retour à Anchorage sera facile. Si t'as besoin que je te fasse du shopping, tu peux compter sur moi. Il faut juste que je trouve un logement bientôt. »

Les traits de ma mère se crispèrent.

« Je préfèrerais que tu restes ici pour le moment. Au moins tu n'es pas tout seule. »

Je rencontrai le regard d'acier de ma mère. Pendant un instant, je voulus me défendre. Parce que j'en avais marre de ce que Lance me faisait. Même s'il ne m'avait jamais approchée en dehors du boulot, je détestais être seule quand je recevais ses e-mails ou messages.

Je secouai enfin la tête et soupirai.

« On verra, maman. Je ne ferai rien d'idiot. J'espère que maintenant que je suis partie, qu'il ne me voit plus, il m'oubliera. »

Je pris une autre gorgée de mon café et me levai.

« Il faut que je me prépare pour aller à Anchorage pour la journée. »

Ma mère acquiesça, se levant avant que j'aie le temps de m'enfuir. Elle me prit dans ses bras en me serrant fort. Ma mère adorait faire des câlins, et chaque câlin me donnait la chance d'absorber sa force pendant un instant. Je reculai, me sentant plus forte que depuis longtemps.

« Qu'est-ce que tu fais de ta journée ? demandai-je.

— Je vais à la bibliothèque, bien sûr », répondit-elle avec un sourire.

———

Plus tard ce jour-là, je traversais le couloir de l'université. J'avais rencontré quelques-uns de mes collègues, tout le monde était très sympa. Ça faisait du bien d'être quelque part de nouveau, où je pouvais me concentrer sur mes recherches et mes cours sans m'inquiéter du fait que quelqu'un surveille tous mes faits et gestes.

Même si je n'avais pas de bureau ici parce que ce n'était pas nécessaire, il y avait un espace flexible que plusieurs professeurs qui travaillaient à distance comme moi utilisaient. Il y avait des professeurs de partout dans l'État. En termes de géographie, l'Alaska était un État très étendu, le plus grand du pays. C'était un cinquième de la surface totale des États-Unis. Et pourtant, tout paraissait petit d'autres façons. Quand on vit dans un lieu aussi isolé que celui-ci, les connexions se font rapidement. Tout le monde faisait des sacrifices pour être ici. L'amour de la région et sa beauté spectaculaire et sa vie sauvage en valaient la peine.

Alors que je rentrais d'Anchorage en voiture, je sentis la boule de tension qui avait agrippé mon cœur et mon ventre depuis si longtemps commencer à se dissiper. Ça faisait beaucoup de bien d'être rentrée. La route entre Anchorage et Willow Brook était magnifique.

C'était au beau milieu des montagnes et de l'océan alors que l'autoroute traversait la nature sauvage. L'automne en Alaska était une belle saison, un kaléidoscope d'oranges, de jaunes et rouges. Contrairement à certaines parties du pays, l'Alaska n'avait pas beaucoup d'arbres au bois dur, car beaucoup de pins couvraient l'État. Des rassemblements de bouleaux et de plans de coton qui devenaient jaune et orange dans cette partie de l'État. La grande diversité de buissons créait une explosion de couleurs proches du sol, de puissants rouges et violets qui dansaient sous nos pieds. Les collines qui s'étendaient devant moi offraient des éclats de couleurs entre les arbres.

Alors que j'arrivais près de Willow Brook, je vis un troupeau d'élans qui mangeaient des fruits à côté d'un champ. Même si c'était le début de l'automne, il y avait un sentiment dans l'air que les jours étaient de plus en plus courts. Les gens qui ne viennent pas d'Alaska demandent souvent si les hivers sont difficiles à vivre car les nuits sont sombres, longues et froides. Je n'aurais jamais dit que j'adorais ces mois sombres, mais il y avait une certaine paix là-dedans. L'automne était vivant, de grands éclats d'énergie avant de se préparer pour un hiver tranquille où les jours sont plus courts et les nuits plus longues.

Avant d'arriver à Willow Brook, je sortis de l'autoroute pour m'arrêter sur un panorama. En sortant de la voiture, je m'avançai pour m'appuyer contre le rail. Cet endroit offrait une vue du lac au bord de Willow Brook, chaudement installé dans la vallée entre les montagnes. Quelques cygnes flottaient sereinement à la surface du lac alors que le soleil jetait un éclat rose derrière eux en s'effaçant dans le ciel.

Je pris une grande inspiration, sentant un brin de bois brûlé au loin. Quand je remontai dans ma voiture, je sentis mon téléphone vibrer dans ma poche. En le sortant, je regardai l'écran pour y trouver un texto de Caleb. Le simple fait de voir son nom fit battre mon cœur plus vite. Je voulais tellement le voir. Je me demandai ce qu'il penserait de mes années loin de Willow Brook. J'avais essayé de fuir et de laisser la folie prendre le dessus au début, en faisant beaucoup la fête, en flirtant un peu trop, mais sans jamais laisser les choses aller trop loin parce que ça ne me paraissait pas juste. J'avais essayé d'effacer la douleur jusqu'à ce que je me rende compte que ce n'était pas possible. C'était seulement quand j'y avais fait face que ça s'était adouci.

Rejoins-moi pour dîner ?

Je regardai son texto, mon pouce juste au-dessus de l'écran. Alors que j'étais occupée à me dire que je devrais attendre avant de répondre, mes pouces prirent le devant.

Pourquoi pas. Où ?

Au Firewood Café. C'est plus calme que le Wildlands.

D'accord. Quelle heure ?

Je peux y être dans dix minutes.

Je suis à vingt minutes à peu près.

À dans vingt minutes alors.

En regardant mon téléphone, je me demandai ce que je voulais. Enfin, je n'avais pas besoin de me demander ce que je voulais. Il fallait que je réfléchisse à ce que j'allais faire de ce que je voulais. Je voulais tout : retrouver ce qui m'avait été arraché dans cet horrible accident. Je voulais me perdre dans Caleb parce que j'avais l'impression qu'il pouvait me donner l'échappatoire que je désirais tant. Je voulais me retrouver et ne plus avoir peur tout le temps. Je ne voulais plus avoir l'impression d'être un objet. Étrangement, même si Lance ne m'avait jamais touchée, la façon dont il m'avait harcelée en ligne m'avait donné l'impression de n'être qu'un objet. Je détestais ce sentiment.

Avec Caleb, je n'avais que l'impression d'être réelle. Toute la douleur que j'avais fuie était ancrée en moi dans la profondeur des émotions que nous partagions.

Alors que je démarrais ma voiture, je me souvins que je vivais actuellement chez mes parents. Et même si j'étais une adulte, c'était poli de les prévenir de l'endroit où j'allais. Je savais que je ne rentrerais pas ce soir. Mais ça voulait dire que j'allais avoir une conversation gênante au téléphone. Ma mère n'était pas prude.

« Eh bah, merde », marmonnai-je pour moi-même.

J'hésitai à lui envoyer un SMS, mais je savais que ça créerait plus de questions. Alors que je sortais du panorama, je l'appelai, en appuyant sur le kit mains libres de la voiture.

Elle répondit à la première sonnerie.

« Oui chérie ?

— Salut maman. Je t'appelle pour te dire que je ne rentre pas ce soir.

— Oh, d'aaaaccoooord, dit-elle doucement.

— Je serai avec Caleb », expliquai-je, décidant d'être directe.

Je priai qu'elle n'ait pas plus de questions. Si je finissais par rentrer à la maison, ce ne serait pas grave non plus.

Je pouvais entendre le sourire dans sa voix quand elle répondit.

« Très bien chérie. Je dirai juste à ton père que tu es avec des amis.

— Maman, tu sais que j'ai vingt-six ans, non ?

— Bien sûr que je sais quel âge tu as chérie, Je t'ai donné la vie, dit-elle avec un petit rire. J'apprécie que tu m'aies tenue au courant, surtout après notre conversation de ce matin. Mais ton père se demandera où tu es, donc je dois dire quelque chose. Même si, en vrai, il serait ravi de savoir que tu vas voir Caleb. Tu sais ce qu'il en pense », dit-elle avec insistance.

J'avalai mon soupir.

« Je sais, maman. Est-ce que je peux raccrocher maintenant ? »

Un autre petit rire de ma mère.

« Merci d'avoir appelé. Est-ce que je peux te demander autre chose très vite ?

— Bien sûr.

— Est-ce que tu veux bien que je parle à ton père ce soir de notre conversation de ce matin ? »

Bon sang, j'adorais ma mère. Je savais que ça la tuerait de garder ça pour elle, mais elle ne dirait rien si je lui demandais d'attendre.

« Oui, maman. Je suis sûre qu'il voudrait m'en parler, mais on aura le temps plus tard. »

Son soupir fut bruyant.

« Merci chérie. Dis bonjour à Caleb pour moi.

— Bon sang, maman. Tu pourras lui dire la prochaine fois que tu le vois. Ce qui arrivera sûrement dans un jour ou deux. »

Après son rire, on raccrocha. Alors que mon pouls accélérait et que l'anticipation brûlait mes veines, le reste de la route jusqu'à Willow Brook me parut sans fin.

Chapitre Sept

CALEB

Il y avait un danger chez Ella, une impatience, quelque chose de supérieur. En la regardant de l'autre côté de la table, tout ce que j'arrivais à me dire c'était que ça faisait un bien fou de l'avoir ici. On finissait juste notre dîner, et c'était la période de temps continue la plus longue que j'avais passé avec elle depuis aussi longtemps que je me souvienne. Ses cheveux bruns tombaient en cascade sur ses épaules. Ses joues étaient un peu rouges, faisant ressortir le vert de ses yeux. J'aurais pu la regarder pendant des heures, ne serait-ce que parce que c'était la première fois depuis très longtemps que j'en avais l'occasion. On aurait peut-être –
 peut-être – une chance de réécrire la fin de notre histoire cette fois.

Je ne me faisais pas d'idées. Depuis que je l'avais vue à l'hôpital après ce petit accident de voiture et l'autre nuit, j'avais changé de vitesse. Après dix ans à me dire que je n'avais pas d'autre choix que de la laisser partir et de passer à autre chose, elle était là. Pour de bon. Je ne me disais en aucun cas que les choses seraient simples. Et pourtant, j'avais peut-être une chance.

Tout chez Ella était coloré par plus d'une lentille pour moi. D'abord, il y avait le fait qu'elle était mon amour de lycée. Soyons honnêtes, les garçons ne sont pas exactement connus pour leur intelligence au lycée. Surtout pas quand on parle de filles. Je doutais qu'un seul homme oserait dire que sa queue est un bon cerveau.

J'aurais menti si j'avais dit que mon attraction initiale à Ella avait quoi que ce soit à voir avec autre chose que du sexe. Ça avait commencé par une envie de sexe puis c'était tombé dans de l'amour. J'avais assez de bon sens pour savoir que cette phase de ma vie était ce qu'elle était. Puis il y avait l'horreur de l'accident. L'accident qui n'avait été la faute de personne à part celle de l'homme saoul qui avait pris le volant comme un fou. Pour nous quatre dans cette voiture, sa décision irresponsable nous avait pris la vie de Jake et nous avait laissé des cicatrices, réelles et métaphoriques.

J'avais été tellement en colère contre Ella quand elle avait rompu avec moi, j'étais trop blessé pour voir l'autre côté des choses. Alors que je perdais déjà les pédales, le fait qu'elle me repousse avait été comme un couteau dans le cœur. Pire encore, je m'étais beaucoup inquiété pour elle. Elle avait passé des semaines à l'hôpital, ce qui semblait être une éternité à l'époque. Si on m'avait demandé d'expliquer pourquoi j'étais en colère, je n'aurais pas pu l'expliquer. J'imaginais que je m'étais senti abandonné à l'époque, alors que j'avais besoin d'elle et que j'avais besoin d'être là pour elle.

Les années qui avaient suivi m'avaient aidé à accepter la mort de Jake. Parfois, tout ce qu'on peut faire c'est d'accepter que la vie n'est pas juste et que c'est de la merde et que parfois des choses horribles arrivent à n'importe qui. J'avais aussi pris un peu de distance sur ce qu'Ella avait dû ressentir à l'époque. Mes blessures étaient bien moins graves que les siennes. Elle souffrait et portait beaucoup plus de culpabilité que nous puisqu'elle conduisait, même si ce n'était qu'un hasard.

Même si Ella avait toujours été quelque part dans ma tête, je m'étais convaincu qu'on n'aurait jamais de seconde chance. Maintenant qu'on en avait une, je serais maudit si je la laissais passer.

Janet James, la propriétaire du Firehouse Café, s'occupait d'un couple à côté de nous puis s'arrêta à notre table. Elle attrapa une chaise libre non loin et s'assit. En s'approchant, elle serra l'épaule d'Ella.

« Ça fait beaucoup de bien que tu sois rentrée. Tu n'as aucune idée d'à quel point j'étais heureuse quand Cade m'a dit que tu restais pour de bon. »

Ella sourit.

« Ça fait du bien d'être rentrée et de te voir. Comment tu vas ? »

Janet, avec ses cheveux sombres parsemés d'argenté et ses yeux marron brillant, nous regarda tous les deux.

« Je vais bien, toujours aussi occupée. Dites-moi que ce dîner veut dire quelque chose. »

Janet n'avait aucune retenue, et je n'avais jamais douté du fait qu'elle avait son propre avis sur ce qui devrait se passer entre Ella et moi. Pour une fois, j'étais tout à fait pour le fait qu'elle se mêle de mes affaires, mais j'allais m'adapter à ce qu'Ella faisait. Je haussai simplement les épaules en riant.

« On mange. »

En regardant Ella, je vis ses joues rougir un petit

peu. Bordel. Tout ce qu'il me fallait était de voir une pointe de rouge sur ses joues pour être excité.

Mes sentiments pour Ella n'étaient en aucun cas uniquement sexuels, mais bon sang, elle me rendait complètement fou. Elle me rendait fou depuis le lycée. J'avais toujours adoré le contraste de sa beauté avec son côté un peu dangereux, tout en restant une vraie geek. Ses notes comptaient plus que moi à l'époque, sans aucun doute. Elle avait été difficile à attraper pour moi, et j'avais aimé chaque minute de la poursuite.

Ella vit le sourire de Janet et leva les yeux au ciel.

« C'est juste un dîner. »

Janet sourit alors qu'elle se levait car quelqu'un l'appelait depuis la cuisine.

« Je ne pouvais pas m'empêcher de vous embêter. Tu as été absente beaucoup trop longtemps, tu le méritais. »

Sur ces mots, Janet se retourna, remettant la chaise à la table où elle l'avait attrapée avant de prendre rapidement nos assiettes vides et de trottiner vers la cuisine. Ella regarda Janet partir, scannant le petit café des yeux. Tout était très similaire à quand on venait ici après nos cours.

Logiquement appelé le Firehouse Café, il était logé dans l'ancienne caserne de pompiers de la ville, qui datait du début du XXe siècle. L'étage avait été converti en réserve. Ce qui avait été un garage pour les camions était maintenant un café. Le sol en béton était teint d'un bleu pastel avec des petites tables rondes étalées partout. Les barres de descente de pompiers étaient peintes avec de jolies petites fleurs et les murs étaient couverts d'arts par des artistes locaux. Le comptoir de service était d'un côté, juste devant la cuisine. Janet dirigeait ce café seule depuis des années, depuis que son mari était mort. Le café était ouvert tous les jours à 5 h du matin pour des cafés et pâtisseries et restait ouvert sur l'heure du déjeuner jusqu'au début de soirée.

Les yeux d'Ella revinrent vers moi, ses joues toujours rougies.

« Ça n'a pas changé », commenta-t-elle.

J'acquiesçai.

« Comment était ton repas ?

— Délicieux, comme toujours. »

Ella avait choisi un burger au saumon caramélisé au sirop d'érable, alors que j'avais choisi un club crabe roi, la version alaskienne d'un sandwich au crabe.

Je ne réfléchissais pas à mes mots, donc ce qui sortit de ma bouche me surprit. Même si c'était la vérité pure.

« Tu m'as manqué. Je suis content que tu aies décidé de rester. »

Elle ne détourna pas le regard, ses joues rosissant davantage.

« Tu m'as manqué aussi, dit-elle enfin.

— Tu rentres chez toi après dîner ? Chez tes parents ? »

Elle soutint mon regard pendant un instant, l'air entre nous devint électrique. Elle secoua la tête doucement.

« Je ne crois pas. »

À sa réponse, mon pouls s'accéléra, le besoin que j'avais essayé de garder sous contrôle montait en moi, s'écrasant contre les rochers de ma discipline.

« Allons-y alors.

— Je vais passer au toilettes. »

Elle se leva de sa chaise. Je la regardai traverser le restaurant, ses hanches se balançant à chaque pas. Elle avait pris des formes depuis le lycée, ses hanches et ses seins étaient plus pleins. Alors que j'attendais, tout en me disant que je ne pouvais pas simplement lui sauter dessus comme un garçon en chaleur, son téléphone vibra là où elle l'avait laissé, au centre de la table. Il vibra encore et encore et encore, une notification de message après l'autre apparaissant sur l'écran. Elle l'avait laissé tourné face visible. Mon estomac se contracta. Je ne réfléchissais même pas quand je retournai le téléphone.

Tu pensais que je ne trouverais pas ton nouveau numéro ?

Tu pensais que tu pouvais retourner en Alaska pour m'échapper ?

Eh bah réfléchis un peu.

Je peux détruire ta carrière.

La distance ne change rien pour moi.

T'es une putain de salope.

Je t'ai donné une chance de me donner une chance.

T'es vraiment une putain de peureuse.

La furie s'embrasa en moi. Je ne savais pas qui c'était, mais quoi qu'il se passait était connecté à ce que j'avais le sentiment qu'Ella cachait. Qui que ce soit qui faisait de sa vie un enfer, j'allais le lui faire payer.

Ella revint à la table avant que j'aie le temps de me calmer. Ses yeux rencontrèrent les miens puis regardèrent le téléphone sur la table.

« C'est qui ? » demandai-je.

Ella s'assit rapidement, deux points rouges apparaissant sur ses joues, ses yeux s'écarquillant et s'emplissant de peur.

« C'est rien. C'est personne.

— Ella, ce n'est pas rien. Cette personne te menace. »

Ella me fixa des yeux, ses lèvres se serrèrent en une ligne fine et ses yeux tremblèrent. C'était le même regard que le jour où nous avions rompu quand elle était à l'hôpital après l'accident. Elle avait un côté têtu, surtout quand elle pensait qu'elle avait besoin d'aide.

Je bouillais à l'intérieur, j'essayais de contrôler ma furie. Je n'étais pas en colère contre elle. Mais contre cette personne horrible qui lui envoyait des messages de menace. Avalant ma frustration, je me forçai à prendre une grande inspiration et tendis le bras sur la table pour attraper ses mains dans les miennes.

« Ella, je ne veux pas me battre avec toi. Si ça a quoi que ce soit à faire avec la raison pour laquelle tu es revenue, dis-le moi. Bon sang, dis-le à ton père. Lui il pourrait peut-être aider au moins. »

Elle me fixa du regard, ses épaules montant et descendant à chaque respiration tremblante. Elle ne retira pas sa main des miennes mais les serra fort. Passant sa main libre dans ses cheveux, elle brossa ses mèches brunes brillantes entre ses doigts. Après une autre inspiration profonde, elle parla enfin, d'une voix rauque.

« Ce n'est pas la seule raison pour laquelle je suis rentrée à la maison, mais ça m'a poussée à prendre une décision.

— C'est qui ? demandai-je, en pointant son téléphone du doigt entre nous, l'écran maintenant noir.

— Il s'appelle Lance Wallace. C'est un chercheur à la même université où je travaillais en Oregon.

— Et ? »

Sa main tomba de ses cheveux, heurtant la table. Elle s'agrippait toujours à la mienne, si fort que c'était comme si elle essayait de s'ancrer à moi.

« Il n'était pas dans mon département, mais quand j'ai commencé à y travailler, il m'a proposé de sortir avec lui. Je n'étais pas intéressée donc j'ai dit non. Je n'y ai pas réfléchi tellement plus longtemps. Il n'a jamais rien fait au boulot, mais... »

Elle s'arrêta, faisant tourner une bague sur son petit doigt avec son pouce.

« Je ne sais pas pourquoi, mais il était complètement obnubilé par moi. Il a réussi à trouver mon numéro de téléphone perso et mon adresse e-mail, et ce genre de chose a commencé. Je ne sais pas pourquoi. Il faut que tu comprennes. Je ne suis sortie avec personne, de tout le temps où j'ai travaillé là-bas. Mais j'avais des amis et il m'envoyait des photos de restaurants où j'allais avec eux, et des photos de mon appartement. Je l'ai dit à ma directrice, et elle a essayé d'aider. Mais rien ne fonctionnait. Il ne m'avait jamais menacée physiquement. Seulement... des trucs comme ça », dit-elle en désignant son téléphone, toujours posé entre nous sur la table.

Une rage explosa en moi, mais je la ravalai. Pour l'instant, Ella était juste là, en sécurité avec moi.

« Tu as parlé à ton père ? demandai-je.

— Pas encore. Je l'ai dit à ma mère aujourd'hui, c'est tout. Elle va lui dire. J'ai parlé à la police là-bas, et ce n'est pas comme s'ils n'avaient pas essayé d'aider, mais il n'a jamais fait aucune menace physique et il n'a jamais rien fait en personne, donc ils ne pouvaient rien faire. Il me harcèle juste par SMS et e-mail. Ça m'a rendue folle. »

La colère en moi passait du chaud au froid. Je voulais savoir qui était ce gars. Pour mettre fin à tout ça. Mais je savais qu'Ella n'avait pas besoin de voir à quel point j'étais furieux.

« Ça te dérange si j'en parle à ton père ? »

Le père d'Ella était le chef de la police de Willow Brook depuis des années. J'aimais bien Rex et je le respectais. Il avait été comme un père pour moi d'une certaine façon, ne serait-ce que parce que j'avais passé tant de temps chez eux quand Ella et moi sortions ensemble au lycée.

« Bien sûr que tu peux lui parler. »

Elle baissa les yeux, regardant son téléphone. Après une autre inspiration profonde, elle leva les yeux.

« Est-ce qu'on est obligés de continuer à en parler ? Je sais que tu veux arranger les choses, parce que tu es toi, dit-elle avec un petit rire. Mais il a pris tellement de place dans ma vie. Je ne veux pas que ça prenne toute la place ici aussi. »

Je voulais absolument arranger les choses. Tout de suite. Mais elle avait raison. Je ne pouvais rien faire du tout à l'instant, à part être là pour elle. Si elle ne voulait plus en parler, alors nous n'en parlerions plus.

« J'ai juste une dernière question », répondis-je.

Quand elle hocha la tête, je demandai :

« Tu as déjà fait changer ton numéro de téléphone, non ?

— Plusieurs fois », dit-elle simplement, avec un regard fatigué.

En avalant ma frustration et le sentiment d'impuissance que j'avais parce que je voulais botter le cul de ce gars, mais ce n'était pas à moi de le faire, je laissai tomber.

« Je parlerai à ton père demain, d'accord ? »

Je n'avais pas vu Ella de façon régulière depuis dix ans, mais je la connaissais très bien. Je sentais sa frustration, l'envie de se battre à ce sujet avec moi. Mais elle ne le fit pas. Même si elle avait déjà dit que je pouvais parler à son père, je savais qu'elle ne voulait pas que qui que ce soit s'en mêle. Mais ce n'était pas quelque chose que j'étais prêt à ignorer. Elle pinça les lèvres, plissa les yeux, puis elle secoua la tête.

« Bien. Est-ce qu'on peut parler de quelque chose d'autre maintenant ? »

Sa question était très abrupte avec un soupçon d'ordre et d'exigence. Malgré ma frustration, je ris.

« Oui. Du moment que tu promets de nous tenir au courant si ça continue », dis-je avec un hochement de tête vers son téléphone toujours posé sur la table.

Ella leva les yeux au ciel mais acquiesça.

« De toute façon, je ne pourrais le cacher à personne maintenant, marmonna-t-elle. Holly est au courant, ma mère aussi, toi et demain mon père et Cade sauront. Je me disais que maintenant que j'étais partie d'Oregon il finirait par laisser tomber. »

Mon instinct me disait l'inverse, mais je restai silencieux. Il n'y avait pas de raison de faire des suppositions, pas tout de suite.

« Tu es prête à partir ? » demandai-je.

À ce moment plutôt opportun, Janet arriva à notre table avec la note et une interruption bienvenue pour nous éloigner d'un sujet désagréable.

« Ça fait plaisir de vous voir tous les deux, offrit-elle, avec un regard s'attardant sur Ella. Promets-moi de revenir bientôt. »

Ella sourit, la tension quittant son visage.

« Bien sûr. Tu as le meilleur café de la ville. Tu me verras plusieurs fois par semaine sans aucun doute. »

Avec un sourire satisfait, Janet serra son épaule et s'éloigna d'un pas rapide, s'arrêtant à une table juste à côté de nous. Je jetai assez de cash sur la table pour payer la note et le pourboire avant de me lever, sans jamais lâcher la main d'Ella. Elle regarda son téléphone. Enfin, elle jeta un regard noir à son téléphone plutôt.

« Tu as besoin d'utiliser ce numéro ? » demandai-je.

Elle croisa mon regard, le sien plein d'amertume.

« Ça devient chiant de devoir le changer tout le

temps, mais pour l'instant ça n'a pas vraiment d'importance.

— Pourquoi ne prends-tu pas mon téléphone ? Je prendrai celui-là. »

Les yeux d'Ella s'élargirent et elle lâcha un petit rire.

« Tu veux qu'on échange nos téléphones ?

— Pourquoi pas ? C'est pas mon téléphone pro. J'ai un téléphone toujours allumé pour la caserne. Comme ça, tu peux juste donner mon numéro à tout le monde, et je m'occuperai de ce gars s'il continue à te faire chier. »

Elle me regarda pendant un long moment, un sourire lent s'étendant sur son visage. Après les dernières quelques minutes, j'étais soulagé que la tension disparaisse.

« Ça me va », dit-elle.

Je pris son téléphone et sortis le mien de ma poche, lui donnant.

« Ton mot de passe ? » demandai-je.

Elle récita les chiffres, et je déverrouillai rapidement le téléphone. J'étais sur le point d'enregistrer mon numéro dans ses contacts mais souris en voyant qu'il y était déjà.

« Facile à contacter. Tu es déjà dans mes contacts, donc appelle-toi quand tu veux m'appeler. »

Je lui tendis mon téléphone.

« C'est quoi ton mot de passe ? demanda-t-elle en retour.

— Je n'en ai pas. »

Je haussai les épaules et pris sa main.

« Allons-y.

— Tu es sûr que je peux prendre ton téléphone ? demanda-t-elle alors qu'on commençait à sortir.

— Je suis sûr.

— Tu n'as personne qui, je ne sais pas, pourrait vouloir t'appeler ou quelque chose... »

Ses mots s'effacèrent.

« Si tu demandes si j'ai une ex qui appelle ou quelqu'un que je vois de temps en temps, non. Je ne serais pas avec toi maintenant, et je ne vois personne depuis un petit moment. Tu n'as pas besoin de t'inquiéter d'un SMS qui pourrait arriver ou quoi que ce soit du genre. »

On poussa la porte et la sonnette retentit derrière nous alors qu'on sortait. Je m'arrêtai et la regardai alors que le vent traversait le parking, agitant ses cheveux. Ses joues étaient rougies. En me regardant, elle mordit le coin de sa lèvre inférieure, une vieille habitude qui me faisait toujours de l'effet. Un éclair d'envie me traversa à cette vue.

« Je veux dire, ça n'aurait pas d'importance si c'était le cas, dit-elle.

— Ça aurait de l'importance pour moi », répondis-je, en tournant complètement mon visage vers elle.

Alors qu'elle me regardait, elle resta silencieuse pendant un moment, ses yeux cherchant les miens. Après un moment, elle prit une inspiration et hocha la tête.

Me tournant, je marchai vers ma voiture pour trouver la voiture de sa mère garée juste à côté.

« Tu as prévu de trouver une nouvelle voiture ? demandai-je, m'arrêtant derrière mon pickup.

— Il faut que je m'occupe de ça, mais maman me dit que je peux utiliser sa voiture sans aucun problème. Papa la dépose au travail. Je vais bientôt m'en occuper. Bref, je ne sais pas où tu habites, dit-elle, en allant droit au but.

— Juste après Fireweed Lane. Suis-moi. »

Chapitre Huit

ELLA

Alors que le vent soufflait et que les feuilles volaient sur la route et que la lune montait haut dans le ciel au-dessus des montagnes, je suivais la voiture de Caleb. Je connaissais Willow Brook par cœur. Fireweed Lane était à quelques kilomètres au sud de la ville, où les maisons étaient éparpillées à travers les arbres et les petits lacs.

J'étais curieuse de voir où Caleb vivait. Autrefois, quand on était des adolescents naïfs, jeunes et amoureux, on disait qu'il allait nous construire une maison. Il était le genre d'homme capable d'à peu près tout. Son père était ingénieur et était toujours au milieu d'un projet, que ce soit une simple construction ou quelque chose de très compliqué. Caleb avait été élevé pour être capable de faire à peu près tout. On pouvait dire que la plupart des hommes en Alaska étaient la caricature de l'homme fort et débrouillard. Parce que quand on vit en bord de nature sauvage, c'est mieux d'être capable de se débrouiller tout seul.

Même si je savais que la vue de la lune montant au-dessus des montagnes dans des traînées d'un coucher de soleil violet était sans doute magnifique, je me concentrais sur la voiture de Caleb comme si elle allait me sauver.

Après quelques instants, je me garais derrière son pickup. En regardant autour de moi, je digérais la zone. La maison était installée sur une petite colline. Il y avait des arbres tout autour, un mélange de pins et de bouleaux. La colline descendait vers une petite rivière qui serpentait le long d'un champ d'herbes. Denali était derrière nous ici, avec une vue dégagée sur les montagnes au loin.

La maison était octogonale avec des murs gris et un toit en acier inox violet. Caleb adorait ses projets, donc je n'aurais pas dû être surprise de voir que sa maison n'était pas exactement typique. Il sortit de sa voiture et s'avança vers moi.

« C'est magnifique ici. Jolie maison. »

Sa bouche se courba en un coin, tirant sur les ficelles de mon cœur et créant des papillons dans mon estomac.

« Merci. Je l'ai construite moi-même avec l'aide de mon père. J'ai demandé à un ingénieur de Diamond Creek de me faire les dessins », expliqua-t-il, en parlant d'une petite ville à quelques heures au sud de Willow Brook.

Diamond Creek était une destination bien connue car la ville était située sur les eaux de Kachemak Bay et détenait une piste de ski de renommée mondiale.

« Entre », dit-il, désignant la maison.

En le suivant sur les marches qui menaient à un porche incurvé, on passa la porte d'entrée.

En entrant dans la cuisine, je fis le tour de la pièce avec mes yeux. L'espace était ouvert et lumineux avec des fenêtres sur trois côtés et un mur au fond avec une simple porte. Un comptoir courait le long du mur dans la partie cuisine avec un évier et une cuisinière. Un îlot central en face imitait la forme arrondie du mur. Il y avait des tabourets le long du comptoir. Le salon était de l'autre côté avec un canapé qui séparait la pièce et une télévision montée sur le mur du fond. Une cheminée ornée de splendides pierres de rivière se tenait entre deux des fenêtres.

Les murs étaient peints d'un gris doux avec quelques photos en noir et blanc installées dans l'espace. Caleb adorait prendre des photos au lycée, et j'en reconnaissais une en particulier de la lune au-dessus du lac Swan. Un escalier en colimaçon se tenait dans le coin juste après la porte du mur du fond.

Je le regardai.

« C'est magnifique.

— Merci, dit-il simplement. Tu vois à peu près tout ici, dit-il en désignant la porte au fond. Là c'est une salle de bain et la machine à laver. Viens, je vais te montrer l'étage. »

Je le suivis dans les escaliers, qui nous menèrent vers un autre espace ouvert. Il y avait des bibliothèques sous les fenêtres avec deux fauteuils tournés vers la vue. Il y avait deux portes sur le mur du fond qui menaient à une petite chambre d'amis et à une grande chambre parentale avec sa propre salle de bain. Les meubles dans toute la maison avaient l'air modernes et confortables, en bois léger et en tissu vert pâle pour la plupart.

Dans sa chambre, il y avait un meuble à vêtements sous la fenêtre et un lit massif d'un côté. Une arche menait vers une salle de bain avec un carrelage vert pâle et une douche de plain-pied et une grande baignoire. En regardant dans la douche, je jetai un œil derrière moi.

« Eh bah, tu ne vas pas économiser d'eau avec ça »,

dis-je avec un rire, en pointant du doigt les nombreux jets au mur.

Caleb se tenait près de la porte, son épaule appuyée contre le cadre et un main dans sa poche. Sa bouche se tordit dans un coin, son sourire me faisait vibrer de l'intérieur.

« C'est de l'eau recyclée. La maison entière ne marche qu'à l'énergie solaire et éolienne. Je peux utiliser autant d'eau que je veux puisque je n'en gâche pas du tout.

— Vraiment ? Comment t'as réussi ça ?

— La compagnie à Diamond Creek, Off the Grid, est dirigée par Owen et Ivy Manning. Ce sont des ingénieurs environnementaux, et leur spécialité est de dessiner des maisons comme celle-ci.

— Je n'avais même pas remarqué les panneaux solaires sur le toit, dis-je en réfléchissant.

— Ils sont de l'autre côté. J'ai eu une réduction sur le prix du dessin en acceptant de les laisser tester diffé-rentes méthodes de récupération de vent sur cette maison. Là, si jamais tu te balades vers les arbres près de la maison, tu verras plein d'éoliennes. Elles sont mignonnes, mais elles récupèrent plein d'énergie.

— Oh, wow ! J'avais entendu parler de Off the Grid, mais j'avais complètement oublié qu'ils avaient déménagé en Alaska.

— Je peux t'emmener les rencontrer un de ces quatre. Tu les aimerais bien. Owen est un gars super, et Ivy est géniale. Peut-être aussi intelligente que toi », dit-il sans un soupçon de sarcasme.

Je levai les yeux au ciel, sentant mes joues rougir.

« En voyant tout ce qu'elle a accompli, je suis quasi sûre qu'elle est plus brillante que moi. »

Caleb haussa les épaules.

« Si tu le dis. Viens en bas. »

Pendant un instant, je n'étais pas sûre de vouloir retourner en bas. En réalité, le lit de Caleb était très tentant. Même si je savais exactement ce que je voulais, je ne voulais pas aller trop vite. Rien de tout ça.

Il s'était déjà retourné et se dirigeait vers les escaliers, donc je le suivis. Quand on arriva dans la cuisine, il ouvrit le frigo et me regarda.

« Du vin ? De la bière ? »

Je secouai la tête. J'étais beaucoup trop alerte pour essayer de me détendre.

« Non, merci. »

À ce moment-là, j'entendis quelque chose gratter à la porte. En s'éloignant du réfrigérateur, il ouvrit la porte de la cuisine. Un énorme chat se précipita à l'intérieur.

Le chat était d'un roux éclatant strié de blanc et quasiment aussi gros qu'un petit chien.

« Salut Creamsicle », dit Caleb, en se penchant pour caresser le chat qui se frottait à ses chevilles.

Il me regarda.

« Je te présente Creamsicle. Techniquement, c'est sa maison. »

Je ris alors que je regardais ce chat qui portait parfaitement son nom.

« Il est énorme », commentai-je.

Caleb se redressa après une dernière caresse sur le dos de Creamsicle.

« Ça c'est sûr. Mais c'est que du muscle. Il passe son temps à courir dans la maison et sur le terrain, c'est le chef de tout le territoire. C'est un sacré dur à cuire. Une fois, un aigle a essayé de l'attraper, et il l'a battu. »

Creamsicle se dirigea vers moi pour faire le tour de mes chevilles avec un gros ronronnement. En me penchant, je caressai ses joues et passai ma main sur son dos qu'il arqua à mon toucher.

« Comment tu t'es retrouvé avec lui ? Ça ne paraît pas idéal d'avoir un chat quand on part aussi souvent que toi », dis-je, en faisant référence à son boulot de pompier forestier.

Caleb haussa les épaules.

« Ce n'est pas idéal, mais il m'a trouvé. Un jour, il est arrivé sur le porche arrière en plein hiver, mort de faim et miaulant comme un fou. Je n'avais aucune idée d'où il venait. J'ai demandé en ville, et personne ne l'a réclamé. J'imagine qu'un des chasseurs l'a perdu dans l'une des cabines de chasse pas loin. Je l'ai fait rentrer pour la nuit, je l'ai nourri et il n'est jamais parti. Mes parents passent le nourrir quand je suis en mission. »

On resta là, à nous regarder pendant un instant. Creamsicle alla s'occuper dans un coin. En me détachant enfin du regard de Caleb, je manquai d'éclater de rire quand je réalisai que Caleb avait installé un lit pour son chat au bord de la fenêtre. Après quelques lapées d'eau, Creamsicle se jeta près de la fenêtre, s'installant dans son lit et commençant sa toilette.

Caleb se détourna, s'avançant vers la cheminée et commençant à allumer un feu. Je ne savais pas quoi faire de moi-même alors que des petits pics d'électricité me traversaient dans toutes les directions. Je n'avais pas réalisé que j'avais froid jusqu'à ce que j'entende le bruit du feu qui commençait à prendre. En m'avançant pour me tenir près de lui, je regardai les flammes éclater entre les bûches et les brindilles.

Il se tourna pour me faire face, fit quelques pas et posa ses hanches contre l'arrière du canapé. Ses yeux attrapèrent les miens pendant une seconde puis il baissa le regard. La chaleur de son regard me brûla de l'intérieur, m'ouvrant tout entière.

J'essayai de me souvenir de la dernière fois que je m'étais sentie comme ça. Ce n'était pas comme si je n'avais couché avec personne en dix ans. Enfin, ça faisait environ un an que j'étais morte de peur à cause de Lance et de son obsession. Quelques années avant ça, j'avais essayé de me perdre dans tout sauf mon deuil. Et pourtant, rien n'avait aidé, l'envie folle de bouger était restée et m'avait poussée à chercher une échappatoire dans du physique. Même s'il n'y avait pas d'échappatoire. Le sexe m'avait semblé étrangement distant.

Caleb resta silencieux pendant de longues secondes.

« Redis-moi pourquoi tu es rentrée », dit-il, sa voix brisant le silence.

Sa question me prit par surprise, mais je répondis quasiment aussitôt.

« Parce que j'en avais envie.

— Ce n'est pas juste à cause de ce gars qui te pourrissait la vie ? »

Je secouai rapidement la tête, sentant une pointe de colère monter en moi. Pas de la colère contre Caleb, mais contre cette situation.

« Je ne vais pas faire comme s'il ne m'avait pas poussée à prendre cette décision, mais je ne l'aurais pas prise si je n'en avais pas eu envie. Qu'est-ce que ça change ? »

J'avais l'impression qu'il regardait droit dans mon cœur. La chaleur de son regard était si intense, mon cœur commença à battre, chaque battement retentissant en moi.

« Tu comptes beaucoup pour moi, dit-il, sa voix rauque et ses yeux s'assombrissant. Je ne vais pas prétendre que c'est juste une aventure. Notre histoire s'est terminée de façon horrible, et je veux une chance d'arranger les choses.

— Moi aussi. »

Ma voix sortit en un murmure rauque. J'avais l'impression d'être une poussière dans un vaste océan, qui essayait de rester à la surface malgré toutes les vagues qui s'écrasaient sur moi. Je comprenais ce qu'il voulait dire, et je savais ce que je voulais. Mais ça me terrifiait d'une certaine façon. Je pris une grande inspiration, dans un effort pour calmer le sentiment qui s'accélérait en moi, même si ça ne servait pas à grand-chose. Je ne pouvais pas me détacher de son regard, le simple fait de le regarder m'enflammait.

Incapable de rester en place, je m'avançai vers lui, levant une main pour tracer ses sourcils de mon doigt, pour passer sur sa joue et le long de sa mâchoire. Le toucher m'ancrait, m'offrant un point de contact concret dans tout ce qui se passait en moi. Je ne me sentais pas aussi perdue et folle quand je le touchais. Comme je pouvais à peine supporter le fait de penser, je voulais me perdre en lui, dans cette sensation.

Son souffle devint coupant quand je passai mon pouce sur sa lèvre inférieure. Pour un homme, il avait de belles lèvres charnues. Avec ses cheveux sombres, ses yeux marron chocolat, ses traits fins et son corps dur, musclé, la nature avait été généreuse envers lui. Avoir une bouche comme celle-ci, sensuelle et pulpeuse, en plus de tout le reste, ne semblait pas très juste.

Je sentis de petits éclairs rebondir entre nous, l'air vibrant presque d'intensité. Il attrapa ma main dans la sienne.

« Ella. C'est ce que tu veux ? » demanda-t-il, le côté dur de sa voix envoyant un frisson le long de ma colonne vertébrale.

Le temps passait incroyablement lentement et à la

vitesse de la lumière en même temps. Pendant tout ce temps, l'envie augmentait en moi. La vibration et le murmure dans mon corps me poussèrent impulsive-ment à m'avancer plus près, entre la cage de ses jambes pour me coller à son corps dur. Cette sensation déchargea un éclair de chaleur droit dans mon corps.

« Oui », murmurai-je, juste avant d'amener mes lèvres à toucher les siennes.

Il était plus grand que moi, mais avec ses hanches contre l'arrière du canapé, on était au même niveau. Il resta immobile pendant un instant quand nos lèvres se rencontrèrent, et je me dis pendant une seconde qu'il allait me faire attendre. Pourtant, après ce moment d'immobilité, il relâcha ma main et la passa dans mes cheveux avant de passer l'autre le long de mon dos pour prendre mes fesses en coupe. Avec un grogne-ment, sa langue entra dans ma bouche.

Oh. Mon. Waouh. Il y avait ce que je voulais et après il y avait ce qui était en train de se passer. Je n'avais pas oublié le baiser de l'autre soir sur le parking, ou ce premier moment de contact à l'hôpital. Mais ça, c'était bien plus qu'une interaction rapide. Je me jetai dans notre baiser, ma langue s'emmêlant à la sienne, me pressant aussi près que possible à lui. Je voulais m'enfouir en lui et enrouler sa force autour de moi.

Je n'aimais pas y penser, mais je m'étais sentie seule pendant de longues années. Ici et maintenant, je ne me sentais pas seule.

Alors que le courage me mouvait, mes mains étaient avides, l'une passant son l'arrière de son t-shirt, se délectant de la tension de ses muscles, pendant que l'autre cartographiait les pans de son torse. Il était plus fort maintenant, tout chez lui était beaucoup plus que ce qu'il avait été dans le passé. Quand on est jeunes, dix-huit ans paraît être adulte, mais les dix ans qui avaient passés l'avaient rendu tellement plus grand physiquement. Il faisait l'un des boulots les plus physiques au monde et son corps en était témoin. Il se libéra de notre baiser, se reculant alors que sa main passait de mes cheveux à ma joue. Un regard vers ses yeux libéra une flopée de papillons dans mon ventre.

« Tu m'as manqué. Tellement, putain. »

Chapitre Neuf

ELLA

Après ce que Caleb venait de dire, l'émotion me frappa si fort que j'en eus presque le souffle coupé. Toute la solitude, tout le deuil, tout ce que j'avais enfoui au plus profond de moi remonta, exigeant d'être libéré. Des larmes chaudes se formèrent au fond de mes yeux. Je pouvais à peine respirer alors que je le regardais.

« Tu m'as manqué aussi. »

Les mots ne suffisaient en aucun cas à exprimer la réalité de ce que je ressentais. Je levai un doigt pour caresser ses sourcils à nouveau, le passant le long de son visage. Quand mon pouce traça ses lèvres, il l'attrapa entre ses dents et le suça doucement. L'envie me traversa de toute sa force, mon intimité se serrant et mon corps prenant feu. Je ne savais pas quoi faire d'autre que de me jeter dans ce feu. Je commençai à me pencher vers lui à nouveau, mais sa main lâcha ma joue et vint gentiment attraper mon épaule pour me maintenir en place.

« Je ne veux pas aller trop vite », dit-il.

Ce n'était pas que je voulais brûler les étapes,

c'était plutôt que j'étais tellement submergée par le moment que je pouvais à peine me contenir.

Et pourtant, dans toute cette tempête qui aurait pu me retourner à l'intérieur, j'allais bien. Car avec Caleb, je me sentais en sécurité pour la première fois depuis des années.

J'arrivai à sortir un souffle tremblant et acquiesçai. Alors que je me tenais entre ses genoux, ses mains descendirent le long de mes bras, atteignant ma chemise ouverte. Avec les flammes du feu qui brûlait entre nous, il commença à me déshabiller doucement. Ce fut seulement quand ma chemise commença à tomber de mes épaules que je me souvins qu'il n'avait jamais vu mes cicatrices. En panique, j'attrapai les bords de ma chemise et commençai à la refermer.

Ma panique dut se voir sur mon visage. Ses yeux revinrent sur les miens, ses mains s'arrêtant là où elles étaient posées, sur les boutons de mon jean.

« Quoi ? » demanda-t-il, sa voix douce et dirigée.

Les mots étaient coincés dans ma gorge, donc je fis la seule chose que je pouvais et je laissai ma chemise s'ouvrir, dévoilant les cicatrices sur le côté de mon abdomen.

Peut-être que ça n'avait pas de sens, mais les cicatrices étaient la partie la plus facile de ce qui était arrivé. Non pas que je dise que se remettre de ces brûlures avait été facile. Ça non. C'était plutôt comme traverser un feu encore et encore et encore. Les pires cicatrices étaient sur mon côté gauche où j'avais été brûlée au niveau de la taille devant et derrière. La partie brûlée allait de sous mes seins jusqu'au bord de mon os pelvien. Il y avait un trou de peau intacte puis une autre grande cicatrice qui commençait en haut de ma cuisse. J'avais aussi de plus petites cicatrices sur le dos et les bras. Elles étaient assez petites pour ne pas être aussi visibles. Mais les brûlures avaient guéries, la peau avait l'air étirée et tendue, presque brillante.

Les yeux de Caleb n'avaient pas encore quitté mon visage. Mon esprit revint à ces premières années après l'accident quand j'étais un peu sauvage et folle, à essayer de tout oublier. J'aimais avoir des coups d'un soir. Non pas que j'en aie eu beaucoup en vrai. Mais de temps en temps, quand le deuil était trop lourd, quand la culpabilité d'avoir survécu me déchirait et quand je voulais simplement oublier, j'essayais de m'échapper avec assez d'alcool pour émousser tout ce que je ressentais et quelqu'un qui me prendrait dans ses bras.

Je n'étais pas gênée par mes cicatrices, mais j'étais devenue tristement habituée à la réaction des autres quand ils les voyaient. Ce n'était pas beau, et ça aurait pu être bien pire. Je n'avais jamais oublié l'homme qui était dans le service des grands brûlés en même temps que moi. Comme moi, il avait été dans un accident de voiture, mais ça avait été bien pire et il n'avait pas eu de Caleb pour le sortir de là. Il avait été brûlé sur la quasi-totalité de son corps. Malgré ça, c'était l'une des personnes les plus joyeuses que j'avais jamais rencontrée. Même quand il souffrait horriblement, il restait lui-même. Sa femme m'avait dit bonjour un jour où elle lui rendait visite et on s'était mises à parler. Sa vie avait complètement changé à cause de l'accident. Mais ils étaient toujours mariés, et on était restés en contact.

Le rencontrer à cette époque m'avait beaucoup aidée. Alors que je me débattais avec tous mes sentiments sur la mort de Jake et l'horreur de la situation, j'avais réussi à accepter mes cicatrices. La beauté n'était que superficielle, et je savais ça. Malgré tout, j'avais depuis toujours une certaine angoisse quand quelqu'un était sur le point de voir mon corps.

« Je ne voulais juste pas que ça te prenne par surprise », dis-je enfin, en réponse à sa question.

Je n'allais pas faire comme si je n'étais pas gênée du tout, mais ça venait d'une inquiétude de comment il allait réagir. Ses yeux descendirent enfin alors que je relâchais ma chemise et la laissais tomber au sol. Je le regardai avec attention, essayant de lire ce qui lui passait par la tête.

Il leva une main, traçant le long de là où la cicatrice commençait au niveau de mes côtes. Sa main vint se reposer dans le creux de ma taille après qu'il fut allé jusque là où les cicatrices disparaissaient à la limite de mon jean. Ce fut seulement à ce moment-là qu'il me regarda à nouveau. Ses yeux brillaient avec une pointe de tristesse, mais il n'y avait aucun dégoût, aucun choc, simplement de l'acceptation.

« J'aurais voulu que tu me laisses être là pour toi, dit-il, sa voix se brisant dans le silence pesant.

— Je n'étais pas prête. Si je pouvais le refaire, je le ferais. »

Je pensais ces mots avec chaque fibre de mon cœur. Je ne pouvais que me demander si tout aurait été différent si je n'étais pas devenue quasiment folle sous le poids du choc et du deuil et que je n'avais pas repoussé tous ceux qui comptaient pendant ces premières années. Peut-être que je n'aurais pas fini en Oregon, et peut-être que ce débile ne serait pas obsédé par moi aujourd'hui. Et pourtant, il y avait une chose que j'avais apprise en thérapie : il fallait que j'accepte ce qui s'était passé. Donc j'essayais. Je ne pouvais pas changer le passé, mais je pouvais peut-être changer le futur.

Caleb ne détourna jamais le regard et hocha doucement la tête.

« Tu peux sentir ça ? » demanda-t-il.

Je sentis la caresse de son pouce contre la peau qui recouvrait ma cicatrice. La sensation n'était pas la même que s'il caressait ma peau vierge mais je pouvais quand même le sentir. Un véritable cadeau.

À mon hochement de tête, sa main passa sur mes cicatrices, pour venir se reposer juste au-dessus de la courbe de mes hanches. Alors qu'on se fixait des yeux, l'air autour de nous vibrait, et les papillons dans mon estomac devinrent fous.

« Je suis désolé de ne pas avoir été là », murmura-t-il.

L'émotion et le désir prenaient le contrôle de mon corps, s'emmêlant sous tous les angles.

Je secouai la tête.

« Je t'ai repoussé. Ce n'était pas ta faute. »

Quelque chose passa dans la profondeur de ses yeux. À ce moment-là, tellement submergée par l'émotion, le besoin, l'incertitude, et les fantômes de notre passé partagé, je n'aurais pas pu l'interpréter si j'avais essayé.

« Mais j'aurais pu insister. J'aurais pu me battre.

— Ça n'a pas d'importance maintenant. Tout comme le fait qu'on ne puisse pas changer ce qu'il s'est passé cette nuit-là, on ne peut pas changer ce qu'il s'est passé après. »

En levant sa main, il dégagea mes cheveux de mon front, traçant doucement les sutures le long de mon front.

« Quand est-ce que tu revois le docteur déjà ?

— Demain. »

En rangeant une mèche de cheveux derrière mon oreille, il passa sa main dans mes cheveux. Puis, ses lèvres furent à nouveau sur les miennes, et j'oubliai tout le reste.

Sa langue s'emmêla dans la mienne alors que nos

mains s'occupaient. J'avais besoin de plus, j'avais besoin de tout, partout, tout en même temps. Je voulais me laisser aller à cette folie, chaque douce minute de cette folie. Quand je gémis dans notre baiser, il se libéra, ses lèvres traçant un chemin mouillé le long de mon cou.

« Retire ça », demandai-je en tirant sur son t-shirt.

J'avais besoin de sentir sa peau contre la mienne. Avec un rire grave, il leva la tête. En passant ses bras derrière son cou, il souleva son t-shirt en un geste et le jeta au sol avec mon chemisier.

Sa paume caressa le centre de mon dos dans un passage brûlant. En attrapant mes fesses, il m'attira plus près de lui. La sensation de son corps contre le mien m'arracha un petit cri. Ma peau était vivante, de petits feux s'allumant sous la surface à chaque point de contact.

Ses lèvres se dirigeaient vers la vallée entre mes seins, créant un espace entre les deux. Il prit un de mes seins dans sa main, son pouce jouant avec mon téton pendant que sa langue explorait l'autre. Ses dents me pincèrent doucement, mes tétons se durcirent de besoin.

Je criai quand il leva la tête.

« N'arrête pas », gémis-je.

Mais ensuite il me souleva contre lui, et j'enroulai mes jambes autour de ses hanches alors qu'il se tournait. Il me portait facilement, sa force était évidente. En traversant rapidement la pièce, il me porta dans les escaliers en colimaçon sans rater une seule marche. Sa bite dure au sommet de mes cuisses se frottait à mon centre, la friction de nos jeans me rendant folle. Je passai ma langue le long du côté de son cou, dégustant la saveur salée de sa peau. En inspirant profondément, je respirai son odeur, si familière, c'était comme une drogue.

Avant que je m'en rende compte, on se retrouva à l'étage dans sa chambre et il me posait sur le lit.

« Ella. »

Mes yeux s'ouvrirent pour le trouver, la chaleur de son regard comme un fer chaud. Il me coupa le souffle. Mes yeux parcoururent son corps, chaque centimètre était si musclé qu'il aurait tout aussi bien pu être fait de pierre. Je m'arrêtais sur quelques cicatrices sur ses avant-bras, les reconnaissant comme les cicatrices de notre accident.

En me penchant sur mes coudes, j'atteignis le bouton de son jean. Il bougea rapidement, se reculant et retirant ses bottes. En un rien de temps, il se tenait devant moi avec rien de plus qu'un caleçon noir, son érection évidente. Mon canal se serra, et je devins parfaitement consciente de la soie trempée entre mes cuisses.

Il ouvrit mes cuisses avec son genou, ses doigts s'arrêtant sous la courbe de mes seins. Aussi doux que soit son toucher, il envoyait des jets de feux dans mes veines.

« Caleb, murmurai-je.

— Ella. »

Fut sa seule réponse.

Je n'avais aucune idée de ce que j'avais eu l'intention de dire. Je perdais le sens de tout sauf de la sensation d'être proche de lui et de cette intimité qui me prenait dans sa toile, je me laissais couler dans un flou de besoin. Son toucher survola mon ventre avant d'habilement déboutonner mon pantalon et de le faire glisser de mes hanches. Après le doux son du tissu qui tombe au sol, il s'installa au-dessus de moi. Ses lèvres rencontrèrent les miennes dans un autre baiser brûlant. Ses lèvres étaient partout : sur mon cou, sur mes seins, taquinant mes tétons.

Il laissa de doux baisers sur la courbe de mon ventre puis sur mon côté. Pendant toutes les années depuis l'accident, personne n'avait touché mes cicatrices à part moi, ou des infirmières et des docteurs. Mais Caleb les touchait. Il traçait les bords, le contraste de la sensation de presque chatouille sur la cicatrice et de la sensation de ses lèvres sur la surface vierge de ma peau faisait exploser mon besoin.

« Ella. »

Je me forçai à ouvrir les yeux au son grogné de mon nom. En levant la tête, je rencontrai son regard, des yeux tellement présents, forts qu'ils percèrent mon cœur, jusque dans le centre de mon être que j'avais caché derrière des murs. Les larmes me montèrent aux yeux à nouveau. Pendant un instant, une terreur pure me prit, et je le repoussai presque. Mais je ne pouvais pas.

C'était Caleb. Et c'était moi. Nous.

Alors que les yeux de Caleb étaient dans les miens, il passa ses doigts sur la soie mouillée entre mes cuisses.

C'était ce dont j'avais besoin, cette sensation pure pour m'aider à oublier, pour m'emmener de l'autre côté de tout ce que j'avais fui. Mes hanches s'arquèrent par réflexe à son toucher, ma tête retombant sur l'oreiller. En roulant sur mon côté, il tira ma culotte vers le bas et je la jetai au sol avec mes pieds.

Puis, ses doigts se mirent à caresser les plis lisses. Je gémis à chaque passage, mon sexe se serrant. Je m'entendis murmurer son nom encore et encore, ça semblait être le seul mot dont je me souvenais.

La bouche de Caleb se colla à mon corps alors qu'un doigt plongeait en moi. Il avait toujours été très généreux au lit. Nos explorations d'adolescents avaient été gênantes de temps en temps, mais toujours amusantes. Je savais qu'il me taquinerait et me chaufferait sans jamais perdre patience, mais j'étais bien trop près de l'orgasme pour rendre ça possible. Mes hanches se balancèrent vers lui alors qu'un second doigt rejoignait le premier, les deux enfouis profondément en moi alors que sa langue jouait avec mon clitoris.

Une pression se rassemblait en moi, tourbillonnant dans mon centre, se resserrant en une pointe de sensation au plus profond de moi. Le plaisir s'empara de moi, vite et fort, avec chaque tour de sa langue et chaque poussée de ses doigts en moi. Je m'effondrai alors que le plaisir me traversait de part en part.

Je le sentis se reculer doucement et se lever. En me forçant à ouvrir les yeux, je le vis retirer son caleçon, maintenant parfaitement nu pour moi. Je déglutis, frappée par le besoin une nouvelle fois.

Chaque centimètre de son corps n'était que muscle. Il commença à se pencher vers moi puis roula sur le côté en tendant le bras vers sa table de chevet. En une seconde, il portait un préservatif et son poids était à nouveau sur moi. La sensation de son corps contre le mien était délicieuse, j'eus presque envie de crier.

Alors qu'il s'installait entre mes cuisses, mes jambes s'enroulèrent autour de ses hanches et je me balançai vers lui. La sensation de son membre entrant entre mes plis m'envoya presque au septième ciel à nouveau.

« Ella », murmura-t-il.

En ouvrant les yeux, je trouvai ses yeux en attente, le regard qu'ils contenaient me frappant en plein cœur. J'avais oublié beaucoup de choses, mais je n'avais jamais oublié ce que ça faisait d'être si proche de lui. Je me sentais vulnérable et en sécurité au même moment. Je ravalai les émotions qui bouillaient en moi, pour essayer de me contenir. Parce que je ne voulais pas faire de cet instant un moment où il devait me consoler parce que je m'étais effondrée. Pas alors que la seule raison pour laquelle je m'effondrais était parce que ça faisait un bien fou d'être avec lui à nouveau.

Il caressa mes cheveux emmêlés pour les écarter de mon visage, disant plus avec ses yeux que des mots pourraient le faire. Ce besoin de pleurer resta.

« J'ai besoin de te voir », dit-il simplement.

Je n'aurais pas pu lui refuser même si j'en avais eu envie. Et je ne le fis pas. Parce que j'avais besoin de le voir aussi, d'être présente dans ce moment comme je ne l'avais pas été depuis dix ans.

Il passa sa main entre nous, ajusta l'angle de ses hanches et plongea en moi. Quand il me remplit, j'eus le souffle coupé. Parce que j'étais serrée. Ça faisait longtemps.

Caleb resta immobile un instant, ses mains prenant les miennes et les serrant fort. Alors que mes respirations lourdes faisaient écho aux siennes, on se regarda.

« Tu m'as manqué », répéta-t-il.

En regardant dans les yeux d'Ella, j'eus l'impression d'être rentré à la maison. Mais je n'étais jamais parti. Il n'y avait eu qu'une seule femme avec qui j'avais eu ce sentiment. Ella. Alors que son intimité palpitait autour de moi, m'enveloppant dans ses plis chauds et crémeux, et sa peau humide contre la mienne avec ses tétons serrés qui pointaient contre mon torse, le temps semblait s'effondrer sur lui-même. Le passé disparu, les dix ans qui nous avaient séparés effacés en un instant.

Mon corps prit le dessus parce que mon besoin était trop puissant. Je me retirai et replongeai en elle une fois de plus. Alors que ses jambes étaient enroulées autour de mes hanches, je commençai un cycle lent de va-et-vient. Je réussis à garder le contrôle au début, mais ça ne dura pas. Avant que je m'en rende compte, je frappais fort au fond, savourant chaque cri et gémissement.

Le besoin montait en moi, se serrant à la base de ma colonne vertébrale, me torturant. Mais je n'allais pas me laisser aller avant qu'elle jouisse une fois de plus. Je libérai l'une de ses mains et passai la mienne entre nous. Une caresse de mon pouce autour de son clitoris, et son canal vibrait autour de moi. Elle hurla à nouveau, chantant mon nom.

Je me lâchai enfin, ma secousse m'échappant avec une telle force que je perdis le fil de tout à part la sensation de sa chatte qui pompait ma queue. Je tombai sur elle, roulant rapidement pour qu'elle soit sur moi. Toujours enfoui en elle, je passai ma main le long de sa colonne vertébrale, ma paume venant se poser sur ses fesses.

On resta immobile, mon souffle arrivant en cascades et l'émotion s'emparant de moi, je pleurai presque. J'essayais de me souvenir de la dernière fois que j'avais ressenti quelque chose d'aussi intense. Le seul souvenir qui me vint à l'esprit fut de la voir à l'hôpital il y a dix ans.

Tant d'années gâchées, mais il n'y avait rien d'autre à faire que d'être soulagé qu'elle soit ici maintenant. Ma main avait son propre esprit et commença à explorer son corps à nouveau, remontant son dos et se glissant dans les courbes de son côté, savourant le gonflement de son sein dans ma paume. J'atteignis la zone où elle avait des cicatrices.

Elle n'avait pas semblé gênée par ses cicatrices, mais plutôt inquiète de ma réaction. Je détestais ça. Je ne pouvais pas m'empêcher de me demander si quelqu'un lui avait fait du mal, avait réagi d'une certaine façon à la vue de ses cicatrices et avait laissé un autre type de marque.

Je traçai le bord de la zone une fois de plus et sentis qu'elle levait la tête. Un sourire aux lèvres m'en arracha un à mon tour.

Ella resta silencieuse pendant un instant, ses yeux verts cherchant les miens. Mon cœur cognait contre mes côtes, un rappel viscéral de ce qu'elle signifiait pour moi.

« Eh bah, dit-elle doucement, ses doigts passant le long de mon omoplate.

— Bah quoi ? »

Ses joues rougirent d'un rose plus profond et elle haussa les épaules.

« Je ne sais pas. C'était juste... »

Ses mots s'effacèrent.

« Génial ? »

Elle sourit et ma queue palpita, ce qui était un foutu miracle.

Je me glissai sur les oreillers et la soulevai contre moi, me levant et nous emmenant vers la salle de bain. Quand je lui avais envoyé un texto de façon complètement impulsive plus tôt, je ne savais pas du tout si elle accepterait de dîner avec moi. Quand elle avait accepté, je m'étais précipité pour la retrouver sans avoir le temps de me doucher après le boulot.

« Où est-ce qu'on va ? demanda-t-elle, avec un petit rire.

— Sous la douche », répondis-je alors que je passais l'arche qui menait à la salle de bain.

Je n'avais jamais particulièrement aimé le luxe, mais j'adorais cette salle de bain. Quand Owen et Ivy m'avaient montré les plans pour cette maison, j'avais commencé par rire à la vue de cette salle de bain, pensant que c'était bien trop. Mais Owen m'avait assuré que j'en serais fan, et je l'étais. Je posai Ella sans en avoir envie juste devant la douche.

Jetant mon préservatif, je tendis le bras dans la douche pour ouvrir l'eau chaude. Après quelques secondes, la vapeur remplissait la salle de bain, et j'emmenais Ella dans la douche avec moi. Elle regarda vers le haut les deux pommes de douche accrochées directement au plafond qui nous aspergeaient en pluie.

« Oh la la. C'est pas mal », murmura-t-elle.

En passant mon bras derrière elle, j'allumai quelques jets de plus le long du mur carrelé. Elle me regarda avec un rire.

« Je suis sûre que tu adores cette douche après le boulot.

— Oh oui. Owen a dû me convaincre parce que je pensais que c'était un peu ridicule au début. Maintenant je ne l'échangerais pour rien au monde. »

Je ne pus m'empêcher de la regarder alors qu'elle se savonnait. Je pensais que j'étais bien assez vieux pour me contrôler, mais alors qu'Ella se tenait là, couverte d'eau et de bulles, on pouvait dire que le contrôle n'était pas mon point fort. Je sentis ma queue gonfler et je fus obligé de me détourner, attrapant le shampoing et me concentrant sur tout sauf elle.

Quand je réussis à reprendre le contrôle de mon corps, je me retournai pour la trouver adossée contre le mur à se rincer les cheveux. Je me laissai la regarder. Ses cheveux bruns cascadant dans son dos. Elle avait un physique musclé et souple. Elle avait plus de formes maintenant que ses hanches et ses seins étaient plus pleins. Je n'avais même pas remarqué les cicatrices sur sa cuisse plus tôt. Un souvenir vide éclata dans mes souvenirs.

La nuit sombre et froide où je l'avais sortie de cette voiture, elle était sur son côté. Je m'en souvenais très clairement, même si ce n'était pas une chose sur laquelle je m'étais autorisé à me lamenter. Bien que l'accident en lui-même ait été horrible, c'était tout ce qui était arrivé après qui était réellement douloureux : le choc de la mort de Jake et la peur qu'Ella ne s'en sorte pas. Ils avaient réussi à la stabiliser durant sa première nuit à l'hôpital, mais les docteurs nous avaient beaucoup préparés à la possibilité d'une infection.

Maintenant, tant d'années plus tard, seules ces cicatrices sur ses côtes et sa cuisse indiquaient qu'il s'était passé quelque chose. En suivant mon instinct, je m'approchai d'elle, passant mes mains sur ses côtes jusqu'à ses hanches.

Un peu surprise, elle ouvrit les yeux, ses cils brillants d'eau. Et juste comme ça, l'espace entre nous vibrait. Je n'aurais jamais nié mon désir, mais ce moment n'était pas à propos de désir.

« Tu es magnifique », murmurai-je.

Ses yeux s'écarquillèrent et ses lèvres s'ouvrirent. Après un moment, elle parla.

« Ça ne te dérange pas ?

— Quoi donc ? »

Elle baissa les mains, les posant juste au-dessus des cicatrices sur son côté.

« Ça.

— Ella, je m'en fiche complètement. Si tu as peur de ton apparence, sache que tu es toujours aussi belle. Ces cicatrices racontent simplement l'histoire de tout ce que tu as traversé. »

Elle me regarda, comme si elle essayait d'analyser quelque chose qui était simple.

« Ça te dérange toi ? » demandai-je enfin, confus car elle ne semblait pas gênée par ses cicatrices.

Elle secoua la tête.

« Non, mais… »

Elle s'arrêta, mordant le coin de sa lèvre.

« Eh bien, ça dérange certaines personnes et je ne veux pas être… »

Une colère me traversa. Je ne m'attendais pas à ce qu'elle n'ait été avec personne pendant notre séparation. Bon sang, elle m'avait manqué au point que mon cœur me faisait mal et que j'avais appris à vivre avec, mais j'avais quand même eu ma dose de rendez-vous et de tentatives de relations. Pourtant sa réaction ne me fit que me demander une fois de plus comment les autres avaient réagi à la vue de ses cicatrices.

Pour moi, ses cicatrices la rendaient encore plus belle. Elles n'avaient aucune importance.

Elle vit mon expression et secoua la tête une fois de plus.

« C'est juste que ça gêne certaines personnes. Ne t'énerve pas contre quelqu'un qui n'est même pas là et qui ne compte pas. J'avais juste besoin de savoir si ça te dérangeait toi.

— Jamais. »

Chapitre Onze

CALEB

La chaleur du soleil qui frappait le lit me réveilla. Pendant un moment de flou, je fus confus. Je sentais la chaleur d'un corps généreux recroquevillé sur moi et une jambe calée entre les miennes. Alors que j'émergeais doucement, mon cerveau s'éveilla, et je me souvins.

Ella était là.

Avec moi.

Et soudainement je me rendis compte du fait qu'on n'avait jamais passé la nuit ensemble. C'est assez difficile de faire ça quand on est au lycée, à part si vos parents ne font pas attention, ou que vous êtes assez aventureux pour tenter le coup quand même.

Je ne pouvais pas dire que je n'avais jamais essayé de persuader Ella d'essayer, mais je n'avais jamais réussi. Willow Brook était une petite ville, et son père était le chef de la police. Elle me rappelait sans cesse qu'elle ne pouvait avoir aucun secret et qu'elle ne voulait pas décevoir ses parents.

J'ouvris les yeux pour trouver sa tête posée sur mon épaule et ses cheveux étalés sur l'oreiller derrière elle.

Ses cheveux étaient plus longs que dans mon souvenir. La dernière fois que je l'avais vue avant qu'elle ne revienne, elle portait un chapeau. Maintenant, ses cheveux lui arrivaient presque à la taille, une riche cascade boisée, assez longue pour que je la prenne dans mes poings, exactement comme je l'avais fait la nuit dernière quand on était montés dans le lit après notre douche.

Elle était nue et ma queue était bien consciente de ce fait. Ses seins étaient appuyés sur mon côté, et je pouvais sentir le doux mouvement de sa respiration là où mes paumes étaient posées, dans son dos. Je ne pus résister à l'envie de descendre le long de son dos pour attraper ses jolies fesses rondes. Mes pensées cochonnes furent interrompues par Creamsicle.

Il n'aimait pas dormir dans mon lit et n'avait jamais aimé ça, il était trop bien pour ça, mais il s'attendait habituellement à ce que je sois levé à cette heure. Il sauta au pied du lit avec un miaulement. Quand je levai les yeux, je le trouvai assis, sa queue se balançant d'avant en arrière sur le bord du lit.

Ella bougea, murmurant quelque chose contre mon épaule. La sensation de ses lèvres contre ma peau dans un contexte qui n'était pas du tout sexuel envoya un jet de sang dans mon entrejambe.

Alors que Creamsicle me regardait, je demandai :

« Oui ?

— Qu'est-ce qu'il y a ? demanda-t-elle, sa voix étant plus claire maintenant.

— C'est Creamsicle », répondis-je avec un rire.

En la regardant, je trouvai ses yeux ouverts. Bon sang. Elle était dangereuse le matin. Avec ses cheveux défaits, sa peau un peu rougie et ses yeux endormis, tout ce que je voulais c'était passer la journée au lit avec elle. D'ailleurs, j'aurais été tout à fait heureux de rattraper les dix ans perdus tout de suite.

Elle se releva sur ses coudes, le drap glissant sur sa peau alors qu'elle bougeait. Mes yeux se dirigèrent immédiatement vers ses seins. Ses tétons étaient rose sombre, la courbe luxuriante m'appelait. Avant que je comprenne ce que je faisais, j'avais attrapé l'un de ses tétons avec mes lèvres pour le sucer rapidement.

Elle gémit puis rit et mon cœur se serra.

« Il nous regarde ! » lança-t-elle, me frappant gentiment sur la tête.

En me reculant, je posai ma tête sur les oreillers et regardai Creamsicle. Il n'était pas impressionné et miaula.

« Je pense qu'il n'a plus à manger , dis-je en regardant Ella alors que je passais ma paume le long de son dos pour atteindre ses cheveux.

— Eh bien tu devrais le nourrir. Viens, je vais te faire un petit-déjeuner. »

Avant que je puisse dire non, elle était sortie du lit. Ma queue s'indignait, mais je la suivis quand même. À ce moment-là, j'aurais fait tout ce qu'Ella voulait.

En peu de temps, nous étions dans la cuisine. Elle portait l'un de mes t-shirts, qui tombait presque sur ses genoux, et une paire de chaussettes. Alors que je portais un pantalon de jogging et rien d'autre. Pendant que je remplissais la gamelle de Creamsicle, Ella fouilla dans la cuisine, ouvrant tous les placards et inspectant tout. Je me retournai, m'avançant avec la gamelle d'eau de Creamsicle, quand je la trouvai sur la pointe des pieds, à essayer d'attraper des tasses à café qui étaient juste un peu trop hautes. Distrait par le t-shirt qui se releva avec elle, offrant un aperçu très tentant de la douce courbe de ses fesses, ma queue eut une réponse proportionnée. Elle portait une culotte en soie violette. Bordel.

Elle grogna qu'elle avait besoin de rentrer et de se changer. Parmi les choses que je n'avais pas prévues avec ce dîner inattendu d'hier soir, il y avait le fait qu'elle devrait se changer. Si j'avais mon mot à dire, elle ferait sa valise ce soir, et viendrait dormir chez moi. Et pourtant, aussi confortable que la nuit dernière ait été, j'avais le sentiment qu'il ne fallait pas brûler les étapes. Pour mon propre bien ainsi que le sien.

« Attends, laisse-moi attraper ça », dis-je en posant la gamelle d'eau sur le comptoir alors que je la dépassais.

Sans un moment d'hésitation, je me positionnai derrière elle, passant mes mains sur ses hanches et déposant un baiser dans la courbe de son cou. Je savourai son doux soupir. Ce n'est qu'après ça que j'attrapai les tasses à café, tout en remarquant que je n'avais pas organisé ma cuisine avec qui que ce soit d'autre en tête quand je l'avais fait. Je faisais un mètre quatre-vingt-huit alors qu'Ella faisait presque quinze centimètres de moins.

Même si je n'en avais pas envie, je me reculai, et lui tendis les tasses avant d'aller remplir la gamelle de Creamsicle. Ella commença à faire du café et avant que je sois même revenu dans la cuisine, elle avait ouvert le réfrigérateur pour voir ce qu'il y avait dedans.

« Je peux faire des omelettes ? » appela-t-elle.

Creamsicle courut devant moi et commença à dévorer sa nourriture.

« Tu peux faire tout ce que tu veux », dis-je alors que j'arrivais de l'autre côté du comptoir.

Elle laissa la porte du frigo se refermer et se

retourna, posant ses hanches contre le comptoir juste à côté.

« Eh bien, tu as des œufs, du lait et un peu de fromage. Tu as un choix de légumes très pauvres en revanche », offrit-elle avec un sourire moqueur.

Je savais très bien que je n'avais pas de légumes, du moins pas dans le frigo. Je haussai les épaules, pas vexé.

« Tu sais, je ne cuisine pas beaucoup, mais tu le sais déjà. »

Elle sourit.

« Je le sais. Ta mère se plaignait tout le temps que tu détestais quand elle t'apprenait à cuisiner. Si ça te va alors, je vais faire des omelettes. »

À mon hochement de tête, elle commença. L'heure qui suivit passa dans une étrange sensation de confort. Je n'avais jamais eu un matin comme ça avec Ella. Et pourtant j'avais le sentiment de l'avoir fait tellement de fois. Elle fit un café fort, comme je l'aimais. Et bien que les omelettes furent simples, elles étaient délicieuses.

C'est seulement quand mon téléphone se mit à sonner que je sortis de ma rêverie. En prenant une gorgée de café, je la regardai.

« C'est mon téléphone. Tu veux que je réponde ? » demandai-je en me souvenant que je lui avais donné.

Son regard s'assombrit, et je me souvins pourquoi j'avais proposé que nous échangions nos téléphones. En quelques secondes, l'expression détendue sur son visage avait disparu et son regard était hanté.

Merde. Il fallait résoudre cette situation rapidement. Je ne pensais pas pouvoir supporter de voir Ella dans cet état.

« Et si tu répondais ? Ce n'est pas comme si qui que ce soit cherchait à me contacter sur ton téléphone. »

Elle descendit du tabouret en face de moi, avançant sur le sol. Mon regard la suivit parce que c'était impossible de ne pas la regarder. J'adorais qu'elle porte mon t-shirt.

Le temps qu'elle me rende mon téléphone, il ne sonnait plus. Je regardai l'écran et vis le numéro de Nate.

« Je le rappellerai. Je vais devoir expliquer à tout le monde pourquoi j'ai ton téléphone maintenant. Je peux ?

— Ça fait bizarre, mais ça me soulage tellement de savoir que tu auras mon téléphone. Je préfèrerais vraiment que tout le monde pense que je suis folle plutôt que de devoir gérer mon téléphone », dit-elle doucement.

La colère que j'avais oubliée hier soir dans l'excitation de tout le reste revint en grandes pompes, chaude puis glaciale.

« Ella, quand est-ce que ça a commencé ? »

Elle leva sa tasse du comptoir et se retourna pour la remplir.

« Tu en veux ? »

Je secouai la tête, elle se retourna et remonta sur le tabouret en face de moi, répondant enfin.

« Il y a un an et demi environ. J'ai accepté le poste il y a deux ans, juste au début du semestre d'automne. Après quelques mois, il m'a invitée à dîner. Même si je n'avais rien fait pour l'encourager. J'ai dit non, en me disant qu'il laisserait tomber après ça. C'est là que ça a commencé. Ça semble venir par vagues. Il n'y a rien pendant un mois, puis de nulle part ça recommence. D'une certaine façon, ça rend la chose pire parce que je ne peux jamais me détendre. Et juste quand je commence à me dire que ça va s'arrêter, ça recommence. »

Ses yeux rencontrèrent les miens, son regard

suppliant comme si elle avait besoin de me convaincre de quelque chose.

« Je le pensais la nuit dernière. Je voulais vraiment revenir à Willow Brook dans tous les cas. Je pensais que j'avais trouvé le boulot de mes rêves mais l'endroit où tu vis change tout, non ? Je faisais que de me dire que j'allais attendre le bon moment ou la bonne opportunité de rentrer. Puis, tout ça a commencé et je me suis dit qu'il valait mieux que je parte avant qu'il soit trop tard. Ce qui est drôle, c'est que quand j'ai pris la décision de revenir, le poste ici s'est libéré. »

Je la regardai, en essayant de rassembler mes pensées. Parce que la seule chose que j'arrivais à me dire quand je pensais à ce que ce gars avait fait et faisait encore était que je voulais le lui faire payer. Mais Ella n'avait pas besoin de me voir fou de rage. Je glissai mon téléphone sur le comptoir vers elle. En prenant sa tasse de café dans ses mains, elle prit une gorgée après une grande inspiration.

« C'est tellement gênant, mais maintenant que tu le sais et que ma mère le sait, je suis soulagée. J'ai des amis là-bas, et ils voulaient aider, mais ce n'était pas pareil. Portland est une grande ville. Tu penses qu'il finira par laisser tomber maintenant que je suis partie ? » demanda-t-elle, comme si je pouvais vraiment répondre à cette question.

Je détestais l'air dans ses yeux, cet air fatigué et hanté. Je voulais désespérément lui donner la réponse qu'elle voulait entendre, mais je ne pouvais pas.

« Je ne sais pas, Ella. J'espère. J'espère que ton père pourra nous donner des suggestions de comment lui faire répondre de ses actes. »

Je n'arrivais pas à dire le nom de ce gars à voix haute, même s'il était ancré dans ma mémoire : Lance Wallace.

Ella prit une autre gorgée de café, en faisant des cercles avec son doigt sur le comptoir. Creamsicle sauta, marcha sur le comptoir et s'arrêta à côté d'elle. Il ne savait pas à quel point son timing était bon, ou peut-être qu'il savait. Dans tous les cas, il interrompit notre discussion. Sachant que j'aimais résoudre les problèmes, et que celui-ci n'était pas quelque chose que je pouvais arranger rapidement, une interruption était la bienvenue.

Ella le regarda, puis me regarda moi, un petit sourire sur le visage.

« Il a le droit d'être sur le comptoir ? »

Je ris.

« J'ai essayé de lui apprendre à ne pas monter, mais apparemment je ne sais pas dresser les chats. Ça n'aide probablement pas qu'il ait la maison pour lui tout seul pendant des semaines en été, et qu'il fasse sa propre loi. Ma mère vient le voir deux fois par jour. Une fois, ma mère l'a emmené chez eux, mais il était vraiment malheureux donc elle l'a ramené ici. Il a une chatière dans la buanderie, donc il fait vraiment ce qu'il veut quand je ne suis pas là. Mon vétérinaire me dit qu'il considère la maison comme son territoire. »

Ella passa sa paume le long de son dos et caressa ses joues, lui extirpant un fort ronronnement. Pendant ce temps, mon cœur se serra et je détestais que notre matinée de rêve ait été interrompue par le souvenir de ces horribles SMS de la nuit dernière. Autant qu'ils m'aient secoué, c'était incroyable de penser qu'Ella avait dû les supporter depuis plus d'un an et demi. J'irai parler avec Rex aussi tôt que possible aujourd'hui.

Chapitre Douze

CALEB

Tôt cet après-midi-là, je passai les double-portes entre la caserne et le poste de police. La caserne de Willow Brook était au beau milieu de la rue principale de la ville. Après ma matinée détendue avec Ella, je m'étais dirigé vers la caserne pour répondre à un appel pour un feu local. C'était la saison creuse pour les pompiers forestiers, mais on était quand même de garde pour la ville et on pouvait être appelés de partout en Alaska s'ils avaient besoin de nous, mais l'été était notre plus grosse saison de l'année. Mon plan de parler à Rex avant toute autre chose avait été retardé par ce feu en ville. Sans surprise, c'était un feu de cheminée qui avait mal tourné. Tous les automnes, les gens commençaient à utiliser leurs cheminées, et beaucoup ne se préoccupaient pas de faire nettoyer le conduit d'abord. Les résidus de l'hiver passé, ou des débris laissés par des animaux sauvages qui font leurs nids dans les conduits prenaient feu rapidement.

Après une petite douche après notre intervention, je me dirigeai vers la station pour parler à Rex. En frappant doucement à sa porte, je lui demandai :

« Rex, tu as une minute ? »

Rex Masters leva les yeux, un sourire s'étirant sur son visage.

« Entre. Ça fait plaisir de te voir, Caleb, dit-il avec un salut de la main.

— Ça fait toujours plaisir de te voir, Rex », répondis-je.

Alors qu'il levait sa tasse de café puis en regarda le contenu avec un regard sévère, je demandai :

« Il te faut une tasse pleine ?

— Ce serait super », répondit-il avec un clin d'œil.

Je sortis de son bureau et me dirigeai dans la petite salle de pause de l'autre côté, pour trouver une cafetière pleine et chaude. Maisie, l'opératrice de la station, gâtait bien trop Rex.

En revenant avec deux tasses de café, je le regardai.

« Ça te dérange si je ferme la porte ? »

Rex plissa les yeux, mais il secoua la tête. Je me dis qu'il se demandait peut-être pourquoi on avait besoin de ne pas être dérangés. En lui tendant son café, je fermai la porte et m'assis en face de lui à son bureau.

« Je suppose qu'Ella était avec toi la nuit dernière », offrit-il pour débuter la conversation.

Je m'étouffai presque sur la gorgée de café que je venais de prendre. Ce n'était pas que j'aurais caché quoi que ce soit à Rex, ou à qui que ce soit d'ailleurs, mais c'était son père. Et même si je savais qu'elle avait presque vingt-sept ans, ça ne changeait pas le fait que je ne voulais pas vraiment parler du fait qu'Ella avait passé la nuit chez moi avec son père. Sans parler du fait que mes sentiments pour elle étaient très loin d'être platoniques.

Rex rit et haussa les épaules.

« C'est une femme adulte, et je t'ai toujours bien aimé. »

Sans attendre que je réponde, il continua :

« Laisse-moi deviner, tu es là pour me parler de ce connard qui la harcèle en ligne.

— Exactement. Elle a dit qu'elle en avait parlé à sa mère hier, je me suis dit que Georgia allait t'en parler. »

Rex s'adossa à sa chaise, prenant une gorgée de café, ses yeux pleins de pensées.

« Georgia a raison d'être inquiète, et je suis furieux.

— Je suis furieux aussi, bordel. J'aurais voulu qu'Ella en parle plus tôt. »

Rex fit un geste vers son ordinateur.

« Je viens d'avoir une réponse d'un gars à qui j'ai écrit ce matin au département de police de Portland. Je lui ai demandé de m'envoyer le dossier de Lance Wallace et tous les dépôts de plainte qu'Ella a posés. J'en parlerai à Ella plus tard quand je rentrerai à la maison. Je suis en colère qu'ils n'aient pas fait plus pour aider, mais je verrai ce que je peux faire avec ce que j'ai. Il n'est peut-être pas dans ma juridiction, mais elle l'est. J'ai aussi appelé un copain à Anchorage qui s'occupe de crimes en ligne inter-États. Qu'est-ce qu'elle t'a dit ? »

Je sortis son téléphone de ma poche. Avant qu'on se sépare ce matin, je lui avais demandé de vérifier qu'il n'y avait rien dessus qu'elle ne voulait pas que je vois. Elle avait ri et avait dit qu'elle vivait une vie plutôt chiante. À part des SMS de ses amis et de sa famille, il n'y avait rien d'autre. J'ouvris les SMS de Lance qui étaient apparus la nuit dernière, tournai le téléphone sur le bureau et le poussai vers Rex.

« Ces textos sont arrivés pendant qu'on dînait. Elle ne voulait pas m'en parler au début, mais elle a fini par le faire. On a échangé nos téléphones. »

C'était comme si Rex n'avait pas entendu un seul

des mots qui sortait de ma bouche. Il lisait les messages, son regard s'assombrissant de colère alors qu'il avançait. Il me regarda.

« C'est quoi ce bordel ? Je n'arrive pas à croire que ça dure depuis presque deux ans. »

Il passa sa main dans ses cheveux avec un soupir saccadé.

« Elle a déjà assez souffert comme ça. Personne ne mérite ce genre de saloperie. »

Je comprenais bien sûr exactement ce qu'il ressentait. Je pouvais imaginer qu'en tant que père, ses peurs et inquiétudes pour elle pesaient lourd.

« Pourquoi tu as son téléphone ? » demanda-t-il soudainement.

Comme j'avais supposé, il n'avait pas entendu mon commentaire.

« C'était mon idée. J'ai suggéré qu'on échange nos téléphones. Vous savez tous comment me contacter, et c'est comme ça que vous pouvez la contacter maintenant. Je me suis dit qu'elle n'aurait pas à voir ces saloperies comme ça. Je ne veux pas qu'elle y pense. Des idées de comment je devrais répondre ? »

L'expression sombre de Rex se dissipa et il explosa de rire.

« Absolument génial ! Tu as toujours été un gamin intelligent », lança-t-il avec un sourcil arqué.

S'arrêtant un instant, il prit une gorgée de son café.

« Laisse-moi en parler à mon gars à Anchorage. J'adorerais trouver une façon d'épingler ce gars avec des charges criminelles. Pour le moment, je dirais ne réponds rien. Je sais que tu en auras envie, mais il ne faut pas envenimer les choses. Assure-toi de sauvegarder tous les messages et ne réponds pas. Et même, dès qu'il contacte ce téléphone de quelque façon que ce soit, transfère-le moi. »

Quand il me rendit le téléphone, je lui transmis les messages rapidement. Je n'avais pas parlé de ça avec Ella, surtout parce que je ne voulais pas qu'elle s'inquiète plus qu'elle ne le faisait déjà, mais je savais que ce ne serait pas facile de ne pas répondre. Je voulais dire à ce gars d'aller se faire foutre. Mais je ferais exactement ce que Rex me conseillait de faire pour le moment.

En prenant une gorgée de mon café, je posai la tasse sur l'un des bras de ma chaise, enroulant ma main autour alors que je le regardais.

« Ce ne sera pas facile, mais je ferai ce que tu as dit. Je ne veux pas qu'elle ait à voir quoi que ce soit de ce type, donc si jamais tu as une idée de comment gérer ses e-mails ?

— Ouais, Georgia m'a parlé de ça aussi. Quand je la verrai ce soir, je lui demanderai de me transmettre ses e-mails directement. Il ne saura pas qu'ils sont transmis, mais comme ça on peut les mettre dans le dossier. D'habitude, ces connards ne font rien en personne. C'est de la torture psychologique. J'espère que maintenant qu'elle est là, on peut y mettre fin une bonne fois pour toutes. Je ne vais pas rester en retrait et attendre par contre. Ce gars doit être condamné et je vais trouver un moyen d'en arriver là.

— Je suis tellement content qu'elle nous ait enfin dit ce qu'il se passe », répondis-je en passant ma main dans mes cheveux.

Le simple fait d'en parler créa une vague de colère et de frustration nouvelle en moi. Je détestais savoir que ce gars avait fait toutes ces saloperies, qu'elle était traumatisée et apeurée.

Rex hocha la tête.

« Tu me tiens au courant et je te tiens au courant. On va trouver une solution. Puisque tu as son téléphone, tout le monde va devoir être au courant », dit-il avec un petit rire.

Je haussai les épaules.

« Je sais. Elle m'a fait cette remarque aussi, mais elle a dit qu'elle s'en fichait. »

Rex me regarda pendant un moment, réfléchissant à quelque chose.

« Je suis content que vous vous soyez retrouvés », dit-il enfin.

Je ne voulais pas que ça devienne gênant. Je me disais que sa façon de voir nos retrouvailles et la mienne devaient être différentes. Je fus sauvé de cette réflexion sur un sujet difficile à naviguer quand la radio de la station se déclencha, reportant un accident sur l'autoroute à l'extérieur de la ville.

Rex et moi changèrent de vitesse, nous séparant pour répondre à l'appel. Alors que je conduisais vers la scène avec une petite équipe, je réalisai que je passai devant la même section que là où j'avais trouvé la voiture d'Ella dans le fossé. Une semaine de plus avait passé depuis. Je ne pouvais pas savoir qu'elle reviendrait dans mon monde et le changerait complètement.

Chapitre Treize

ELLA

« Ella ? » appela une voix.

Je levai les yeux, un docteur que je n'avais jamais rencontré se tenait dans l'ouverture de la porte de son bureau à côté de la zone d'accueil. Quand je rencontrai son regard, elle sourit, une pointe de question dans son regard.

Je me levai de ma chaise, posant le magazine que je feuilletais.

« C'est moi », dis-je en le saluant alors que je m'approchais.

Après avoir quitté l'hôpital après m'être retrouvée dans le fossé, l'hôpital avait automatiquement posé un rendez-vous ici pour moi. C'était la seule clinique de médecine générale à Willow Brook. Je n'y avais pas été depuis des années. Le cabinet de Médecine Familiale de Willow Brook était maintenant plus qu'un seul ou deux docteurs apparemment. Je m'attendais à voir le docteur Johnson, même si d'après mes calculs, elle avait sans doute bientôt soixante-dix ans maintenant.

Quand j'arrivai au niveau de cette femme, elle me tendit la main avec un autre sourire.

« Bonjour Ella, je suis le docteur Charlie Lane. Vous pouvez simplement m'appeler Charlie.

— Ravie de vous rencontrer. Je suis Ella, mais vous le savez déjà », répondis-je en serrant rapidement sa main.

Elle me fit signe d'entrer dans son bureau et ferma la porte derrière moi.

« Venez vers l'arrière. J'ai cru comprendre que vous avez quelques fils à retirer.

— C'est le plan. Ils m'ont dit que c'est vous qui alliez décider si on peut les retirer aujourd'hui. »

Je la suivis vers une petite pièce et elle ferma la porte en me faisant signe de m'asseoir sur une chaise à côté d'un petit comptoir contre le mur. Elle s'assit sur son tabouret roulant, attaché à une table avec un moniteur.

Alors qu'elle cliquait plusieurs fois en regardant l'écran, je la regardai. C'était sans doute le médecin le plus jeune que j'avais jamais rencontré, ou du moins je supposais. Elle avait des cheveux sombres avec une petite mèche violette folle d'un côté et de grands yeux gris derrière ses lunettes. Elle portait une blouse blanche et avait un air sérieux.

« On dirait que vous avez été patiente ici depuis que vous étiez enfant, commenta-t-elle.

— Oui, c'est la seule clinique de la ville. Je pense que le docteur Johnson était le docteur de tout le monde, non ? Vous êtes nouvelle, j'imagine. Avec votre arrivée et toutes les modernisations, la clinique est totalement différente », remarquai-je.

Tout le bureau avait été modernisé, avec de la peinture fraîche et de nouveaux meubles. Charlie acquiesça avec un petit sourire.

« Je suis nouvelle. J'ai déménagé de Boston. J'avais toujours eu envie de venir en Alaska. Quand j'ai vu ce poste, j'ai sauté sur l'occasion. Je suis née en Alaska en fait, quand mon père était stationné ici avec l'armée. Mes parents ont déménagé avant que j'entre en maternelle, mais j'ai toujours rêvé de revenir.

— Vous pensez rester ? » demandai-je.

Elle hocha la tête, le gris de ses yeux brillant.

« J'adore cet endroit. Willow Brook est idéal. C'est petit, et j'ai l'impression d'être au milieu de nulle part, mais on est pas trop loin d'Anchorage, donc je peux avoir ma dose de ville si j'en ai besoin.

— Exactement ce que j'aime ici aussi. Vous avez survécu à un hiver ou pas encore ? »

Charlie secoua la tête et sourit.

« Pas encore. Boston a des bons hivers, mais je comprends que ça va être plus long et plus sombre ici. Je pense que je vais m'en sortir très bien. Bon, regardons ces points de suture. Avant que je vous manipule, il faut que je vous pose les questions habituelles et standard. »

À mon hochement de tête, elle me posa une liste de questions, vérifia ma pression artérielle, me pesa et me demanda si quoi que ce soit avait changé depuis la dernière fois où j'avais vu un docteur. Elle ne dit rien sur mon accident de voiture d'il y a dix ans. J'étais un peu soulagée. Pendant de nombreuses années, à chaque fois que j'allais chez le docteur, on en parlait. Mais ça faisait assez longtemps maintenant pour qu'il n'y ait plus rien à demander.

Après ce processus, elle me fit signe de m'asseoir sur la table d'examen. En se positionnant à côté de moi, elle repoussa délicatement mes cheveux de mon front pour regarder les sutures.

« Ça me paraît bien. Vous êtes prête pour que je les enlève ?

— Allons-y. »

Elle les retira si rapidement que je ne sentis quasiment rien.

« Pas de saignement , commenta-t-elle alors qu'elle tapotait délicatement la zone avec de l'antiseptique. Pas besoin de pansement sauf si vous en voulez un. Je recommande que vous utilisiez cette crème sur la cicatrice pendant quelques jours, dit-elle en me tendant un tube de crème. Faites attention en vous lavant le visage et ce genre de choses. La peau sera encore un peu délicate pendant quelques jours, mais ça guérit bien. Vous ne devriez même pas remarquer la cicatrice quand ce sera complètement guéri.

— C'est ce que j'espérais, dis-je. Autre chose ? »

Elle secoua la tête.

« Non. C'est bon pour aujourd'hui.

— Eh bien, c'était un plaisir de vous rencontrer, dis-je alors qu'elle me raccompagnait au hall. J'imagine que je vous verrai pour toutes les choses habituelles maintenant. »

Avec un sourire, elle acquiesça en sortant dans la salle d'attente avec moi. Une fois que je me détournai d'elle, mon regard tomba sur Jesse Franklin. Jesse était un ami de Cade, et je le connaissais depuis des années. Même s'il n'avait pas grandi ici, sa famille avait déménagé ici quand j'étais encore au lycée, après que Cade eut eu son bac. Ils étaient devenus amis rapidement et étaient restés en contact même quand Cade avait déménagé pendant un temps.

« Jesse ! m'exclamai-je dès que je le vis. Qu'est-ce que tu fais là ? »

En plus d'être un ami de Cade, Jesse était aussi un pompier forestier. Il me lança un sourire bourru.

« Je passe juste pour faire vérifier mon épaule. Je l'ai déboîtée la semaine dernière sur le terrain », expliqua-t-il en faisant un tour avec son épaule en parlant.

Il me fit un câlin rapide quand j'arrivai à son niveau, ébouriffant mes cheveux quand je reculai. Il était toujours aussi beau avec ses cheveux brun cuivre et ses yeux verts qui étaient toujours brillants. C'était comme un frère pour moi.

« Ça fait plaisir de te voir, murmurai-je.

— Ça fait plaisir que tu sois rentrée. Ton père et Cade sont tellement contents », répondit-il avec un clin d'œil.

En me tournant pour dire au revoir à Charlie, je remarquai qu'elle était silencieuse et que ses joues étaient rouges. Et l'attitude taquine de Jesse disparut complètement quand il leva les yeux vers elle.

« Docteur Lane , dit-il avec un hochement de tête. Je ne suis pas en retard cette fois-ci. »

Le docteur Lane, ou plutôt Charlie, comme elle m'avait demandé de l'appeler, n'avait pas l'air aussi détendue avec Jesse qu'elle l'avait été avec moi. Elle avait même l'air carrément tendue.

« J'espère que vous allez me donner le droit de retourner au travail aujourd'hui », ajouta Jesse.

Incertaine de comment lire ce qu'il se passait, je me dis qu'il valait mieux que je parte. Je saluai Jesse et Charlie et partis.

Chapitre Quatorze

ELLA

Après quelques minutes en voiture, je passai la porte du Firehouse Café. J'avais prévu de retrouver Holly pour un café cet après-midi. En entrant dans le café, je n'eus même pas la chance de la chercher avant que Janet appelle mon nom. Elle passait devant moi avec un plateau de plats et prit mon bras.

« Bonjour Ella ! »

Elle serra mon bras en me saluant et sans avoir le temps de dire ouf, j'étais dans la cuisine avec elle alors qu'elle posait ses plats dans le coin du lave-vaisselle.

« Qui tu retrouves aujourd'hui ? » demanda-t-elle.

Je lâchai un petit sourire. Son enthousiasme était contagieux.

« Holly. Je n'ai même pas eu la chance de voir si elle était là. »

Janet dégagea une mèche bouclée de ses cheveux poivre et sel et secoua la tête.

« Non, elle n'est pas encore là. Je peux aller te chercher un café en revanche.

— Tu ne devrais pas être au comptoir ? demandai-je avec un petit rire.

— Ah oui ! » dit-elle en riant, me dépassant immédiatement pour passer la porte qui menait à la salle.

Un jeune homme s'occupait du lave-vaisselle alors qu'une jeune femme s'occupait du grill. Janet s'occupait toujours de l'accueil et des commandes ici, l'une des raisons pour lesquelles j'adorais venir ici. Elle illuminait toujours ma journée.

Janet était une bonne amie de mes parents, mais j'imaginais qu'elle était proche de tout le monde dans cette ville. Le Firehouse était une pièce maîtresse de Willow Brook, et c'était pour Janet. Elle se mêlait de tout et était plutôt autoritaire, mais elle était chaleureuse et généreuse et ferait n'importe quoi pour un ami dans le besoin.

En la suivant vers la salle, je fis le tour du comptoir alors qu'elle s'était immédiatement mise à parler à la personne qui attendait. Holly passait la porte alors que je commençais à faire la queue.

« Hé ! dit-elle, en me prenant dans ses bras. Je vais te faire un câlin à chaque fois que je te vois pendant au moins un an, je pense.

— Ça ne me dérange pas du tout ! » répondis-je avec un rire.

On commença à faire la queue ensemble.

« Donc tu n'as plus tes points de suture », observa-t-elle, ses yeux se dirigeant vers mon front.

Je n'avais même pas fait attention à mon apparence en quittant le cabinet du docteur. Je passai mes doigts sur mon front, sentant la surface douce d'une nouvelle cicatrice.

« Ouais, c'est parti. Le docteur Lane a l'air gentille. Elle m'a demandé de l'appeler Charlie. Tu l'as rencontrée ? »

Holly hocha la tête.

« Ouais. Je n'ai pas eu de rendez-vous avec elle,

mais ma mère si. J'y suis allée avec elle, et tu connais ma mère, c'était quasiment un entretien d'embauche pour cette pauvre femme. Le docteur Johnson va prendre sa retraite bientôt, donc je suis contente qu'elle ait trouvé quelqu'un. Tous les hommes de la ville se plaignent en revanche. J'ai dit à Nate de fermer sa boîte à camembert, parce que Charlie est ultra canon. Je veux dire, ils peuvent avoir un dinosaure qui les examine, ou une nana canon et super intelligente. Faut choisir. »

J'explosai de rire.

« Elle est plutôt canon, mais je ne pense pas que les gars veulent penser à ça quand elle examine leurs problèmes de peau ou ce genre de choses. »

Holly leva les yeux au ciel.

« Je sais. Les hommes ne sont juste pas habitués à aller chez le médecin. Ils évitent toujours la chose autant qu'ils peuvent. »

On arriva au comptoir et Janet nous offrit un grand sourire. Comme si elle ne m'avait pas vue quelques minutes plus tôt.

« Salut les filles, qu'est-ce que je vous sers ?

— Je vais prendre un café noir », répondis-je.

Holly leva les yeux au ciel.

« Toi et ton café de dur à cuire. Je vais prendre un mocha avec un sirop de caramel et de la chantilly.

— Et le but c'est de faire un coma alimentaire, c'est ça ? » contrai-je, appréciant le fait qu'on ait retrouvé la facilité de notre relation si vite.

Après avoir pris nos boissons, on s'installa à une table dans le coin du fond. Les foules de touristes se faisaient plus petites maintenant que l'automne était là et appelait les journées fraîches et les nuits froides. Willow Brook, comme beaucoup de villes en Alaska, était très touristique au printemps et en été. La proximité de Willow Brook avec Anchorage amenait des bus de touristes qui aimaient être proches d'une grande ville tout en profitant d'un goût de nature sauvage.

Mais dès que les vents d'automne arrivaient, tout se calmait. En prenant une grande inspiration, je fis le tour du café avec mes yeux, absorbant le sentiment d'être rentrée à la maison. Ce n'était pas comme si je n'avais jamais rendu visite. Mais c'était différent de savoir que j'allais rester. Je pouvais profiter du fait d'être ici d'une façon que les visites courtes ne permettent pas.

Holly commença à dire quelque chose quand son téléphone sonna. En levant un doigt pour me faire signe d'attendre, elle prit l'appel. Je pris une gorgée de mon café et laissai mes pensées revenir aux dernières vingt-quatre heures. Je n'avais pas vu Holly depuis l'autre soir au Wildlands quand Caleb m'avait raccompagnée à la maison. Je me demandais si je voulais lui raconter quoi que ce soit à propos de Caleb tout de suite.

Mais Holly était mon amie la plus proche ici, et je n'étais pas sûre de si j'avais perdu la tête en me laissant aller à mon envie de lui la nuit dernière. En vrai, j'avais l'impression d'être à moitié folle. Tout était tellement plus intense qu'avant. Tellement de souvenirs de notre amour de jeunesse avaient été gâchés par l'accident. Et maintenant j'avais l'impression d'être une bête écolière. Tellement mordue que si Caleb m'avait demandé de l'épouser ce matin, j'aurais probablement dit oui.

Et pourtant, je ne savais pas si je réfléchissais correctement, et je ne pouvais pas me débarrasser du sentiment que je ne méritais pas d'être avec Caleb. Ce n'était pas seulement que c'était bon d'être avec lui, tellement bon que je n'avais pas les mots pour le décrire, mais c'était que je me sentais en sécurité avec lui. La peur lancinante que Lance avait injectée dans ma vie se dissipait quand j'étais avec Caleb. J'étais convaincue que Caleb pouvait me protéger de ma peur. Tout le doute de soi qui s'était ancré en moi si fortement cette année et quelque passée m'avait fait tout remettre en question. Parce que j'avais un problème avec le fait de prendre soin de moi-même. Mélangée à ça était la culpabilité de l'accident qui ne me quittait pas, une culpabilité qui me faisait penser que je ne méritais rien de bien parce que Jake était mort et que j'aurais dû trouver une façon d'empêcher ça.

Aucune logique ne gagnait cette bataille interne.

Une fois que j'avais enfin été honnête avec l'ampleur de mon syndrome du survivant, ma psy avait gentiment mis en valeur que peut-être il fallait que j'arrête de fuir ce que j'avais vécu avec Caleb, et que peut-être je me punissais moi-même quand j'avais rompu avec lui. J'avais eu envie de hurler quand elle avait dit ça, ne serait-ce que parce que c'était comme si elle avait pointé du doigt l'obscurité que je portais dans mon cœur.

Elle avait pointé du doigt le fait évident que je n'avais pas fait mon deuil. J'emmerde le deuil était l'ampleur de ce que j'étais capable de dire à ce propos. Tout était tellement mélangé : Il y avait l'accident, le syndrome du survivant, mes propres blessures graves et le fait qu'il fallait que je demande beaucoup d'aide à mes parents pendant un moment, bien plus que ce que je n'aurais eu besoin si je n'avais pas été blessée. Un flottement était un mot insuffisant pour capturer ce que les deux dernières années de lycée avaient été pour moi avant de partir à la fac.

Il y avait tout de ça puis ma vie académique, qui

était devenue ma bouée de sauvetage. Lance et son comportement de harceleur dégueulasse avait réussi à détruire la chose qui avait été mon oasis pendant si longtemps. La seule partie de ma vie où je me sentais forte et en contrôle était mes recherches et mes cours. Il avait sali ça si efficacement que ça ne me faisait plus aucun bien.

Je me secouai quand Holly dit mon nom. Je regardais par la fenêtre d'un air vide.

« Désolée, qu'est-ce que tu disais ? demandai-je.

— La tête dans les nuages ? »

À mon hochement de tête, elle continua.

« Ok, parlons des trucs pourris d'abord, dit Holly en prenant une grosse gorgée de sa boisson trop sucrée et en posant ses coudes sur la table.

— Je ne sais pas comment tu peux boire ça », dis-je, en regardant la crème chantilly dégouliner le long de son verre et le caramel sur son café.

Holly leva les yeux au ciel.

« Tout comme je n'ai aucune idée de comment tu bois quelque chose d'aussi amer que ton truc là. Bref, les trucs pourris d'abord. »

Holly n'en avait aucune idée, mais ça me fit presque pleurer. Je n'étais pas d'humeur à fondre en larmes au milieu de la ville, je pris une gorgée de mon café et le moment passa. Les trucs pourris d'abord était une règle qu'on avait établie quand on était bien plus jeunes. L'accord était que si nous avions une conversation difficile à avoir, nous commencerions par ça.

« D'accord, c'est quoi les trucs pourris ?

— Je n'arrive pas à croire que tu aies besoin de demander ! L'histoire avec ton harceleur. Dis-moi que tu as parlé avec ton père s'il te plaît, et dis-moi qu'il s'en occupe. »

C'était en effet un sujet pourri, mais l'idée de Caleb d'échanger nos téléphones avait rendu ma vie tellement plus facile. C'était rien du tout, mais le fait de savoir que je n'avais pas à m'inquiéter de soudainement recevoir un tas de messages horribles était un vrai soulagement. Je me dis que maintenant était un bon moment pour lui expliquer qu'elle devrait utiliser le numéro de Caleb pour me joindre. Heureusement, elle connaissait le numéro de fixe de mes parents par cœur, et elle avait appelé à la maison plus tôt quand j'étais passée me changer après ma nuit avec Caleb. J'étais incroyablement soulagée que mes deux parents soient déjà partis au boulot.

« Ma mère a parlé à mon père. J'avais prévu de lui en parler ce soir. »

Holly se recula dans sa chaise.

« Il t'a recontactée ce connard ?

— C'est ça le truc. Je ne sais pas. J'ai dîné avec Caleb hier soir, et j'ai reçu un paquet de textos de Lance. Caleb les a vus, et à part le fait qu'il était ultra secoué, il a suggéré qu'on échange nos téléphones. C'est peut-être fou, mais maintenant je ne saurai même pas. Au début, je trouvais que c'était une idée bizarre, mais maintenant je suis tellement soulagée. »

La bouche de Holly resta ouverte puis elle secoua la tête.

« Caleb est un putain de génie. Mais ça je le savais déjà, puisqu'il t'adore. Okay, on n'est pas obligées de s'attarder sur le sujet, mais tant que tu me promets que tu en parleras à ton père, ça me va. Et je vais appeler Caleb pour le remercier. J'imagine que je peux juste appeler ton numéro ?

— Ouais. C'est lui qui l'a. C'est mon numéro perso, donc je peux juste dire à tout le monde ici de m'appeler sur le téléphone de Caleb et ça ira.

— D'accord, fini les trucs pourris. Tu as dîné avec Caleb hier soir ? » demanda Holly en changeant rapidement de sujet.

Je sentis mes joues rougir mais j'acquiesçai. Ça ne servait à rien de le cacher à Holly. Cette ville était trop petite pour essayer de garder des secrets. Je ne savais peut-être pas quelle était la meilleure chose à faire tout de suite, mais Holly était mon amie et elle serait honnête avec moi.

« Il m'a écrit quand je rentrais de ma journée à Anchorage. Donc on est allés dîner », expliquai-je.

Holly fit un cercle dans l'air avec sa main, prit une autre gorgée de son café et essaya rapidement la chantilly de sa lèvre avec une serviette.

« Il y a plus que ça parce que tu rougis, dit-elle, perspicace. S'il te plaît, dis-moi qu'il se passe une histoire de seconde chance magnifique. S'il te plaît. Ma vie romantique est nulle à chier, donc je veux vivre à travers toi.

— Qu'est-ce que tu veux dire ? Tu... »

Je voulais lui demander si elle allait bien, mais Holly secoua la main.

« Oh bon sang. Je vais bien. Je suis dans une loooongue période creuse, c'est tout. Mais revenons-en à toi et Caleb. Qu'est-ce qu'il s'est passé ?

— Je ne sais pas ce que c'est encore, mais, bah, on a passé la nuit ensemble hier. »

Holly lâcha un petit cri, et quelques regards se tournèrent vers nous.

« Tu peux rester discrète ? S'il te plaît ? » sifflai-je.

Holly haussa les épaules.

« Personne ne sait de quoi on parle. Mais, c'est pas génial ? »

Je sentis mes joues se réchauffer. Encore. Comme je n'avais pas passé beaucoup de temps avec Holly récemment, j'avais oublié à quel point elle pouvait être directe. En attrapant son regard joueur, je secouai la tête.

« Je ne vais pas te donner tous les détails.

— Oh, je ne veux pas tous les détails, dit-elle avec un autre mouvement de main. Bon sang, ce serait bizarre. Je veux juste savoir si c'était génial. »

J'ouvris la bouche pour dire quelque chose et j'explosai de rire à la place.

« Vu que ton visage est tout rouge, je vais prendre ça pour un oui, offrit-elle avec un clin d'œil. Bien. Ça m'avait toujours énervée que vous ayez rompu. »

Malgré la tragédie de la mort de Jake, Holly y avait fait face avec courage. C'était la leçon que j'aurais voulu apprendre plus tôt. Maintenant, si j'avais la chance de tout recommencer, je ne me serais pas enterrée dans tout ce qui pouvait me distraire de mon deuil. Mais je ne pouvais pas recommencer. Pour revenir à ce que je voulais dire, Holly et moi n'avions pas beaucoup parlé de ma rupture avec Caleb dans l'après-accident.

À l'époque, elle avait son propre deuil à gérer comme nous tous. Jake était son petit ami. C'était difficile de savoir à quel point c'était du sérieux. Puisque Jake était son meilleur ami et Holly la mienne, ils se retrouvaient jetés dans des rendez-vous à quatre tout le temps. Quelques mois avant l'accident, ils avaient décidé que leur relation était exclusive. Donc c'était assez normal que je ne sois pas allée lui raconter tous mes sentiments sur Caleb à l'époque où elle était au plus profond de son propre deuil.

Toute cette histoire était un sacré mélange de choses compliquées. En me tenant à ma promesse de faire face aux choses difficiles, je pris une grande inspiration et rencontrai son regard.

« Comment ça ?

— Écoute, dit-elle, alors que son petit sourire disparaissait et que son regard s'assombrissait. Quand tout est arrivé, tu étais à l'hôpital, Jake était mort, et on a tous été très secoués par ce qu'il s'était passé. Je ne sais pas exactement ce que tu avais dans la tête, mais je détestais le fait que toi et Caleb ayez rompu après l'accident. On n'en a jamais vraiment parlé, et je comprends pourquoi. Je veux dire, j'imagine que toi et le monde entier aviez peur de me parler de quoi que ce soit qui puisse être dur à entendre. »

Je pris une gorgée de café pour me donner du courage et acquiesçai.

« C'est ça, en gros », dis-je doucement.

Holly tendit le bras et serra ma main.

« J'étais brisée aussi. Et j'avais peur pour toi. Je veux dire, tu es restée à l'hôpital trois semaines. C'était une éternité à l'époque. Quand les choses se sont calmées, j'étais juste triste que toi et Caleb ayez rompu. Tu ne m'as jamais dit pourquoi vous aviez rompu. »

Même si ma thérapie m'avait aidée avec beaucoup de choses, je n'avais pas pensé à tout ce qui n'avait pas été dit après l'accident. Je serrai la main de Holly et la lâchai.

« Je lui ai dit que je pensais qu'il valait mieux qu'on fasse une pause, puis on s'est disputés. Ensuite, c'était comme si on avait tous les deux quitté l'autre, même si j'avais commencé. J'étais juste... bah, brisée et je n'avais des idées claires sur rien. Tu as raison aussi. On n'en a pas parlé après ça. Il a eu son diplôme et il est parti et je voulais juste survivre. »

Holly me regarda longtemps, un sourire triste sur son visage.

« J'ai triché, dit-elle alors qu'elle mélangeait de la chantilly avec le bout de sa paille.

— Comment ça ?

— La règle c'est les trucs pourris d'abord. »

Je secouai la tête.

« C'est pas un truc pourri comme les autres. C'est plutôt triste ça. Aucun de nous ne peut ramener Jake, mais j'imagine qu'on peut résoudre le reste.

— Pas besoin de résoudre quoi que ce soit avec moi, dit Holly avec empathie. J'aimerais juste que tu t'en défasses.

— Que je me défasse de quoi ? » demandai-je bêtement, même si je savais où elle voulait en venir.

Holly me regarda assez longtemps pour que je me tortille sur ma chaise. En posant sa tasse de café, elle appuya ses coudes sur la table.

« D'accord, c'est parti. On en a déjà parlé, mais je vais arrêter d'être gentille maintenant. Chaque fois que quelqu'un parle de l'accident ou que je mentionne le nom de Jake, tu as ce regard horrible sur le visage. Je te connais. Je sais que tu te sens coupable, mais tu n'aurais pas pu empêcher cet accident. Tu le sais ! Le gars était sur notre voie. Personne n'aurait pu changer ce qu'il s'est passé. Personne. »

Ses yeux s'emplirent de larmes, et ses mots étaient forcés.

« Holly, je ne voulais pas...

— Tu ne m'as pas fait pleurer. Jake est mort. On l'a tous perdu. Ça me tue que tu t'en veuilles encore. C'est déjà assez lourd de faire son deuil, tu n'es pas en plus obligée de te punir. Arrête. »

En la fixant, mes pensées firent des tours. Dans mon esprit, je savais qu'elle avait raison. C'était mon cœur que je n'arrivais pas à convaincre. La tension à cet endroit-là se relâcha un tout petit peu à ses mots.

Étrangement, le poids que j'avais porté depuis si long-temps me paraissait un peu plus léger. Sa frustration et la douleur évidente qu'elle portait en mon nom perça ma culpabilité d'une façon plus efficace que d'autres conversations.

Après une grande inspiration et une gorgée de café pour du courage, je réussis à respirer pour évacuer l'émotion qui pesait sur mon torse.

« J'essaie. Vraiment. C'est une grande partie de la raison pour laquelle je suis enfin revenue. Puisque fuir n'a pas résolu le problème, je peux toujours essayer l'inverse. »

Holly resta silencieuse, son regard dangereux s'adoucissant.

« Bien. Tu m'as tellement manqué. »

On resta silencieuse pendant quelques instants. Je savourai mon café et sentis les émotions intenses se calmer. Elle s'arrêta de parler pour prendre quelques gorgées de sa potion caféinée. Après un silence, elle attrapa mon regard en souriant doucement.

« Ok, revenons-en à Caleb. Je suis contente que tu lui donnes une seconde chance. Je me suis toujours dit que vous étiez faits pour être ensemble. »

Quand mes yeux s'élargirent, elle hocha la tête avec insistance.

« Peut-être que c'est bête, mais c'est vrai. Même avec Jake, il était plus comme un ami pour moi que ce que toi et Caleb étiez l'un pour l'autre. Quand je repense au lycée, vous étiez presque le seul couple où ça... je ne sais pas, ça avait l'air de compter. »

Mon cœur s'agita soudainement. Je voulais qu'elle ait raison. Ma curiosité prit le dessus.

« Alors, est-ce qu'il est sorti avec quelqu'un de façon sérieuse depuis que je suis partie ? »

Holly pencha sa tête sur le côté, tapotant ses doigts sur la table.

« Eh bien, il n'a pas été là tout du long. Je veux dire, il est parti à la fac, puis il est parti se former et était à Fairbanks pendant un moment. Je ne peux rien dire sur ces moments-là, mais je n'ai jamais entendu parler de quoi que ce soit de sérieux avec qui que ce soit. Je ne dirais pas que c'était un tombeur non plus. Il a des rendez-vous par-ci par-là, mais c'est à peu près tout. Il est ultra canon et y a plein de femmes qui seraient ravies de l'attraper, mais c'est à peu près tout. »

Je ne pouvais pas m'empêcher de ressentir une certaine satisfaction. Ce n'était pas comme si je pensais qu'il m'appartenait, mais il avait toujours été quelque part dans mon esprit, je me demandais comment il allait et qui serait assez chanceuse pour le séduire. Personne pour l'instant apparemment.

Après ça, mes pensées se calmèrent. Malgré l'excitation de Holly à l'idée que Caleb et moi nous remettions ensemble, je ne pouvais pas y réfléchir clairement. Du tout. Mon plan en revenant avait été simplement de trouver un peu de paix. Je m'étais dit qu'on parlerait et que tout irait très doucement. C'était raté. J'avais explosé ce plan en une petite semaine. J'étais tombée du ciel dans un fossé, littéralement, puis j'étais tombée dans les bras de Caleb pour trouver la meilleure partie de jambes en l'air de ma vie.

Dire que j'allais trop vite en besogne était un euphémisme. Je regardai Holly et soupirai.

« Je vais peut-être devoir ralentir en revanche.

— Pourquoi tu devrais faire ça ?

— Parce que ça fait dix ans, je viens de rentrer, et j'ai beaucoup trop de choses à gérer, y compris un harceleur. Je ne veux pas m'engager trop vite.

— Au contraire, c'est le moment parfait de t'ou-

blier un peu dans une bonne partie de jambes en l'air »,
dit Holly très directement.

Je sentis une chaleur monter dans mon cou et mon
visage une fois de plus. Je pris une gorgée de café, lui
lançant un regard.

Elle haussa les épaules et leva les yeux au ciel.

« Oh, détends-toi. Tu n'as pas à résoudre la faim
dans le monde, tu n'es pas obligée de décider ce qui va
se passer à l'avenir là tout de suite. Peut-être que tu
pourrais essayer d'arrêter de flipper sur tout. »

À ce moment, la clochette au-dessus de la porte
retentit, et par réflexe je regardai par-dessus mon
épaule. Mon grand frère et sa femme Amelia passèrent
la porte. Ils étaient passés à la maison de mes parents
plusieurs fois depuis que j'étais rentrée. Je fis un
coucou à Cade et il croisa mon regard et me fit un clin
d'œil avec un coup de menton. Amelia nous appela :

« On arrive dans quelques minutes. »

Holly attrapa une chaise libre à la table d'à côté.
Quelques minutes plus tard, Cade s'installa sur la
chaise à côté de moi et Amelia à côté de Holly. Amelia
me regarda avec un grand sourire.

« C'est tellement génial que tu sois rentrée. »

Cade et Amelia s'étaient remis ensemble quelques
années plus tôt après une rupture horrible il y a très
longtemps. J'avais été tellement soulagée qu'ils réus-
sissent à se retrouver. Cade avait été grincheux tout du
long de leur séparation, qui avait tout de même duré
sept ans. Maintenant qu'ils s'étaient remis ensemble,
Amelia l'avait adouci.

Je le regardai, lui donnant un coup de coude.

« Salut Cade. »

Il me regarda de haut, passant sa main dans ses
boucles brunes défaites, ses yeux verts se plissant aux
coins avec son sourire.

« Salut Ella. »

Un instant, je me demandai si mon père avait mis Cade au courant de mon histoire. Je n'avais pas vu ma mère depuis notre conversation d'hier, mais je savais qu'elle avait parlé à mon père puisqu'elle m'avait envoyé un texto que Caleb m'avait transmis sur son téléphone. En repoussant ces pensées, je regardai Cade à nouveau.

« Tu n'es pas censé être au boulot ? »

Il haussa les épaules.

« C'est une journée calme. Et mon équipe n'est pas de garde. »

Amelia posa une question à Holly sur son emploi du temps à l'hôpital et Janet passa à la table. Ça faisait du bien d'être à la maison. Toutes les tensions et la peur qui avaient été vissées à mon cœur comme une cage se desserraient quand j'étais entourée par ma famille et mes amis comme ça.

———

Quelques jours plus tard, je passai à la caserne de Willow Brook. J'étais là pour récupérer un jeu de clés de voiture auprès de Cade. Il m'avait presque ordonné de prendre sa deuxième voiture, insistant que je pouvais la garder. En me disant que je ne voulais pas continuer à emprunter la voiture de ma mère, j'avais décidé d'accepter son offre pour l'instant.

Alors que je passais les portes d'entrée vers l'ac-cueil de la station, je ne pus m'empêcher de me demander si je verrais Caleb. Si je n'avais pas vécu chez mes parents en ce moment, je devais avouer que j'au-rais probablement passé tout mon temps chez lui. Et il n'était pas trop fier pour ne pas essayer de me bichonner pour me convaincre. Il avait déjà essayé dans plusieurs messages et appels.

L'option d'avoir mon propre véhicule était tentante pour plus d'une raison. Parce que, voyez-vous, ce n'était pas comme si j'avais l'impression de devoir cacher ce que je faisais, mais le fait d'utiliser la voiture de ma mère pour aller chez Caleb tout le temps... eh bien, elle serait sans doute ravie, et je voulais sauver une partie de ma dignité.

Ici, je commençais à me sentir plus détendue que depuis des années. Pour être honnête, une grande partie de ça venait du fait que je n'avais pas mon téléphone. Caleb avait été très clair sur le fait qu'il ne me dirait pas quand Lance écrirait à nouveau. Maintenant que tout le monde était au courant, la honte que j'avais ressentie commençait à se dissiper. Une honte qui n'était pas un sentiment rationnel, et qui pourtant m'avait empêchée d'être honnête plus tôt. Je continuais de rejouer tout ce qui s'était passé avant que ça commence en me demandant si j'avais fait quelque chose qui l'avait provoqué.

Cade et Amelia étaient passés dîner chez nos parents l'autre soir et lui et mon père avaient parlé de toute cette situation. Entre mon père et Caleb, je commençais à nourrir un espoir que peut-être ils trouveraient une façon d'arrêter Lance une bonne fois pour toutes, pour qu'il me laisse en paix.

Alors que la porte de la caserne se refermait derrière moi, je levai les yeux pour trouver une femme que je ne reconnaissais pas. J'avais entendu parler d'elle, ne serait-ce que parce qu'elle était devenue une légende dans notre petite ville de Willow Brook pour avoir volé le cœur de Beck Steele. Maisie Steele était la petite-fille de Carol Rogers. Elle n'avait pas seulement hérité de la maison de sa grand-mère, mais elle avait repris sa place en tant qu'opératrice principale pour la caserne de Willow Brook. La rumeur disait que Beck, connu quand il était plus jeune comme étant un sacré tombeur, s'était éperdument épris d'elle. Depuis, ils s'étaient mariés et avaient un bébé, avec un deuxième en chemin.

« Tu dois être Maisie », dis-je alors que je m'approchais du bureau d'accueil, observant ses bouclettes sombres et ses grands yeux bruns.

Ses cils étaient tellement épais que je pouvais voir la courbe qu'ils formaient sur ses joues de là où je me tenais. Elle était ultra mignonne. Elle sembla légèrement confuse quand elle leva les yeux, alors j'expliquai.

« Je suis Ella Masters, la sœur de Cade. »

Un grand sourire s'étendit sur son visage.

« Oh, wow ! Tout le monde est tellement content que tu sois rentrée en ville, et moi aussi même si je ne te connais même pas ! J'ai l'impression de déjà te connaître », dit-elle alors qu'elle faisait le tour du comptoir pour me prendre dans ses bras, me prenant complètement par surprise.

Quand elle se recula et vit le regard sur mon visage, elle haussa les épaules timidement.

« Je suis très proche d'Amelia et de Lucy, donc proche de ton frère par extension.

— Bien sûr, répondis-je. Ça fait très plaisir de te rencontrer. Si tu n'étais pas déjà au courant, sache que tu es un peu une légende. »

Maisie rangea ses cheveux sur le côté, son regard un peu perdu.

« Une légende ?

— Ouais. Personne ne pensait que Beck Steele tomberait un jour amoureux. Mais si j'en crois la rumeur, il est tombé amoureux de toi en un regard. »

Les joues de Maisie devinrent rouges. Comme si je

l'avais invoqué, la porte sur le côté de la zone d'accueil s'ouvrit et Beck entra dans la pièce. Même si j'étais quelques années plus jeune que Beck, je le connaissais assez bien. C'était l'un des amis d'enfance de Cade.

« Ella ! »

Beck s'approcha de moi et me prit dans ses bras.

En reculant, je le regardai et souris.

« Salut Beck, ça fait longtemps. »

Il ne sembla pas m'entendre alors qu'il déposait un baiser dans la courbe du cou de Maisie. Tout l'amour dans son regard était assez puissant pour même faire battre mon cœur plus fort, simplement parce que j'en étais témoin. Beck avait toujours été un gars sympa, même si c'était un dragueur acharné. Ça faisait tellement plaisir de le voir heureux.

« J'ai entendu dire que tu étais papa », commentai-je quand il se redressa et posa son coude sur le comptoir.

Beck sourit jusqu'aux oreilles, passant une main dans ses boucles noires, ses yeux verts se plissant dans les coins.

« Tu as bien entendu. Max est le meilleur bébé de l'univers. J'adore être papa. En plus, je pense que je suis un papa génial », dit-il en lançant un sourire joueur à Maisie.

Elle rit doucement.

« Oui, sauf quand tu le gâtes beaucoup trop. »

Beck haussa les épaules avec légèreté.

« Sauf quand je fais ça. Donc il paraît que tu es là pour de bon. C'est vrai ? » demanda-t-il en changeant de vitesse.

« C'est le plan », proposai-je avec un hochement de tête.

La porte du fond s'ouvrit à nouveau et cette fois-ci

Cade entra. Il avait les clés en main, qu'il me lança quand il me vit. En les attrapant, j'arquai un sourcil.

« Tu es sûr ? »

Cade posa son coude sur le comptoir de l'accueil à côté de Beck, pendant que Maisie faisait le tour du bureau pour répondre à un appel.

« Est-ce qu'il faut qu'on reparle de tout ça encore ? » demanda Cade.

Je mordis l'intérieur de ma joue et haussai les épaules.

« J'imagine que non. Ça me paraît juste être un très gros cadeau.

— C'est un vieux pickup , dit Cade platement, comme si ça expliquait tout. J'ai changé l'huile et je me suis assuré que tout était en ordre, mais c'est rien d'exceptionnel. C'est une vieille poubelle que j'ai depuis le lycée. Amelia me tuera si j'essaie de la ramener à la maison là, donc tu ferais mieux de la prendre. Elle en a marre de l'avoir dans l'allée.

— Très bien, très bien », dis-je en rangeant les clés dans ma poche.

Le téléphone portable de Beck sonna et il s'éloigna, me faisant un signe de la main alors qu'il passait la porte vers l'arrière.

« Du nouveau ? demanda Cade.

— Non. Il faut que je me trouve un endroit où vivre mais j'ai du temps. »

Cade plissa les yeux, et je sentis dans quelle direction il allait aller. En levant la main, je secouai la tête.

« Tu n'as pas besoin de me prévenir. Papa et maman m'ont déjà fait clairement comprendre qu'ils veulent que je reste chez eux jusqu'à ce que tout soit résolu avec Lance. Mais je vais bien. C'est comme ça depuis plus d'un an et demi. En plus, ce n'est pas comme si j'allais trouver une location bientôt. C'est Willow

Brook, et c'est bientôt l'hiver. J'adore maman et papa, mais papa n'a jamais été aussi inquiet et maman me tourne autour. Tu sais ce que je pense de ça. »

Cade passa sa main dans ses cheveux avec un soupir.

« Ils s'inquiètent juste pour toi Ella. Je comprends, mais... »

Je secouai la tête.

« Non, tu ne comprends pas. Tu es le grand frère. Ils ne se sont jamais inquiétés pour toi comme pour moi. Et après l'accident, c'était bien pire. »

Cade s'éloigna du comptoir et s'avança vers moi, et me regardant de toute sa hauteur.

« D'accord, on n'a pas besoin de se battre là-dessus. Ça fait plaisir que tu sois rentrée, petite sœur. Il faut que j'y aille. J'ai promis à Amelia de rentrer tôt. En parlant de ça, elle veut t'inviter à dîner. Quand est-ce que tu peux venir ?

— On peut dire que mon emploi du temps est flexible », dis-je avec un sourire.

Et c'était plutôt vrai. Même si je commençais à être bien occupée par mon nouveau poste, je découvrais que travailler de chez moi sur mes recherches et mes écrits était fait pour moi. Je me levais tôt et préférais me lever avec le soleil. J'avais souvent terminé mon boulot vers le début d'après-midi.

Cade acquiesça en s'éloignant.

« Je verrai avec Amelia et je t'enverrai un texto. Sur le numéro de Caleb, c'est ça ? »

À mon hochement de tête, il me fit un salut de la main et sortit. Maisie finissait un appel et je me trouvai soudainement perdue. Je m'étais à peine autorisée à y penser mais j'avais espéré croiser Caleb ici.

Comme si mes pensées seules l'avaient invoqué, la prochaine personne qui passa la porte de la réserve fut

Caleb. Il avait le regard baissé vers ce que je supposais être mon téléphone alors qu'il passait la porte, donc il ne me vit pas immédiatement. Il plissa les yeux, et un flash d'anxiété me frappa à l'estomac.

Mais ensuite il leva les yeux et son regard se posa sur moi. Il rangea immédiatement le téléphone dans sa poche et me sourit.

« Il faut que je m'inquiète ? » demandai-je quand il s'arrêtait devant moi.

Il secoua rapidement la tête.

« Non, rien du tout.

— Tu es sûr ? Parce que... »

Caleb secoua la tête à nouveau, plus autoritaire cette fois.

« Ça ne sert pas à grand-chose que j'aie ton téléphone si tu me demandes des nouvelles tout le temps. »

Une chaleur enveloppa mon cœur. Une partie de moi voulait se battre contre à quel point je savourais sa protection, mais c'était trop bon à l'instant pour me laisser aller à ça.

Bon sang, qu'est-ce qu'il était beau aussi. Ses cheveux marron sombre étaient humides et j'imaginais qu'il venait de se doucher. On était bientôt le soir. Son regard café passa sur moi, allumant de petits feux sous ma peau partout où il se posait.

J'avais essayé de me convaincre que je ne le voulais pas aussi désespérément que ce que je le voulais, mais ça ne changeait rien. Depuis l'autre soir, il y a maintenant trois jours, j'avais à peine pu m'empêcher de penser à lui. Il m'écrivait régulièrement, mais il avait été occupé avec deux feux, y compris un qui l'avait obligé à rester en déplacement deux jours.

J'essayais aussi toujours de trouver mes marques, et même si je n'avais certainement pas besoin de me justifier auprès de mes parents sur mes choix de vie, j'étais assez gênée à l'idée de partir voir Caleb tous les soirs. C'était une des raisons principales qui me donnait envie de déménager le plus tôt possible. Ça et le fait que la tendance de ma mère à me tourner autour allait très vite me rendre folle.

Alors que je me tenais là, à simplement le regarder, il parla, lisant mes pensées à voix haute.

« Tu me manques. Rentre avec moi ce soir. »

Son assurance était contagieuse tout comme la profondeur et l'honnêteté de son désir pour moi. J'acquiesçai avant que mon cerveau ait formé une pensée. Sa bouche s'arrondit avec l'un de ses lents sourires en coin. Mon ventre palpita immédiatement.

J'avais oublié ce que ça faisait de se sentir comme ça. La joie avait été rare pour moi ces dix dernières années. Survivre à l'accident avait exclu la joie de ma vie. Essayer d'éviter mon deuil n'avait fait que le rallonger. Quand j'avais enfin eu l'impression de trouver mes marques, ça avait été détruit si vite. Ce n'était pas que j'avais choisi de ne sortir avec personne depuis que Lance avait commencé ses saloperies, mais je n'avais pas eu envie. Ça m'avait mise mal à l'aise de même m'imaginer dans cette situation.

Et pourtant, ici, maintenant, avec Caleb, la joie bouillait en moi, se baladant sans peur, et avec un désir triomphant.

« J'ai une voiture », dis-je, sortant les clés de ma poche et lui montrant.

Alors que Caleb levait un sourcil, je continuai.

« Cade a insisté pour que je prenne son vieux pickup. Comme ça, je n'ai pas besoin de dépendre autant qu'avant de ma mère. »

Caleb hocha la tête, ses yeux passant sur mon

front. En levant la main, il passa ses doigts sur ma cicatrice encore fraîche.

« Comment tu te sens ?

— Bien. Ce n'était pas trop grave, mais tu savais
déjà ça. »

Je n'exprimai pas à voix haute le florilège d'émotions qui me prenait le cœur. Il me faisait me sentir en
sécurité, aimée. Chaque petit geste entourait mon
cœur d'une autre couche de chaleur. Pourquoi, oh
pourquoi, l'avais-je évité aussi longtemps ?

Son doigt glissa, passant une mèche de cheveux
derrière mon oreille et déclenchant des frissons dans
tout mon corps. Ce moment sembla si intime, alors
qu'il m'avait à peine touchée.

J'étais tellement absorbée dans le moment, que j'en
avais complètement oublié le fait que nous avions un
public avec Maisie à seulement quelques mètres de là.
Elle toussa très fort, et mes joues s'embrasèrent alors
que je jetais un œil vers elle.

Elle nous sourit joyeusement.

« Donc vous allez aller dîner du coup ? » demanda-
t-elle.

Elle gloussa quand Caleb secoua doucement la tête.

« Hé, je suis là depuis le début. Mais apparemment
vous aviez complètement oublié. Je suis complètement
pour. Au passage... »

Elle s'arrêta, jetant son regard sur moi :

« Caleb cuisine plutôt mal. Du moins, c'est ce que
disent les gars. Quand ils sont en mission, personne ne
le laisse cuisiner. »

Sa blague me sortit de ma gêne et je ris.

« Lui non, mais je cuisinerai quelque chose. Viens,
on va passer au magasin d'abord. »

Chapitre Quinze

CALEB

Je posai mes coudes sur le comptoir et regardai Ella finir de mettre les plats dans le lave-vaisselle. J'avais proposé de faire quasiment tout le ménage, mais elle m'avait chassé. Je pris une gorgée de ma bière, savourant la vue alors qu'elle se baissait pour mettre la dernière assiette dans la rangée du bas. J'avais oublié, pour mon propre bien, à quel point son cul était joli. Enfin, ce n'était pas que j'avais oublié, c'était qu'elle avait pris des formes, et qu'il était donc encore plus joli que dans mes souvenirs.

C'était une bonne chose que mes souvenirs ne soient pas très précis. Car s'ils l'avaient été, la douleur du manque aurait été beaucoup plus profonde. Elle avait été déjà bien assez profonde comme ça.

Quand elle se redressa et se tourna vers moi, ses cheveux tombèrent du chignon qu'elle s'était fait sur la tête. Les riches boucles brunes cascadèrent en un mouvement plein de grâce, s'étalant dans son dos. Ses joues étaient rougies, ses lèvres roses et ses yeux verts brillaient dans la lumière tamisée. J'essayais d'être un gentleman et de ne pas la baiser à la seconde où je l'avais vue. Mais ma retenue arrivait à bout.

Ma queue était collée à ma braguette depuis le début de la soirée. Le simple fait de son existence, d'enfin la voir de retour, n'avait fait que ranimer les souvenirs d'à quel point elle comptait pour moi. Il n'y avait jamais eu une autre femme qui me faisait autant d'effet qu'Ella. L'attraction entre nous était pure, un pouvoir indépendant, elle était un aimant auquel je ne pouvais pas résister. Mélangée à tout ça, j'avais une envie profonde de la protéger qui me rendait à moitié fou. Lance, qui n'était qu'un numéro sur son téléphone, avait envoyé une autre série de SMS plus tôt aujourd'hui alors que je m'occupais d'un feu local.

C'était une sacrément bonne chose que j'avais pris l'habitude de laisser mon téléphone à la caserne quand j'étais sur le terrain. Notre équipe avait été appelée pour un petit feu de cuisine dans une cabine de chasse. Rien de majeur, c'était une action de routine pour nous, mais j'aurais perdu ma concentration si j'avais vu ses messages alors que j'étais en sortie.

Après être rentré à la station et avoir vu les messages après ma douche, j'avais eu envie de tabasser ce connard, mais il était très loin de là. Donc j'avais juste fait ce que Rex m'avait demandé de faire et je lui avais simplement transféré les messages avec un petit SMS lui demandant de m'appeler quand il pourrait. J'espérais comme pas possible qu'il aurait des nouvelles sur la situation.

La furie que je ressentais à la vue de ces messages et le fait de savoir qu'elle en avait reçu depuis bien trop longtemps amplifiait tout ce que je ressentais. Donc alors qu'elle se tenait près du comptoir, ses joues rougies et ses cheveux tombant sur ses épaules, ma retenue arrivait à bout, et j'allais craquer.

Je n'étais pas tellement du genre à aller doucement, donc je n'essayai même pas. En posant ma bière et en faisant le tour de l'îlot entre nous, je tendis le bras, prenant la main d'Ella dans la mienne et l'attirant à moi. Je savourai son petit sursaut alors que son corps se heurtait au mien. Je m'en fichais que mon excitation soit évidente, je me fichais de tout à part de ce moment et du fait de me rapprocher d'elle autant que je le pouvais.

Son regard s'assombrit et elle leva les yeux vers moi, sortant sa langue pour humidifier ses lèvres. Je voulais dire quelque chose mais je ne dis rien. J'étais foutu à l'instant où sa langue passa sur sa lèvre inférieure.

En lâchant sa main, je dégageai les mèches de cheveux de ses yeux et posai ma bouche sur la sienne. À son soupir, je passai ma langue dans l'ouverture accueillante de sa bouche. En un rien de temps, j'étais perdu, dévorant sa bouche avec de grands coups de langue, mordant sa lèvre inférieure, et balançant les hanches vers les siennes. Libérant ma main de ses cheveux, je caressai son dos pour prendre en main ses fesses rondes, les palpant et enfonçant mon excitation contre elle.

C'était peut-être un simple vieux souvenir avant la nuit dernière, mais c'était une pensée claire et vive maintenant, la façon dont elle avait pris vie et s'était laissée aller une fois que la chaleur de notre désir nous avait consumés. Au lycée, je m'étais entiché d'elle un peu avant qu'on se mette ensemble. J'adorais le contraste de son côté sérieux et discret, toujours une des meilleures élèves, toujours dans la liste des distinctions et toujours plus concentrée sur ses études que sur quoi que ce soit d'autre. Je me souvenais encore de la première fois que je l'avais embrassée. Tout comme maintenant, il y avait eu un moment d'hésitation puis tout avait disparu dans le feu qui brûlait fort entre nous.

Avec sa langue taquinant la mienne et ce faisant ses bras m'entourant pour attraper mes fesses, notre baiser s'embrasa. Je ne pouvais pas avoir assez d'elle assez vite. Je ne réfléchissais pas, tout n'était qu'une sensation pure. En tirant sur ses vêtements, j'étais soulagé qu'elle porte un chemisier même si elle m'avait rouspété quand j'avais arraché un bouton.

« Doucement », murmura-t-elle.

En passant ma langue le long de son cou et savourant le doux goût marqué, je relevai la tête bien que je n'en avais pas envie.

« Facile à dire pour toi », marmonnai-je, en jetant un regard sur le côté puis vers elle.

Mon t-shirt s'était accroché à un manche de couteau sur l'égouttoir alors qu'elle me l'avait arraché et l'avait jeté. Il pendait encore là. Ella gloussa, ses joues rosissèrent un peu plus. Un petit sourire prit les coins de ses lèvres.

Elle défit son jean, je le fis descendre rapidement le long de ses hanches. Elle était vraiment capable de faire plusieurs choses à la fois, en essayant de descendre mon jean pendant que je descendais le sien. Elle se secoua avec un autre gloussement alors qu'elle libérait ses pieds de son pantalon.

En la soulevant, je posai ses hanches sur le comptoir, prenant un moment pour la regarder. Ses lèvres étaient gonflées de nos baisers, ses yeux étaient sombres, reflétant le même besoin fou, intense et presque frénétique qui était sans doute dans mon regard. Ses cheveux étaient ébouriffés, tombant sur ses épaules et cachant en partie ses seins.

En me penchant en avance, je passai ma langue sur la soie noire, attrapant doucement son téton avec mes dents et mouillant la soie. Je fis la même chose de l'autre côté, savourant ses cris alors qu'elle se cambrait contre moi. Avec un mouvement de pouce sur l'attache entre ses seins, ses seins furent libérés. Je savourai leur poids dans mes mains alors que je levais les yeux pour rencontrer son regard.

« Pas juste », murmura-t-elle alors qu'elle passait la main entre nous et arrachait les boutons de ma braguette.

Avec sa paume courbée sur la longueur de ma queue à travers le tissu fin de mon caleçon, je ne pus m'empêcher de grogner.

J'avais besoin de plus de mains que ce que j'avais. Je ne voulais pas perdre la sensation de ses seins dans mes mains, ses tétons dressés alors que je les taquinais avec mes pouces. Mais, tout autant, j'avais besoin de sentir son centre. Avec regret, je lâchai ses seins, faisant courir mes doigts le long de la douce courbe de son ventre et je les emmenai jusqu'à la soie mouillée entre ses cuisses. Elle était trempée.

« Putain, Ella. Tu me rends fou. Tu es tellement mouillée. »

Je ne pensais pas que c'était physiquement possible mais ma queue grossit encore plus. Juste à la pensée d'à quel point elle était mouillée pour moi.

Mes pensées m'échappèrent à nouveau, après les quelques secondes de conscience que j'avais vécues. J'avais besoin qu'elle soit nue, complètement nue. Accrochant mes pouces sur la fine bande de soie sur sa hanche, je levai ses hanches avec mon autre main, arrachant sa culotte à ses jambes. Elle les poussa plus loin, la soie tombant avec grâce sur le sol. Pendant ce temps, elle ouvrait ma braguette et repoussait mon caleçon. Ma queue se libéra avec un rebond et je grognai quand elle posa sa paume sur mon membre.

Bien que j'eus vraiment envie de m'enfoncer en elle immédiatement, j'avais encore plus envie de la goûter. En tirant ses hanches vers le bord du comptoir, je me penchai en avant, jouant avec ses tétons avec ma langue, déposant des baisers sur son ventre, et plongeant mes doigts dans la profondeur serrée de son centre.

Ses mains traversèrent mes cheveux, s'agrippant alors que je passais ma langue sur sa peau. Elle avait bon goût, salée avec une touche de sucré et tout n'était que du pur Ella. En la baisant doucement avec mes doigts, j'explorais chaque parcelle de ses plis, jouant avec son clito encore et encore alors qu'elle s'agrippait à mes cheveux et chantait mon nom entre gémissements et cris. Je pouvais la sentir se rapprocher de l'orgasme. J'enfonçai mes doigts en elle, jusqu'à la paume et attrapai son clito avec mes dents. Son canal serra mes doigts alors qu'elle hurlait, s'envolant complètement. J'attendis jusqu'à ce que ses hanches arrêtent de se balancer avant de me retirer. En me redressant, je savourai cette vision d'elle : ses yeux brumeux de passion et ses épaules s'enroulant vers moi alors qu'elle reprenait son souffle.

Ses lèvres étaient séparées, son souffle venant en petites bouffées. En levant une main, j'écartai ses cheveux de son visage, passant mon pouce sur ses lèvres. Sa langue sortit, elle attrapa mon pouce entre ses dents, le suçant doucement.

Bordel. Ella me possédait, corps, cœur et âme. Avec ce tout petit geste, ma queue durcit si fort que j'en avais mal. J'avais besoin d'être en elle. Je descendis mon caleçon sur mes hanches, trop pressé pour prendre le temps de retirer mon jean. En la regardant, j'enroulai ma main sur ma queue. C'est à ce moment seulement que la réalité me rattrapa.

« Merde. Capote », marmonnai-je en reculant. J'allais devoir monter à l'étage pour m'occuper de ce problème.

Ella attrapa mes hanches avec ses jambes, me rapprochant à nouveau d'elle.

« Je prends la pilule, murmura-t-elle. Et je suis propre. Je sais que tu l'es sûrement aussi. »

Je la regardai pendant un long moment, mon esprit remontant le temps. Au lycée, on n'avait jamais couché ensemble sans préservatif. Mon père m'avait fait tellement peur à ce sujet. Mais j'étais plus vieux maintenant, et elle aussi, et je n'avais aucun doute sur le fait qu'elle prenait la pilule.

C'était à elle de décider cependant, pas à moi.

« Tu es sûre ? »

Elle acquiesça avec un sourire. Après une grande respiration, je me rapprochai encore d'elle, attrapant ses hanches et la tirant tout au bord du comptoir. En ajustant l'angle de mes hanches, je m'enfonçai dans son centre crémeux d'un seul coup profond.

Elle cria, ses hanches se balançant contre moi instantanément. Je voulais faire durer la chose, ralentir, savourer chaque seconde. Mais l'intensité était trop forte, mon besoin était trop puissant, et les années de manque d'elle étaient trop lourdes, je ne pus m'empêcher de me perdre en elle. Je me balançai en elle encore et encore, murmurant son nom en boucle alors que la chaleur et le plaisir serraient la base de mon dos. Je sentis son canal palpiter autour de moi. En passant la main entre nous, je fis tourner mon pouce sur son clito, ouvrant les yeux pour la voir hurler, son corps se cambrant et se serrant, embrassant ma queue.

Ce fut seulement à ce moment-là que je me laissai aller, la chaleur dans le bas de mon dos s'écrasant en moi et ma libération se déversant en elle avec un dernier coup de hanches.

Chapitre Seize

ELLA

Caleb cria mon nom alors que sa tête tombait dans le creux de mon épaule. Je sentis les sursauts dans son corps alors que des vagues de plaisir contrôlaient encore le mien. Ma peau était humide, et j'avais du mal à reprendre mon souffle, en essayant d'attraper de l'air alors que je redescendais après l'intensité de mon climax.

Ses paumes descendirent doucement sur mes côtes pour se poser sur les côtés de ma taille. Le comptoir en carrelage était froid contre ma peau, un contraste avec la chaleur de mon corps. C'était un paradis de le sentir aussi proche de moi. Je savourai les pans durs de son corps et la sensation de sa force en moi.

Quand je le sentis lever la tête, je me forçai à ouvrir les yeux et le trouvai en attente. Mon cœur se serra violemment dans ma poitrine. Tout était si intense. C'était tellement facile de me perdre en lui, dans la chaleur de notre désir, dans le pouls de chaque moment.

On se regarda, l'intimité fusant autour de nous, lourde dans l'air. Tout comme avant, j'avais l'impression que le temps n'existait plus. Je tombai vers l'avant et revins en arrière dans un seul mouvement. Je me demanderais plus tard si tout me paraissait plus intense avec lui parce que je m'étais vraiment renfermée sur moi-même cette année et demie passée. Mais pour l'instant, je me sentais libérée de ces inquiétudes et les laissais s'éloigner.

Je sentis la sensation de chatouille subtile de son doigt passant sur ma peau cicatrisée, passant de la surface lisse à ma peau vierge. Le contraste de sensation était étrange, quelque chose que je n'avais pas beaucoup ressenti. Je ne pouvais pas m'empêcher d'adorer le fait que Caleb ne remarquait même pas mes cicatrices, il ne faisait pas extrêmement attention et il ne les remarquait pas.

Il y eut un son lourd derrière nous, et la bouche de Caleb se transforma en un sourire alors que ses yeux regardaient derrière mon épaule.

« On dirait qu'on a de la compagnie », observa-t-il.

Creamsicle sauta sur le comptoir, en restant à une bonne distance, en balançant sa queue. J'avais un chat quand j'étais petite, mais j'avais oublié à quel point ils pouvaient être curieux. Les yeux ambre de Creamsicle nous surveillaient. Après un autre moment, il se détourna, sautant au sol et se dirigeant vers son coin près de la fenêtre.

Je me mordis la lèvre alors que je regardais Caleb.

« Je suppose... »

Avant que j'aie la chance de finir ce que j'avais voulu dire, qui n'était sans doute pas crucial, Caleb me leva contre lui en m'emmena à l'étage. Il était tard, les derniers rayons de soleil d'automne traînaient dans le ciel ne laissant rien d'autre que des éclats d'orange, or et de rouge dans le ciel.

La vue de la chambre était spectaculaire. La ligne montagneuse au loin se détachait du ciel qui s'assombrissait alors qu'une nuit d'encre prenait le dessus. Quand il arriva au bord de son lit, il me posa doucement, ne se retirant qu'à ce moment-là. Son membre en moi me manqua dès qu'il se retira, ne serait-ce que parce que c'était une façon d'être aussi proche de lui que possible. Et à l'instant, le sentiment d'intimité et de sécurité totale que je ressentais quand j'étais accrochée à Caleb, eh bien, j'aurais vendu mon âme pour continuer à le sentir.

Il avait un lit de luxe, avec une énorme pile de coussins, des draps frais et un édredon léger. L'air voyagea sur ma peau alors qu'il levait l'édredon pour le laisser tomber sur nous, me rapprochant à son côté alors que ma peau brûlait du froid qui s'emparait de moi.

« Tu ne m'as même pas demandé si je voulais rester », plaisantai-je.

Ses yeux tombèrent pour trouver les miens, un éclat visible dans la faible lumière.

« J'ai besoin de demander ? »

Je secouai la tête contre son épaule, traçant des cercles sur son torse avec mon doigt.

« Non.

— D'accord », murmura-t-il, en déposant des baisers sur mon front, juste en dessous de ma nouvelle cicatrice.

Je tombai dans un sommeil profond. J'aurais facilement pu devenir accro à ça. S'endormir avec Caleb était un paradis que je n'avais pas envisagé. Je n'aimais pas trop les câlins, du moins c'était ce que je pensais. Dans les quelques relations que j'avais eues après le lycée et avant l'année dernière où ma vie était devenue un enfer, passer la nuit chez quelqu'un avait toujours été un détail qui ne voulait pas dire grand-chose pour moi.

Mais avec Caleb, il semblait que j'étais très câline. Même si on avait toujours été très affectueux l'un avec l'autre quand on sortait ensemble au lycée, je n'avais jamais passé la nuit avec lui. Parce qu'on était au lycée. Il avait essayé de m'en convaincre, mais le mauvais côté d'avoir un père chef de la police du village, c'était qu'on ne pouvait pas vraiment lui cacher quoi que ce soit ou désobéir. Oh, on avait couché ensemble, d'ailleurs c'est avec lui que j'avais perdu ma virginité. Mais on n'avait jamais passé la nuit ensemble. Je ne pouvais pas savoir qu'il me tiendrait dans ses bras toute la nuit, me collant contre son côté où je pouvais confortablement m'enrouler autour de son corps, ou en cuillère derrière moi, me tenant enfermée dans ses bras.

C'était comme ça que je me réveillai le matin qui suivit : le soleil traversant le lit et le corps chaud et dur de Caleb enroulé derrière moi. Sa paume posée sur la courbe de mon ventre, et je pouvais sentir sa respiration, entrer, sortir, douce et régulière contre mon dos.

Je bougeai mes hanches, mon corps cherchant à se rapprocher par réflexe, et je sentis son excitation évidente contre mes fesses. Mon entrejambe s'humidifia immédiatement. Mon corps bougea d'une volonté propre, mes hanches se balançant sans relâche, essayant de calmer l'envie dans mon centre. Je le sentis se réveiller avec un léger changement dans son souffle. Il murmura quelque chose puis se lança dans un étirement tremblant que je sentis dans mes os.

Sa paume remonta de mon ventre pour prendre un de mes seins. Mes tétons pointèrent, immédiatement tendus et douloureux.

« Mmm, Ella », murmura-t-il dans mes cheveux avant de déposer un baiser sur mon épaule.

Il était tout chaud, et j'aimais ça. J'avais tendance à avoir froid. Tout le temps.

Autant, j'aimais l'hiver et l'Alaska, autant je n'avais jamais aimé le froid qu'il amenait. J'étais le genre de personne qui dormait avec des chaussettes pour ne pas avoir froid aux pieds. Ce n'était pas nécessaire avec Caleb. C'était mon chauffage personnel.

Mes hanches se frottèrent encore à lui. Je ne pouvais pas m'empêcher de me balancer contre son membre dur et chaud. Parce que je savais ce que je voulais et comment je le voulais. Je tournai la tête, tendant la main pour tracer sa mâchoire. Il attrapa mes lèvres pour un baiser.

Après une respiration, sa main descendit, traversant les boucles au sommet de mes cuisses et plongeant ses doigts dans mes plis.

« Putain Ella, tu es déjà tellement mouillée. »

Je me balançai contre son toucher alors qu'il me taquinait avec ses doigts pendant un moment. Il ne me fit pas attendre. Il accéléra, leva ma jambe sur son mollet et plongeant en moi par derrière, s'enfonçant jusqu'à la garde.

Il resta immobile pendant un instant, dégageant les cheveux de mon cou et passant sa langue dans un chemin de feu sur ma peau, son pouce caressant mes lèvres avant que je me tourne. Un autre baiser chaud, puis on se balança ensemble, un mouvement lent et profond. Toujours un peu endormie, j'avais l'impression d'être dans un rêve, un rêve d'intimité brûlant avec lui. Rien d'autre n'existant à part nous deux ensemble. Les sensations s'accumulaient en moi, j'arrivai au bord du gouffre en quelques secondes, murmurant son nom. Sa main passa sur mon ventre à nouveau, plongeant dans mes boucles et jouant avec mon clitoris.

Mon orgasme explosa, tout en moi se fracturant au ralenti alors que le plaisir m'envahissait profondément. Je sentis sa relâche alors qu'il se tendait derrière moi pendant un moment avant de vibrer. On resta immobiles, nos respirations s'emmêlant en cascades.

Alors que mon cerveau se rallumait, je me dis que je n'arrivais pas à croire que c'était bien réel. Je n'arrivais pas à croire que j'étais ici.

Une fois de plus le temps s'effondrait. Je ne m'étais pas sentie comme ça depuis avant l'accident. Et pourtant, c'était encore plus intense. Comme si j'étais enfin arrivée de l'autre côté de mon long deuil et de ma culpabilité. Comme si on avait mérité ces moments après avoir traversé le feu. La brûlure de la douleur était quelque chose de très différent maintenant.

Un peu plus tard, après qu'on se fut douchés et habillés, je regardai Caleb de l'autre côté du comptoir alors qu'il repoussait son assiette. J'avais pris tous les ingrédients qu'il nous fallait pour des pancakes quand j'étais allée au magasin la nuit dernière. C'était très plan-plan. Même si je ne savais pas trop quoi en penser parce que ça me tombait dessus si vite, c'était tellement agréable, tellement juste que je ne pouvais pas l'arrêter.

Le sentiment de bien-être en moi disparut quand le téléphone se mit à vibrer, encore et encore et encore. Mon ventre s'emplit de peur, et je me sentis immédiatement malade.

Chapitre Dix-Sept

CALEB

Le téléphone vibra sur la table à côté de la porte, là où je l'avais laissé la nuit dernière. Encore, et encore, et encore. Les yeux d'Ella s'assombrirent et une peur apparut. Son visage se tendit, et c'est tout ce qu'il fallait pour me mettre en colère. Pas contre elle. Plutôt contre le connard qui lui retournait la tête pour lui enlever toute paix.

Je me détournai du comptoir, m'avançant rapidement vers la porte et attrapant le téléphone. Je ne regardai même pas les messages. J'éteignis simplement le téléphone. Parce que je n'avais aucune intention de laisser ce con nous atteindre à des milliers de kilomètres et ruiner cette matinée.

Ella était juste derrière moi, tendant le bras vers le téléphone.

« Qu'est-ce que disaient les messages ?

— Ella, ça n'a pas d'importance. Je suis sûr que tu peux imaginer. Oublie. Parle à ton père aujourd'hui. Il a quelques pistes pour voir ce qu'il peut faire. »

Ses lèvres se serrèrent alors qu'elle me regardait, ses joues rougissantes, mais pas d'une bonne façon.

En se retournant, elle marcha jusqu'à la fenêtre et croisa les bras.

« Je sais que tu essaies d'aider, dit-elle enfin. Mais je n'aime pas ce sentiment. Je n'ai pas besoin que tu prennes le contrôle comme ça. Je n'ai pas besoin que mon père prenne le contrôle. »

Je retins le gros mot qui voulait s'envoler de mes lèvres.

En m'approchant pour me tenir à côté d'elle, je regardai la vue de la fenêtre. Le brouillard se levait du champ devant ma maison. Il avait fait assez froid la nuit dernière pour laisser une couche de gel sur tout. Alors que les rayons du soleil frappaient le paysage en diagonale, le brouillard montait dans l'air alors que le gel s'évaporait. Un panorama de lever de soleil brumeux s'étendait devant nous.

« Ella, personne n'essaie de prendre le contrôle. Je ne veux pas que tu aies à t'occuper de ces saloperies. Et ton père non plus. »

Elle me regarda, avec rien d'autre que de la frustration dans le regard. Il fallait que je l'admette, je ne comprenais pas pourquoi ça la dérangeait qu'on essaie de la protéger de ça. Mais ça la dérangeait clairement.

« Ce n'est pas que je ne veux pas d'aide, mais je ne suis pas en détresse. Je ne... »

Elle soupira, secoua la tête.

« Je ne peux pas l'expliquer. Je veux de l'aide mais je ne veux pas d'aide. C'est tout. »

En la regardant, mon cœur se serra dans ma poitrine. Je comprenais ce qu'elle voulait dire. Et pourtant, tout ce que je voulais faire c'était la protéger de tout ça. Sans savoir comment calmer son esprit, j'acquiesçai simplement. Je l'attirai vers moi, sentant la tension dans son corps. Après un instant, elle se détendit. Mais on n'en parla pas plus.

Plus tard le lendemain, je m'écrasai sur la chaise en face du bureau de Rex. Ces dernières vingt-quatre heures ou quelque chose comme ça, les messages s'étaient intensifiés. Je lui avais tout envoyé. Le thème était le même que dans les premiers messages que j'avais vus, un sous-ton de menace, lui disant qu'il n'arrêterait pas, lui disant qu'il la trouverait, lui disant qu'elle ne pouvait pas s'échapper, et cætera, et cætera.

En regardant Rex, je soupirai.

« S'il te plaît, dis-moi que tu peux faire quelque chose. Je n'arrive pas à croire cette merde. »

Rex répondit avec le même soupir, passant une main dans ses cheveux poivre et sel.

« Le problème avec les connards comme ça... C'est que c'est maintenant que ça s'intensifie. Parce qu'elle n'est plus à proximité. Il adorait lui faire peur et la secouer sans même la toucher. Maintenant, il ne peut pas la voir, donc il n'a pas la satisfaction de savoir qu'il la met dans tous ses états. Donc il va y aller plus fort.

— Ouais, mais est-ce qu'il va venir ici ? Pour être honnête, c'est peut-être complètement fou, mais une partie de moi aimerait bien qu'il vienne. Parce que je le défoncerais. »

Rex plissa les yeux.

« Tu sais très bien que c'est une mauvaise idée. S'il ose venir ici, je pourrai faire quelque chose. Ils m'ont envoyé son dossier de Portland, et j'ai regardé son casier. Pas de surprise, mais ce n'est pas la première fois qu'il fait ça. Il a été condamné dans l'État de Washington pour avoir fait la même chose à une collègue là-bas. Clairement, c'est son mode opératoire. C'est nul, mais ça me dit qu'il arrêtera sans doute après quelque temps. Ça ne change pas le fait que je veux qu'il se retrouve devant un juge une fois de plus, d'une façon ou d'une autre. Il a été trop arrogant à Washington, et il a essayé d'entrer dans la maison de cette femme. Donc, même s'il n'a pas eu de condamnation pour le harcèlement par SMS et e-mail, ou quoi que ce soit au boulot, il s'est pris un casier pour entrée par effraction. Il a réussi à obtenir une sentence sans prison puisque c'était sa première infraction. J'imagine qu'il a déménagé vers un autre État parce que les infractions mineures n'apparaissent pas sur le casier d'un État à l'autre, seulement les crimes. Les saloperies qu'il fait, les SMS et les e-mails, c'est comme essayer d'accrocher de la compote au mur. Surtout quand il ne le fait pas en personne. »

Il y eut un coup à la porte du bureau de Rex. On se retourna tous les deux pour voir Cade entrer dans le bureau.

« Qu'est-ce qu'il se passe ? » demanda Cade, en se tenant dans l'entrée.

Cade et son père se ressemblaient tellement, c'était presque drôle. Cade était une version plus jeune, moins ridée de son père avec la même allure droite et stable et la même attitude détendue.

Au signe de main de Rex, Cade s'approcha du bureau et s'appuya contre la table. Cade et moi n'avions pas beaucoup parlé ces dernières semaines, mais je savais qu'il était au courant du fait que j'aie convaincu Ella d'utiliser un autre téléphone parce qu'il m'avait remercié.

Rex regarda Cade et haussa les épaules.

« Rien de nouveau et rien qui ne t'énervera pas, offrit-il avec un rire amer.

— Dis-moi que ce connard peut être arrêté pour quelque chose, dit Cade, sans même avoir besoin de demander ce dont on parlait.

— J'y travaille, répondit Rex. J'ai mon copain à Anchorage qui s'occupe des crimes en ligne, il m'aide. C'est plus facile de s'occuper de ça que des trucs téléphoniques. D'après ce que je peux voir, il utilise des téléphones jetables pour les SMS. »

J'acquiesçai.

« C'est certain. Il utilise un numéro différent à chaque fois. Le ton dans les textos est le même, mais c'est tout.

— J'imagine que je ne veux pas les voir, hein ? » demanda Cade.

Je secouai la tête doucement.

« Oh, je t'en montrerais mais ça va juste te mettre en rogne. »

À ce moment-là, j'entendis la voix d'Ella ainsi qu'une autre voix de femme. Quelques secondes plus tard, elle apparut dans l'entrée avec Amelia, la femme de Cade.

L'expression de Cade s'adoucit immédiatement quand Amelia vint à côté de lui et lui déposa un baiser sur la joue. Il passa son bras autour de sa taille, facilement, accrochant son pouce à la poche arrière de son jean.

Amelia fit le tour de la pièce du regard, jetant un sourire tout autour d'elle.

« Qu'est-ce qu'il se passe ? »

Les yeux d'Ella rencontrèrent les miens, et j'eus besoin de retenir l'envie de me lever et de la prendre dans mes bras. On avait un public, un public plutôt spécifique constitué de son père et de son frère.

Je me contentai d'un sourire. Rex lui lança un regard amusé.

« Ella, ça fait plaisir que tu passes. Qu'est-ce que vous faites là toutes les deux ?

— J'ai demandé à Ella de me retrouver ici. Elle

vient à la soirée filles », expliqua Amelia, passant une mèche de cheveux ambre derrière son oreille.

Amelia était grande, presque aussi grande que Cade. J'imaginais qu'elle faisait presque 1 m 80, puisque j'étais à peine plus grand avec mon 1 m 88. Elle et Cade étaient sortis ensemble au lycée, puis avaient rompu et étaient maintenant mariés. Je n'aurais jamais osé le dire à voix haute, mais Amelia avait volé mon espoir d'une nuit de plus avec Ella.

« C'est ici la soirée filles ? » demanda Cade avec un regard légèrement alarmé dans les yeux.

Amelia rit.

« Oh oui, on prend possession de la caserne. »

Elle lui donna un petit coup de coude en secouant la tête.

« Non, j'ai déposé mon camion de boulot pour une vidange à côté, donc j'ai demandé à Ella de me retrouver ici. Je me suis dit que c'était une bonne excuse pour passer te voir. »

Cade sourit, lançant un regard vers Rex et moi.

« Ça veut dire qu'on va jouer aux cartes à Wildlands ce soir. Vous venez ? »

Rex secoua la tête avec un sourire.

« Je me fais trop vieux pour ça. Amusez-vous bien sans moi.

— Je serai là », répondis-je.

Amelia déposa un autre baiser sur la joue de Cade et s'éloigna.

« On va y aller. Je te verrai ce soir à la maison. »

En faisant le tour de la pièce avec un sourire, elle continua :

« Il aura peur de rentrer à la maison, pour trouver plein de femmes pompettes. Allez, Ella, allons-y. Si t'as besoin, tu peux dormir chez nous ce soir. »

Je mordis ma langue pour ne pas proposer de

passer chercher Ella. Je n'avais pas besoin que notre public de membres surprotecteurs de sa famille se demandent ce que ça voulait dire, surtout quand mes intentions étaient loin d'être pures.

Rex appela Ella alors qu'elle commençait à partir.

« Tu me transmets toujours les mails hein ? »

Elle se retourna, un petit air de colère sur le visage.

« Bien sûr. Je n'en ai pas reçu de nouveaux. Pourquoi tu demandes ? »

Je restai silencieux, sagement, parce que j'avais déjà reçu un avant-goût de sa colère sur le sujet. Cade, en revanche, ne se retint pas.

« Parce que ce putain de connard envoie encore des textos. S'il te plaît, ne cache rien à personne là-dessus. C'est sérieux. »

Ella passa d'un peu énervée à très énervée. Posant une main sur sa hanche, plissant les yeux.

« Tu n'as pas besoin de me donner des ordres. Je sais que c'est sérieux. Je gère ça depuis plus d'un an et demi. »

En levant les yeux au ciel et en secouant la tête, elle se retourna, quittant la pièce d'un pas décidé. À la dernière minute, elle lança par-dessus son épaule :

« Je suis une adulte tu sais, plus un bébé. »

Amelia resta silencieuse. En regardant Cade, elle soupira.

« Je sais que tu t'inquiètes, mais ne fais pas ton chevalier servant là-dessus. Ça n'aidera pas. »

Cade passa une main dans ses cheveux avec un soupir saccadé, en regardant Rex puis moi. Avant que j'aie une chance de parler, Amelia ajouta :

« Ce n'est pas que je ne comprends pas. J'essaie juste de dire, ne lui donnez pas l'impression que vous prenez le contrôle. Ça m'énerverait, et ça l'énervera sans aucun doute. Je sais que vous vous inquiétez. Mais reculez un peu. »

Elle fit une pause et prit la main de Cade dans la sienne, la serrant avant de quitter la pièce.

« À ce soir. »

Quand le bruit de ses pas eut disparu, Cade me regarda, puis regarda son père.

« C'est quoi ce bordel ? Pourquoi Ella est en colère là-dessus ?

— Parce qu'elle aime bien s'occuper des choses elle-même. Elle a toujours été comme ça. Pas besoin de lui faire la leçon là-dessus non plus », dit Rex en nous jetant des regards à tous les deux.

Je levai les mains en signe de défaite.

« Pas besoin de me le rappeler. Elle s'est déjà énervée contre moi ce matin. Mais elle n'a pas repris son téléphone, donc je vois ça comme une victoire. »

Les yeux de Cade se plissèrent, mais il ne dit rien. Le téléphone de Rex sonna, mettant une fin facile à cette conversation.

Alors que Cade et moi sortions, en marchant dans le hall vers le côté caserne de ce bâtiment, il s'arrêta pour me faire face.

« Ce matin ? »

Je grognai intérieurement. Merde. Je n'avais pas besoin que le grand frère surprotecteur d'Ella me fasse la morale sur elle. Mais c'était son frère, et mon ami. Je ne pouvais pas l'envoyer chier.

« Ne commence pas, mec. Tu sais ce que je ressens pour elle.

— En fait, non », dit-il, passant ses mains dans les poches de son jean et s'appuyant contre le mur.

En me tournant pour lui faire face, je jetai un œil autour de nous, soulagé de voir qu'il n'y avait personne dans les parages pour le moment.

« Mec, je l'aimais, et je l'aime encore. Pourquoi ne pas me laisser essayer d'avoir l'histoire qu'on a jamais pu avoir après l'accident ? »

Cade resta silencieux, en me regardant pendant un temps très long, et tendu. Il finit par hocher la tête, se poussant du mur derrière lui.

« C'est pas faux. Si tu... »

Je l'arrêtai.

« Mec, tu n'auras jamais à t'inquiéter de ça avec moi. Tu devrais le savoir depuis le temps. Je ne ferais jamais rien qui ferait du mal à Ella. Ma plus grosse erreur a été de ne pas me battre plus pour nous après l'accident. »

Cade soutint mon regard pendant un temps puis baissa la tête. On se tourna au même moment pour se diriger vers la salle de pause.

Chapitre Dix-Huit

ELLA

Lucy Phillips jeta ses cartes sur la table et regarda Maisie avec rage.

« Bordel de merde. Juste quand je me dis que j'ai une assez bonne main pour te battre, tu gagnes encore ! »

Lucy brossa ses cheveux blonds pour les écarter de son visage et attrapa la bouteille de vin au centre de la table, remplissant rapidement son verre jusqu'au bord et prenant une gorgée. Je regardai ma main, qui n'était pas mauvaise. Pendant ce temps, Maisie haussa les épaules et sourit doucement.

« J'adore gagner », dit-elle.

Lucy, dont l'attitude trahissait son apparence de fée avec ses cheveux blonds, ses yeux bleus et son corps menu, plissa les yeux et secoua doucement la tête.

« J'ai l'impression qu'il me manque quelque chose là », interjectai-je.

Amelia, qui était assise à côté de moi, me donna un coup de coude et rit.

« Maisie gagne toujours. Malgré ses nombreux défauts, son père était un joueur de poker avéré. »

Maisie prit la parole.

« Exactement. C'est comme ça qu'il gagnait sa vie pour la plupart de mon enfance. Je sais comment jouer, et je sais bien jouer. Je n'arrive jamais à faire exprès de perdre juste pour le principe. On n'est pas obligées de jouer aux cartes toutes les semaines », proposa-t-elle, jetant un coup d'œil à Lucy qui semblait encore agacée par toute l'affaire.

Susannah rit et prit une gorgée de son eau.

« Je crois que la moitié du fun c'est de voir Lucy s'énerver contre toi », dit-elle à Maisie avec un grand sourire.

Je connaissais Susannah de l'époque où on était enfants à Willow Brook. Elle était quelques années au-dessus de moi au lycée. À l'instant, elle était enceinte et allait accoucher dans quelques semaines. Avec ses cheveux blond vénitien, ses grands yeux bleus et sa peau blanche couverte de taches de rousseur, elle brillait presque. Elle était pompière forestière et dure à cuire. Elle s'était plainte ce soir de sa frustration de n'avoir fait que des travaux légers à la caserne ces derniers mois.

Lucy lança son regard noir vers Susannah.

« La moitié du fun n'est pas de me voir m'énerver. »

Amelia rit à nouveau.

« Oh si, ça l'est. Je travaille avec toi tous les jours. Tu adores t'énerver. »

Lucy explosa enfin de rire.

« D'accord, j'avoue. Il est possible, peut-être un tout petit peu, que ça m'amuse de te faire chier.

— D'accord, donc le consensus c'est que Maisie gagne toutes les semaines du coup ? » demandai-je.

Amelia haussa les épaules.

« Pas toutes les semaines. Une fois de temps en temps l'une de nous la bat. Je me suis dit que tu aurais peut-être une chance. Je me souviens que quand on était petits, Cade s'énervait parce que tu le battais à chaque fois au rami.

— Ah, c'était juste de la chance. Mes compétences de jeu de cartes sont parfaitement moyennes », répondis-je en posant mes cartes sur la table.

Lucy, prouvant rapidement l'argument d'Amelia, prit les cartes de tout le monde et se mit à mélanger pour distribuer une nouvelle main. Alors qu'elle distribuait les cartes, je fis le tour de la table avec mes yeux. Susannah serra les dents légèrement, plaçant sa main dans son dos et le frottant doucement.

Maisie fut très directe.

« Tu vas accoucher ? »

Susannah secoua la tête avec un rire.

« Non, mais j'aimerais bien. Je disais au docteur Jenkins l'autre jour que je suis tellement pressée que ces dernières semaines soient passées. J'en ai marre de me sentir comme une baleine échouée. J'ai envie de faire pipi en permanence. Elle me rappelle constamment que j'ai besoin de rester hydratée alors que je préfèrerais ne pas boire parce qu'après je dois faire pipi. Et Ward me rend complètement folle », dit-elle avec un grognement.

Maisie explosa de rire.

« Ça j'imagine. Il ne sait pas quoi faire de lui-même à la caserne ces jours-ci. Beck rigolait en y pensant l'autre soir. Il est tellement fou amoureux, ce garçon. »

Susannah sourit doucement, mais ça disparut rapidement.

« Je l'aime, mais il en fait beaucoup. Je suis trop mal à l'aise dans mon corps pour supporter le fait qu'il me tourne autour tout le temps. Je lui ai dit que je préférais dormir sur le canapé, et vous auriez dû voir sa tête. Ça n'avait aucune importance que la raison était parce que le canapé peut s'incliner. Puis il a proposé de dormir avec moi de l'autre côté du canapé. »

Je regardai Amelia, me demandant si elle et Cade avaient prévu d'avoir des enfants bientôt. Comme si elle pouvait lire dans mes pensées, elle haussa les épaules.

« C'est un très gros peut-être pour nous. À chaque fois que j'entends des histoires comme ça, je me dis que peut-être pas.

— Ne t'inquiète pas, elle aura son petit bébé et oubliera tout. Puis tu te demanderas. Max est déjà en train de grandir et l'époque où il était encore plus petit me manque, dit Maisie, en parlant de son fils avec Beck. Je n'arrive pas à croire que je suis déjà à nouveau enceinte. »

Les yeux de Maisie atterrirent sur moi.

« Et toi et Caleb ? »

Mes joues devinrent rouges et chaudes, et je la regardai, sans savoir quoi dire avant de prendre une gorgée de vin pour cacher mon embarras. Maisie me fit un clin d'œil et attrapa le regard d'Amelia.

« C'est comme je t'ai dit. Caleb est absolument ridicule quand elle est là. Je ne te connais pas depuis très longtemps , offrit-elle, en se tournant à nouveau vers moi. Mais Caleb est à la caserne depuis des années maintenant. Il traîne avec le reste des équipes et nous. Je ne l'ai jamais, et je dis bien jamais, vu regarder une femme comme il te regarde toi. Je suis presque sûre que tu es la seule femme pour lui. »

Lucy sourit doucement.

« Parfait. Ça va encore être une de ces histoires de seconde chance toute émotionnelle ? Cade et Amelia ont une longueur d'avance. J'avais envie de les secouer tous les deux au bout d'un moment. »

En regardant Amelia, je la vis lever les yeux au ciel. Quelqu'un me donna un petit coup dans le pied et je regardai autour de la table.

« Oups. C'était moi. Je visais Lucy. Désolée, dit Amelia.

— Je ne sais pas ce qu'il va se passer, mais je suis vraiment contente que toi et Cade ayez enfin sorti la tête du sable il y a quelques années, dis-je, pressée de changer le sujet et de l'éloigner de Caleb et moi.

— T'es douée, hein ? dit Lucy avec un sourire et un clin d'œil. Ne crois pas qu'on n'a pas remarqué que tu as changé de sujet. Il n'y a plus aucun potin sur Cade et Amelia. Ils sont ensemble depuis des années maintenant. »

En scannant la table, je vis quatre paires d'yeux qui me regardaient en attendant une histoire. Parmi ces yeux, Amelia était celle dont j'étais la plus proche, ne serait-ce que parce qu'elle était ma belle-sœur et que je la connaissais depuis toujours. Même si je connaissais Susannah, on n'avait jamais été particulièrement proches. Maisie et Lucy étaient très nouvelles pour moi.

Mais je n'avais jamais eu de cercle d'amies comme ça à Portland. J'avais quelques amis, mais je m'étais tellement concentrée sur ma vie académique, et mon but de trouver ma place au boulot après avoir terminé mon doctorat, que je ne m'étais pas autorisée beaucoup de moments comme celui-ci. Même si j'étais gênée et que c'était différent, c'était agréable de se laisser aller à leurs blagues.

Amelia prit la parole, comme si elle sentait mon hésitation.

« Tu n'es pas obligée de parler de toi et Caleb.

Mais, comme je t'avais prévenue sur le chemin, elles allaient demander.

— C'est pas grave, dis-je, dépassant ma gêne. C'est juste, bah... »

Je regardai Lucy et Maisie, sans savoir tellement ce qu'elles connaissaient de mon passé avec Caleb.

« Notre histoire s'est terminée sur une note un peu bizarre. »

Maisie et Lucy acquiescèrent en unisson, Lucy parla la première.

« On a entendu parler de l'accident. Je veux dire, tu es la sœur de Cade, et c'est une petite ville. C'est une histoire horrible et je suis sûre que c'était dur. »

Maisie resta silencieuse et hocha la tête doucement.

« J'imagine que ça a dû l'être, mais tu es ici maintenant. »

Mon cœur rebondit dans ma poitrine. Ça m'avait pris tellement longtemps pour arriver à un point où je pouvais parler facilement de l'accident. Trop longtemps. C'était un tel soulagement. Je ne voulais pas m'attarder dessus. Pas maintenant. Donc je répondis à leur question.

« Donc, bien, il s'est passé quelque chose. J'imagine qu'on verra bien où ça nous mène. »

Heureusement, cela sembla être assez et la conversation passa à autre chose. Il était assez tard quand Levi arriva pour récupérer Lucy et Maisie et quand Ward arriva pour récupérer Susannah. Levi Phillips était grand et beau. Ses cheveux blond foncé et ses yeux bleus faisaient contraste avec Ward, que je n'avais jamais rencontré. Ward était le surintendant de l'équipe de Caleb. Avec ses cheveux presque noir et ses yeux gris, il avait un air plutôt intimidant.

Le regard qu'il lança à Susannah était tellement chaud que c'était un miracle qu'elle ne prenne pas feu. Pendant ce temps, elle le repoussa quand il essaya de l'aider à se lever. La tendresse dans son regard me serra le cœur. Quand elle se leva avec son bras fermement autour de sa taille, il jeta un coup d'œil dans ma direction.

« Ward, dit-il simplement.

— Je suis Ella, répondis-je. La sœur de Cade.

— Et la nana de Caleb », ajouta Levi.

Je connaissais un petit peu Levi. Il avait déménagé à Willow Brook avec sa famille quand j'étais encore au lycée.

Il me lança un sourire quand je le regardai avec des yeux écarquillés.

« Ça va, il ne parle que de toi tout le temps », offrit-il avec un haussement d'épaules nonchalant.

Lucy enfonça son genou dans sa jambe.

« Ne l'embête pas, elle est un peu sensible sur ce sujet.

— On est prêts à partir ? » demanda-t-il en la regardant elle et Maisie.

Maisie avait emmené les verres de vin et d'eau vides dans l'évier et était revenue.

« Oui. Beck m'a envoyé un SMS pour me dire que Max dort déjà. J'adore quand on fait une soirée filles et que je peux rentrer à la maison sans avoir à penser au coucher. »

Elle regarda Susannah.

« Profite bien de tes dernières semaines de repos », offrit-elle avec un clin d'œil.

Tout le monde se dit au revoir et sortit alors que Levi lançait une dernière chose à Amelia par-dessus son épaule.

« Cade a dit qu'il arriverait bientôt. Il aidait quelqu'un à changer une roue sur le parking quand on est partis. »

La porte claqua derrière eux, et Amelia se dirigea vers l'évier, transférant les verres vides vers le lave-vaisselle. La cuisine était silencieuse, et je m'adossai à ma chaise, prenant une grande inspiration et réfléchissant à si je devais rester ici ce soir. J'avais bu quelques verres de vin.

« La chambre d'amis est tout à toi », dit Amelia, en me regardant juste au moment où quelqu'un frappait à la porte.

Ses yeux croisèrent les miens, elle fronça les sourcils, confuse.

« Entrez », dit-elle.

En me regardant, elle haussa les épaules.

« Cade ne frappe pas, donc je ne sais pas qui ça peut bien être. »

Quand la porte s'ouvrit, Caleb entra.

« Levi m'a envoyé un texto pour me dire qu'il n'avait pas la place de vous ramener toutes les trois, donc je me suis dit que je passerais pour voir si tu avais besoin que je te dépose. »

Amelia me regarda, puis regarda Caleb, puis sourit largement.

« Je suis certaine que ça l'arrangerait. »

Je savais qu'il était parfaitement sobre s'il était là pour me ramener chez moi, et je savais exactement ce que je voulais. Je me levai en emmenai mon verre de vin vide à Amelia. Elle le rinça rapidement et le plaça dans le lave-vaisselle avant de me faire un petit câlin. En se reculant, elle sourit.

« Faisons le dîner mercredi prochain. »

Elle regarda Caleb.

« Tu es le bienvenu aussi. »

Ma tête hocha avant même que j'aie le temps de

réfléchir. C'était tellement agréable d'être rentrée quelque part où je pouvais la voir et voir Cade régulièrement.

« Bien sûr. Merci pour ce soir. »

Amelia afficha un sourire.

« Maintenant tu seras attendue dès qu'on fait une soirée filles. »

Elle nous fit un signe de la main. J'entendis Caleb dire au revoir puis je sentis sa présence derrière moi alors que je passais la porte. Il faisait vraiment froid et humide ce soir. Il avait plu cet après-midi, mais le ciel était dégagé maintenant. L'air portait une odeur de terre et de bois que j'associais à l'automne.

Je m'arrêtai en bas des escaliers qui descendaient vers un petit porche. En prenant une grande inspiration, je penchai la tête en arrière pour regarder la nuit étoilée. Les étoiles brillaient alors que de petits nuages traversaient lentement le ciel. Une demi-lune s'élevait derrière la ligne montagneuse au loin, et je regardai devant moi à nouveau. Je pris une autre grande inspiration et la relâchai, puis regardai Caleb. Il ne dit rien. Il attrapa simplement ma main dans la sienne et on se dirigea vers sa voiture.

Chapitre Dix-Neuf

CALEB

Je n'avais pas eu envie de lâcher la main d'Ella dans la voiture, mais simplement pour l'aspect pratique, j'y avais été obligé pour démarrer ma voiture. Elle était silencieuse alors que nous conduisions dans l'obscurité qui s'installait, ma main posée sur sa cuisse et nos petits doigts entrelacés.

Rien n'aurait pu m'empêcher d'aller la chercher ce soir. Une autre série de messages de la part de Lance m'avait mis dans tous mes états. J'étais furieux contre lui, saoulé par le fait que ça prenne si longtemps pour que les plaintes aboutissent, ou qu'il se fasse arrêter, ou je ne sais quoi d'autre qu'ils essayaient de faire. Rapport à mes sentiments pour Ella en revanche, plus je m'inquiétais pour elle, et l'effet de cette histoire sur elle, plus mon cœur se tordait en découvrant à quel point je tenais à elle depuis toujours.

J'avais enfermé mes sentiments pour elle dans un coin de ma tête parce que je pensais que je n'avais pas d'autre choix. Maintenant elle était de retour, pour de bon, et je n'allais pas laisser cette chance me passer sous le nez une fois de plus. J'étais également déterminé à chasser ce regard hanté de ses yeux une bonne fois pour toutes.

Je me garai devant ma maison, me tournant vers Ella et la trouvant endormie. Même si son petit doigt était encore agrippé au mien, sa tête tombait sur son épaule. Je lâchai sa main et descendis silencieusement de la voiture. En la prenant dans mes bras, je bougeai doucement dans l'espoir de ne pas la réveiller. Je n'avais pas besoin de m'inquiéter. Elle était profondément endormie, sa respiration douce et régulière alors que je l'emmenais à l'étage.

Je lui retirai ses vêtements pour qu'elle ne soit plus qu'en sous-vêtements, ma queue réagissant à la vue de ses seins et à la courbe de ses hanches. Pas ce soir. Elle était complètement endormie, et dormir à côté d'elle me suffirait largement. En montant dans le lit à côté d'elle, je l'attirai vers moi et m'endormis.

———

Je me réveillai dans le noir. J'avais besoin de pisser comme pas possible, mais je ne voulais pas bouger. Du tout. Pas alors qu'Ella était dans mes bras, son corps doux enroulé contre moi. Je passai mes doigts dans ses cheveux là où sa tête touchait mon épaule, regrettant d'avoir un besoin urgent de me démêler d'elle. Mais l'appel de la nature était fort.

Je bougeai doucement, me glissant d'en dessous de la jambe qu'elle avait jetée sur les miennes et déposant sa tête sur les oreillers. En faisant mon affaire rapidement, je retournai au lit. Je fus soulagé quand elle bougea immédiatement, se replaçant près de moi. Je regardai le réveil pour découvrir qu'il n'était que 3 h du matin avant de retomber dans un sommeil profond.

Quand je me réveillai à nouveau, c'était pour sentir

la main d'Ella se déplacer sur mes abdos, et ses lèvres suivre. Bien que ma tête fût à peine connectée, mon corps était au taquet. Je grognai à la sensation de sa paume s'enroulant autour de ma queue. Je m'entendis murmurer son nom, mon souffle lâchant un autre grognement alors qu'elle passait sa langue de la base de mon membre au bout.

L'obscurité s'était transformée en jour, les rayons argentés d'un soleil jeune perçaient les fenêtres, d'au-dessus des montagnes. Ella était cachée par l'édredon, et j'avais besoin de la voir. Je le fis glisser, en réussis-sant à lever la tête juste quand elle leva la sienne. Ses cheveux brun sombre étaient tout emmêlés, ses joues rouges, et ses yeux vert brillant pleins de malice.

« Bonjour, Caleb », murmura-t-elle, sa langue sortant pour lécher à nouveau ma queue.

Je voulais dire quelque chose, mais mes mots se perdirent encore dans un grognement alors qu'elle léchait la tête de ma bite, avalant une goutte de sperme. Je voulais voir ça, profiter de la vue, mais l'envie était brûlante et les sensations s'écrasaient en moi. Quand ses yeux se fermèrent et qu'elle baissa la tête, m'avalant tout entier dans la chaleur de sa bouche, ma tête retomba sur les oreillers. J'enfouis mes mains dans ses cheveux et m'accrochai alors qu'elle continuait de me rendre fou.

Elle joua avec moi, avec sa langue, tenant ma queue en main. Juste quand je pensais qu'elle allait m'en donner plus, elle se retirait à nouveau, sa langue passant de chaque côté de ma queue, jouant avec mes boules, qui était si serrées qu'elles se tenaient au bord de la jouissance tout du long.

Je perdis tout de vue, ma concentration oubliant tout sauf les sensations. Au moment où elle me reprit dans sa bouche, j'étais sur le point d'exploser. Mais ce n'était pas ce que je voulais. Pas tout de suite. Je m'agrippai à un semblant de contrôle, la tenant plus fort et grognant son nom. Lever ma tête demanda toute ma force, mais je réussis et fus récompensé par la vue de sa langue caressant ses lèvres.

« Viens-là », murmurai-je.

Elle secoua la tête, un sourire joueur s'étendant sur son visage.

« S'il te plaît. »

Je n'avais pas peur de supplier.

« J'ai besoin d'être en toi », dis-je directement.

Elle me regarda, l'air vibrant entre nous. Après un instant, elle se leva.

« D'accord. Si c'est ce que tu veux », dit-elle d'une voix rauque.

Puis, elle monta sur moi et s'abaissa doucement. Elle me taquina un peu plus, sa chatte mouillée glissant d'avant en arrière sur ma queue. Même si je voulais prendre les reines, puisque ça mettrait fin à ma tourmente, je sentis qu'elle voulait garder le contrôle. Puis, elle s'éleva, ajustant l'angle de ma bite et me circlusa. Elle m'accueillit en elle, chaque glorieux centimètre, jusqu'à ce que je fus enfoui si profond dans son centre, un paradis chaud, mouillé, serré qui vibrait autour de moi.

Chapitre Vingt

ELLA

Une vague d'émotion me secoua alors que je baissais les yeux vers Caleb. Il me remplissait et m'étirait, un sentiment si délicieux qu'il envoyait des éclairs dans mes veines, chaque fibre de mon être chantant notre connexion. Mes mains étaient posées sur son torse, rien que du muscle. Ses mains étaient posées sur mes hanches. Son regard chocolat tenait le mien, d'un air tellement déterminé que je pouvais à peine le maintenir. Je ne savais pas exactement quoi faire de la vitesse à laquelle je tombais dans tout ça, mais je ne pouvais pas détourner le regard.

Ses mains glissèrent sur mes côtes pour attraper mes seins, jouant avec mes tétons. Ils étaient tellement tendus qu'ils m'en faisaient mal. La caresse subtile de ses pouces sur mes pointes me fit crier, je me cambrai à son toucher. Je ne pouvais pas me retenir plus longtemps et je me levai sur la longueur de sa queue avant de redescendre. Ses mains passèrent sur mes côtes à nouveau, m'attrapant juste au-dessus de la courbe de mes hanches.

Il n'avait même pas hésité à passer sur la zone qui

n'était que tissu cicatrisé. Des larmes emplissaient mes yeux à la puissance de la sensation, du besoin et des émotions qui se heurtaient toutes en une cascade interne. L'intensité était si profonde que je m'y effondrai, prise dans la tornade de tout ce qui nous unissait.

Caleb fléchit en moi, ses hanches se cambrant alors que je me balançais sur lui encore et encore. Chaque poussée de lui me remplissait plus profondément, puis il libéra une de ses mains, appuyant son pouce sur mon clito. Les sensations s'accumulèrent en moi, se serrant en mon centre. Avec une autre pression de son pouce, je m'envolai, mon plaisir explosant en moi et me perçant comme une tonne de petites aiguilles.

Je criai, chantant son nom du bout des lèvres. Je sentis la chaleur de sa libération m'emplir alors qu'il cédait quand mon canal se serra autour de lui. M'écroulant dans ses bras, je ne réalisai que je pleurais que quand je sentis l'humidité de mes joues contre sa peau. Je me reposai sur lui, mon souffle court. Je ne voulais pas parler tout de suite, et je fus soulagée quand il n'essaya pas. Sa paume fit de lents allers-retours le long de mon dos.

Je ne savais pas combien de temps passa avant que je ne le sente remonter les couvertures sur mon dos. Ma peau réagit au coton frais des draps. En quelques secondes, j'avais à nouveau chaud.

Je finis par lever la tête, sentant la vague d'émotion qui me submergeait enfin disparaître. En posant mon menton sur son torse, je le regardai, ses cheveux bruns ébouriffés, les lignes de son visage marquées. Comme s'il sentait mon regard, il ouvrit les yeux. Pendant un instant, son regard était sombre. Il leva une main, écartant mes cheveux ébouriffés de devant mes yeux et les recoiffant.

« Tes cheveux sont tellement longs maintenant », murmura-t-il.

Je fus soulagée par son commentaire léger. Je savais qu'il savait que j'avais pleuré. Mais je n'étais pas prête à en parler tout de suite, parce que qu'est-ce que je pouvais bien dire ? Il n'y avait pas de mots pour décrire ce que je ressentais, simplement que c'était beaucoup trop.

« Oui. Des fois je me dis que je vais les recouper », répondis-je.

Il secoua rapidement la tête.

« Non, s'il te plaît. »

Je ris doucement.

« Je n'avais pas prévu de le faire. C'est pour ça qu'ils sont longs. Quand ils étaient plus courts, je voulais me les faire couper beaucoup plus souvent, et c'était une chose de plus à gérer. Tu me connais. Je n'aime pas trop m'occuper de rendez-vous chez le coiffeur ou l'esthéticienne. »

Sa bouche se tordit en un coin pour former un sourire, et mon ventre vibra, plein de papillons. Rien qu'un regard de sa part, rien de plus, et ça n'avait presque pas d'importance qu'on vienne de se faire une partie de jambe en l'air canon au lever du jour. J'aurais pu recommencer immédiatement.

« Je te connais, murmura-t-il, sa voix rauque lançant un frisson dans ma colonne vertébrale alors qu'il passait son doigt dans mes cheveux. Tu n'as jamais aimé le maquillage. Je pense que le plus que j'ai t'ai vu supporter c'est un rouge à lèvres. »

Un sourire s'éprit de mes joues.

« C'est le plus que je sois capable de porter. C'est quoi ton emploi du temps aujourd'hui ? demandai-je, changeant de vitesse. Cade bosse le weekend des fois. J'imagine que toi aussi.

— Des fois, mais pas aujourd'hui. Les équipes ont une rotation pour la garde du weekend.

—   D'accord, donc qu'est-ce qu'on fait aujourd'hui ? »

Ma question déclencha un autre sourire lent sur son visage et une flopée de papillons dans mon ventre.

« Allons à Anchorage. J'ai besoin de récupérer de l'équipement pour l'équipe et j'ai quelques courses à faire. En plus, on n'a pas mangé à Susitna Burgers & Brew depuis une éternité. Ce sera comme au bon vieux temps. »

Une joie pétillante s'éveilla en moi. Quand on était au lycée, la chose la plus excitante à faire était d'aller dans la grande ville la plus proche. Willow Brook étant quand même principalement rurale, la proximité d'Anchorage faisait que cette ville avait l'air magique. Du moins quand on était jeunes. Ayant vécu à Anchorage pendant un temps quand j'étais à la fac, puis dans d'autres grandes villes de l'État, les paillettes de la ville avaient disparu. Mais l'idée de passer la journée avec Caleb à faire quelque chose de banal à Anchorage puis d'aller dîner dans l'un de nos anciens restaurants préférés était irrésistible.

Ce qui suivit fut l'une des meilleures journées que j'avais vécues depuis des années. C'était peut-être même la meilleure journée tout court depuis l'accident. C'était étrange que je ne voie pas mon petit accrochage dans le fossé de l'autre jour comme un vrai accident. Le premier accident avant coupé ma vie en deux : l'avant et l'après. Il y avait toujours le point de ce moment dans mon cœur, la douleur d'avoir perdu un ami. J'avais continué et j'étais redevenue forte de plein de façons. Mais juste quand j'avais l'impression d'enfin retrouver une base, et que je pensais que j'étais prête à prendre des décisions pour moi à nouveau, des décisions pour mon avenir, pas seulement motivées par l'envie de fuir une peine émotionnelle, eh bien c'était à ce moment-là que tout avait commencé avec Lance.

Il avait détruit tellement de choses pour moi. Mais ce jour, ce jour sans rien de particulier, signifiait tellement pour moi. Il ne pouvait pas l'atteindre.

Plus tard ce soir-là, après avoir fait des courses, y compris une bonne heure au magasin d'équipement pour la caserne, nous avions marché main dans la main jusqu'à Susitna Burgers & Brew. Je fis le tour de la pièce avec mes yeux, tout était identique à la dernière fois où j'étais venue. C'était un restaurant détendu avec une salle ouverte et des tables dispersées au centre de la pièce, et des banquettes au fond. Il y avait un bar d'un côté et une cuisine ouverte de l'autre. Des lumières exposées et usées et des meubles en bois poli donnaient un air chaleureux et confortable au lieu même si la pièce était immense.

En m'installant sur une banquette en face de Caleb, je le regardai. Mon cœur manqua un battement et se serra, un sentiment que seul Caleb pouvait créer.

« Pourquoi ne prends-tu pas un verre de vin ? » demanda-t-il quand notre serveuse s'arrêta à la table.

Je secouai la tête. Puisqu'il conduisait, je décidai qu'on en resterait tous les deux à de l'eau. Ce qui suivit me sembla être un rêve étrange. Notre dîner fut détendu et facile. À part tous les souvenirs qui me revenaient, j'étais plus détendue que je ne l'avais été depuis des années. Ne serait-ce que parce que je n'avais pas ce sentiment d'anxiété languissante que quelqu'un me surveillait. Même quand j'allais dîner avec des amis à Portland cette dernière année et quelques, je ne savais jamais quand je recevrais des photos de moi-même par mail ou SMS.

Il était assez tard quand Caleb proposa qu'on

prenne une chambre d'hôtel parce qu'une petite neige avait commencé à tomber pendant qu'on dînait. Même si nous n'étions qu'en octobre, ce n'était pas anormal d'avoir un peu de neige de temps en temps. Ça ne tiendrait pas, mais c'était l'annonce de l'hiver à venir. Je n'avais pas l'intention de le contredire. Du tout. Il y avait ça, et le fait que je ne voulais simplement pas que cette nuit se termine.

Elle ne se termina pas. J'avais décidé d'arrêter de trouver des excuses bêtes à donner à mes parents sur le fait que je ne rentrais pas à la maison, je leur disais maintenant la vérité sans formes. Je m'endormis dans les bras de Caleb, complètement molle après un autre orgasme incroyable.

Je me réveillai dans l'obscurité, sortie de mon sommeil en sursaut. La vibration du téléphone me réveilla, le son insistant d'un texto après l'autre qui ne faisaient qu'arriver.

Le contraste de mon état intérieur était troublant. J'étais dans un sommeil profond, plus détendue et en paix que depuis des années. La nouveauté d'être avec Caleb commençait à se dissiper. J'étais de plus en plus à l'aise.

Et pourtant, j'étais extrêmement consciente de ce son répétitif. Il n'y avait qu'une seule personne qui m'envoyait des messages au milieu de la nuit comme ça.

Je n'avais pas pris la peine de changer les réglages sur le téléphone de Caleb, donc quand un SMS arrivait il y avait une sonnerie. Mais le mien était en mode vibration. Je ne pus pas m'en empêcher, il fallait que je voie. Je me libérai des bras de Caleb et allai jusqu'à la table de chevet d'où j'entendais venir la vibration contre la surface dure sur la pointe des pieds.

La voix de Caleb me fit sursauter.

« Ella ? »

Je me retournai dans l'obscurité.

« Reviens au lit », dit-il.

Il se redressa sur les oreillers, s'aidant de sa main.

Il me fixa. La pièce était sombre avec quelques reflets de la lumière du parking qui s'infiltrait à travers les rideaux.

« Je veux juste voir... » commençai-je à dire.

Il sortit du lit, bougeant rapidement. En quelques pas rapides, il était à côté de moi, dépassant la table de chevet et attrapant le téléphone. Sans même regarder l'écran, il éteignit le téléphone.

« Eh ! protestai-je. Je voulais voir qui c'était. »

Il posa à nouveau le téléphone sur la commode, ses mains caressant mes épaules et mes bras. Son toucher était chaud et rassurant.

« Tu sais qui c'est, et tu n'as pas besoin de t'en inquiéter. C'était le but quand tu m'as donné ton téléphone, d'arrêter de s'inquiéter , dit-il doucement, sa voix encore endormie.

— Oui, mais... »

Mais je ne sais pas quand lâcher prise. Ce fut la pensée qui traversa mon esprit, se heurtant aux autres. Cette inquiétude était ce que j'avais accepté comme punition pour l'accident. Des années plus tard, elle avait pris le rôle que je détestais, mais que je pensais mériter. Lâcher prise était la seule option, et il fallait que je trouve mon chemin jusque-là.

J'étais tendue, l'anxiété vibrant en moi et la peur me retournant l'intestin.

« Ella, il est trois heures du mat'. À quoi ça sert ?   Pourquoi est-ce qu'on n'annule pas ton numéro tout simplement ? Je prendrai un nouveau numéro à mon nom et tu peux laisser ce numéro-là mourir. »

Je savais que ça ne faisait aucun sens, mais ça me donnait l'impression de laisser Lance gagner.

Je regardai Caleb dans les yeux au centre de cette obscurité et soupirai, laissant ma tête tomber contre son torse. Je détestais tout ça, je détestais ce que cette situation me faisait ressentir. Mais je savais qu'il avait raison, du moins pour l'instant.

« Je vais réfléchir pour le numéro, marmonnai-je.

— Et tu reviens te coucher ? » demanda-t-il, sa main passant dans mes cheveux.

J'acquiesçai contre son torse. Avec un doux mouvement de la main, je le suivis jusqu'au lit, m'endormant incroyablement vite.

Chapitre Vingt-Et-Un

CALEB

Une semaine s'était écoulée depuis notre nuit à Anchorage. Entre-temps, nous avions trouvé notre rythme. Ella insistait sur le fait qu'elle ne pouvait pas dormir chez moi toutes les nuits. Donc une nuit sur deux environ, elle dormait chez moi, et elle était chez ses parents le reste du temps. Pendant ce temps, elle cherchait activement un endroit à louer, ce qui me laissait un sentiment bizarre.

Je savais ce que je voulais : qu'elle emménage chez moi. Pourtant, je savais qu'il fallait qu'elle en arrive à cette conclusion d'elle-même sans pression de ma part.

En attendant, je recevais des élans sporadiques de messages de Lance, ou du connard comme je l'appelais, tous les quelques jours. Je devais avouer que ce gars compensait son manque de créativité par sa persistance. Rex m'avait dit que les e-mails arrivaient à un rythme similaire.

Ma patience envers les conneries de harcèlement de Lance commençait à s'épuiser. J'avais vidé mon sac à Rex l'autre jour. Il était tout aussi frustré que moi, mais il pensait qu'il y avait quelques avancées avec son ami à Anchorage. Ça m'avait énervé au plus haut point qu'il continue de me répéter qu'il aurait été plus simple de condamner Lance s'il avait physiquement fait du mal à Ella. Comme si la harceler par texto et e-mail pendant plus d'un an ne suffisait pas.

Cade demandait des nouvelles de la situation aussi. Et Ella nous avait trouvés une fois de plus dans le bureau de son père à parler de tout ça. Elle avait été visiblement saoulée. Ses yeux plissés alors qu'elle avait mangé le coin de sa lèvre, un signe certain de frustration.

Avec ces pensées en tête, je rentrai chez moi, espérant la voir ce soir. On ne prévoyait pas grand-chose à l'avance. C'était plutôt un rituel où elle m'écrivait pour savoir ce que je faisais. Et je l'invitais inévitablement à me rejoindre. Ses parents m'avaient invité à dîner aussi. Ce n'était pas inhabituel, et quelque chose que j'avais fait même quand Ella ne vivait plus là. Cade était un ami, et Rex en était devenu un d'une certaine façon maintenant que je travaillais à la caserne depuis un certain temps.

Ce soir-là, j'arrivai chez moi et trouvai mon frigo vide, et pas de message d'Ella. Je réfléchis à lui écrire, mais décidai d'attendre. Je me retenais plus que ce que j'aurais voulu, ne serait-ce que parce que je voyais à quel point elle détestait toute sorte de pression. Je ne savais pas combien de temps je pouvais rester en retrait comme ça, mais j'essayais d'y aller doucement.

Creamsicle sauta de sa fenêtre jusqu'au comptoir. J'attrapai une bouteille de bière dans le frigo, et il frotta sa joue sur la partie plate de la capsule que j'avais posée sur le comptoir. Je lui caressai le dos alors qu'il ronronnait comme un moteur.

Après quelques minutes, plein d'énergie nerveuse, je marchai vers la fenêtre et observai la vue. L'automne était une saison courte en Alaska, un éclat de couleurs puis des jours qui réduisaient rapidement alors que l'hiver lui marchait sur les talons. L'hiver se ferait rapidement connaître.

Après une autre gorgée de ma bière, je décidai de sortir couper du bois, j'avais besoin de brûler cette énergie d'une façon ou d'une autre. En quelques minutes, j'étais pris dans l'activité, la force de la hache séparant le bois relâchant la tension en moi.

Cette histoire avec Ella était si inattendue et intense, ça me déstabilisait. Je voulais tout, tout d'un coup. Plus que tout, je voulais effacer toutes ses incertitudes, sa tendance à tout garder pour elle, et le fait qu'elle tenait absolument à maintenir une distance avec moi.

Avec chaque coup de hache dans le bois, je me rappelais que ça valait la peine d'attendre. Aussi impatient que je sois, il y avait des années entre nous et bien plus de ressentis. Sans parler de tout ce qu'elle avait affronté toute seule.

Alors que je coupais du bois, me perdant dans le rythme, Creamsicle me rejoignit et s'installa sur un tronc non loin. Il faisait souvent ça, me suivre partout dans le jardin pour observer ce que je faisais, à une certaine distance.

Après une bonne heure à couper du bois, quand j'étais bien et fatigué, je retournai à la maison, me sentant plus calme. Creamsicle me suivit à l'intérieur, courant dans le jardin et se jetant immédiatement à travers la chatière. Après un passage rapide devant sa gamelle d'eau, il retourna à son perchoir préféré sur la fenêtre.

Une série de vibrations insistantes sur le comptoir attirèrent mon attention alors que je sortais de la douche. J'avais oublié de prendre mon téléphone avec moi dehors. J'espérais que c'était Ella. Mais ce n'était pas elle.

C'était une autre série de messages de ce connard, ainsi que deux photos d'Ella et moi quand nous étions au restaurant la semaine dernière à Anchorage. Une rage brûlante me traversa, puis je me figeai. J'étais tellement soulagé qu'elle n'ait pas ce téléphone. Je ne voulais pas qu'elle voie ça. Même si ça me mettait hors de moi, ça me terrifiait.

Pas pour moi, mais pour elle. Parce que ça voulait dire que Lance était dans le coin et qu'il voulait aller plus loin. Pour la première fois ce soir, j'étais soulagé qu'elle ne soit pas là. Parce que je savais que si elle était là, je ne serais pas capable de cacher ma tension. Je ne voulais pas qu'elle soit au courant de ça. Pas avant que j'aie un plan.

Plutôt que d'écrire à Rex, je l'appelai. Il décrocha à la seconde sonnerie.

« Salut Caleb. Tu n'appelles pas souvent, alors va droit au but », dit-il en guise de bonjour.

Il avait raison là-dessus. Bien que Rex et la mère d'Ella soient de bons amis de mes parents, et étaient devenus mes amis d'une certaine façon depuis que j'avais pris un poste à la caserne de Willow Brook, je ne papotais que quand j'étais en groupe.

« Je voulais t'appeler et te prévenir avant que tu voies ce que je vais t'envoyer. Il faut que je te dise, la seule raison pour laquelle je ne réponds pas c'est parce que tu m'as dit que ce serait mieux si je me retenais. Je suis prêt à trouver ce gars. Mais il est dans le coin et ça depuis une semaine.

— Quoi ? » demanda Rex, son ton grave et froid.

En éloignant le téléphone de mon oreille, je lui transmis les messages rapidement.

« Les photos vont arriver dans une seconde. Ella et

moi avons dîné dans ce resto la semaine dernière », expliquai-je.

J'entendis une sonnerie de son côté, indiquant l'arrivée de mes textos.

« Oh, c'est vraiment une saloperie, marmonna-t-il. Elle est là, et je ne veux pas que tu lui en parles.

— Crois-moi, je n'ai pas envie de lui en parler. On a un seul problème. On sait où elle est. C'est soit là ou avec moi, dis-je, abandonnant toute tentative d'ignorer ce détail. Mais elle va à Anchorage une fois par semaine. Donc il faut qu'on lui dise qu'il est dans le coin. »

Rex resta silencieux pendant un instant.

« Merde. »

Rex ne disait pas beaucoup de jurons, pas autant que moi ça c'était certain. Il les gardait pour les moments où il était vraiment en colère.

« Bien, tu as raison là-dessus, mais elle ne retourne pas à Anchorage avant quelques jours. Je vais parler à Cade et voir quelle raison il peut inventer pour avoir besoin de ce pickup à nouveau. L'un de nous peut l'emmener. Je le ferai ou tu peux le faire, mais on verra ça. Si j'ai besoin d'être à la station et l'équipe de Cade est de garde... »

Je le coupai.

« Je parlerai à Ward. Je suis certain qu'il me laisserait prendre un jour de congé si nécessaire. »

Je savais qu'on avait besoin de nous organiser, mais je n'étais pas à l'aise avec l'idée de mentir comme ça. Mais je ne voulais pas non plus qu'Ella soit stressée par le fait que Lance était dans le coin. La seule chose positive dans tout ça était que si on pouvait le trouver, on pourrait enfin faire quelque chose.

« Ella sera furieuse si elle apprend qu'on fait ça dans son dos, mais je ne veux pas qu'elle s'inquiète.

« — Carrément. Je vais appeler Cade tout de suite », répondit Rex.

Je n'aimais pas cacher quoi que ce soit à Ella, mais j'étais encore plus en colère à propos du fait que Lance était venu jusqu'en Alaska. Ça me retournait l'estomac de penser qu'il était obsédé par elle à ce point. Quelques minutes plus tard, Rex me rappela. Lui et Cade avaient inventé une histoire où la voiture d'Amelia allait tomber en panne, pour qu'elle ait besoin d'emprunter celle d'Ella pendant quelques jours.

D'après Rex, Amelia n'était pas fan de ce plan et n'avait accepté qu'à condition qu'on le dise à Ella avant la fin de la semaine. Après avoir terminé mon appel avec Rex, j'appelai Cade.

« Salut mec, je ne sais pas si c'est un bon plan ? Ella va être tellement en colère. »

Cade soupira lourdement.

« Amelia est déjà en colère face à cette idée. Elle ne veut pas mentir à Ella et insiste sur le fait qu'on lui dise même si ça va la stresser. Mais mon père est furieux. Il a peur que si on dit quelque chose, Ella s'oppose à nous et elle est vraiment têtue. »

J'entendis la voix d'Amelia dans le fond. Cade rit.

« Elle me rappelle qu'on a trois jours et c'est tout.

— Écoute, je dirai juste à Ella que je dois aller à Anchorage ce jour-là de toute façon. Ce sera plus simple.

— C'est probablement mieux comme ça, répondit Cade.

— J'ai commandé des trucs pour la caserne au magasin d'équipement l'autre jour. Ça devrait être prêt à la fin de la semaine de toute façon. Ward devait aller les chercher, mais je sais qu'il me laisserait faire si je lui explique.

— Oh ouais. T'inquiète. Je lui en parlerai demain matin. Il nous rendra service à tous les deux. »

Après avoir raccroché avec Cade, j'appelai Rex à nouveau et lui donnai les dernières nouvelles. Il était d'accord que c'était la meilleure solution.

Puis, j'appelai Ella. Je me sentais bête de savoir qu'elle avait été à la maison tout du long alors que j'avais appelé Rex plusieurs fois, mais il m'avait expliqué qu'elle était occupée à corriger des copies dans sa chambre.

« Hey, quoi de neuf ? dit-elle en répondant.

— Je me demandais la même chose pour toi, répondis-je.

— Je corrige des copies. J'avais prévu de t'écrire pour te dire que je bossais ce soir, mais j'étais occupée.

— Je m'en doutais. Je me suis dit que j'allais t'appeler quand même, je dois retourner à Anchorage vendredi. Je me suis dit qu'on pourrait peut-être faire du covoiturage. Ce n'est pas le jour où tu y vas pour le boulot ?

— Ouais », dit-elle en s'arrêtant.

J'entendis le bruit des papiers qu'on déplace.

« Tu es sûr que ça te dérange pas ? J'y serai de 9 h à 15 h.

— Si ça me dérangeait, je ne proposerais pas. J'ai besoin d'aller récupérer la commande au magasin d'équipement, et ma mère a besoin que je récupère quelques trucs au magasin de bricolage. »

C'était vrai, sauf pour le fait que rien de tout ça n'était pressé. Mais je prenais n'importe quelle excuse.

« Si tu veux, on peut y passer la nuit à nouveau, ajoutai-je.

— Et si on dormait chez toi plutôt ? J'aime pas savoir que Creamsicle est tout seul. »

Je ris, regardant Creamsicle. Je savais que ça ne le

dérangeait en aucun cas que je ne sois pas là, mais il avait l'air de bien aimer Ella, donc maintenant elle le dorlotait.

« Tout ce que tu veux. Je suis en entraînement demain, donc je serai pris quasiment toute la journée. Je passe te prendre vendredi matin ?

— Parfait. »

J'hésitai en tenant le téléphone contre mon oreille, les mots que je voulais dire coincés dans ma gorge. Ce n'était pas comme si je ne lui avais pas dit de nombreuses fois que je l'aimais. Mais ça avait été pendant notre première histoire, dix ans plus tôt. Je n'étais pas certain qu'elle était prête à l'entendre maintenant. Donc je ravalai mes mots et dis bonne nuit.

Chapitre Vingt-Deux

ELLA

Debout sur le porche de la maison de mes parents, un sourire éclata sur mon visage quand je vis la voiture de Caleb. Il était tôt, vendredi matin. Le soleil venait de se lever, ses rayons s'étalant sur le paysage gelé. Alors que le gel fondait, il embuait le ciel dans un brouillard rose et violet qui filtrait le lever de soleil au loin. Je pris une grande inspiration, savourant les odeurs naturelles de l'automne.

Nous partions plus tôt que prévu. Caleb m'avait écrit hier et avait proposé qu'on petit-déjeune dans l'un de nos cafés préférés. Donc avec l'air d'automne frais et l'odeur de fumée au loin, je descendis les marches du porche pour le retrouver à mi-chemin.

Je ne me retins même pas de faire ce que je voulais. J'attrapai sa main dans la mienne, l'approchant de moi, me mettant sur la pointe des pieds pour l'embrasser. Il me rencontra avec facilité, baissant la tête et passant sa main dans mes cheveux. Sa langue plongea profondément avant qu'il se recule avec un sourire.

« Tu sais que tes deux parents nous regardent de la fenêtre de la cuisine, dit-il.

En rougissant immédiatement, je levai les yeux au ciel.

« Ce n'est pas comme s'ils ne savaient pas qu'on se voit. Bref, allons-y ! »

En jetant mon sac à dos sur mon épaule, je le dépassai pour aller à la voiture. La route vers Anchorage était magnifique avec le soleil qui montait au-dessus des montagnes et la brume qui se dissipait doucement. Alors qu'on conduisait, et que j'absorbais la vue familière, j'avais de plus en plus l'impression d'être à la maison, d'être à ma place.

Caleb me déposa à l'université, et je commençai ma journée chargée. Pour la première fois depuis bien trop longtemps, je faisais enfin le travail que je voulais faire. Ce n'était pas pour dire que mon dernier poste ne m'en donnait pas la chance. En vrai, je pensais que c'était le job de mes rêves sur le campus de l'université où j'avais obtenu mon doctorat. J'avais été engagée en tant qu'associée là-bas. Mais mon plaisir de plonger dans mes recherches n'avait pas duré longtemps. En six mois, les textos et e-mails avaient commencé et j'avais commencé à redouter de venir travailler.

Ici, mes collègues étaient amicaux, tout le monde était occupé, et c'était très professionnel. Je passai la matinée avec un autre collègue qui enseignait à distance comme moi. On parlait du cursus ensemble, puis je pris mes marques sur l'un des projets où on monitorait les changements de la toundra.

J'adorais naviguer les données. Certaines personnes trouvaient ça ennuyeux, mais pas moi. La journée passa en un clin d'œil. On eut aussi une classe avec des étudiants présents pour une série de cours sur le weekend. C'était très agréable de pouvoir rencontrer quelques élèves avec qui je communiquais pendant les cours en ligne. Plus tard cet après-midi, Caleb vint me chercher, s'arrêtant pour saluer quelques-uns de mes nouveaux collègues avant qu'on parte.

Il me regarda une fois qu'on était tous les deux dans la voiture.

« Je voulais trouver du temps pour passer au gros supermarché aujourd'hui, mais j'ai été plus occupé que ce que je pensais. Ça te dérange d'y aller avec moi maintenant ? »

Je lâchai un petit sourire.

« Bien sûr que non. Je me demandais pourquoi tu n'étais pas allé faire des courses le weekend dernier. J'ai remarqué que ton frigo est... léger. »

Il haussa simplement les épaules, sans une once de vexation.

« Je ne cuisine pas vraiment pour moi-même.

— Si tu me laissais faire ? »

Il rit et commença à conduire alors que je réalisais que mon commentaire portait plus de poids que ce que j'avais considéré. Je m'étais remise très rapidement dans cette dynamique avec lui, quand on était ensemble.

Un petit trajet plus tard, nous traversions l'énorme supermarché. J'insistai pour que Caleb fasse des réserves d'épicerie sèche et il me laissa complètement prendre le contrôle. Je réfléchis à l'idée de lui demander d'acheter un petit congélateur, hésitant quand je réalisai que je dépassais peut-être les limites. J'étais vraiment de plus en plus à l'aise. D'accord, je commençais à penser comme je pensais quand nous étions au lycée avant l'accident. J'étais complètement folle amoureuse de lui et pensais que nous serions ensemble pour toujours. J'étais juste assez mature à l'époque, à peine assez mature, pour réaliser que je m'emballais peut-être.

Dans les années intermédiaires, avec les émotions à

surpasser puis la vie qui avait suivi son cours, je m'étais convaincue que mes souvenirs de mon temps avec lui étaient teintés par la jeunesse et que je n'avais pas pu l'aimer autant que ça.

Mais ce que ça me faisait d'être avec Caleb était différent de ce que j'avais ressenti pour n'importe quel autre homme. De toute ma vie. Il y avait une vieille ombre de culpabilité, mais même ça avait disparu juste assez, je pensais, pour que je puisse enfin apprendre à m'en libérer.

Nous faisions la queue à la caisse avec la main de Caleb dans la poche arrière de mon jean quand il répondit à un appel de sa mère. Il s'arrêta, écartant le téléphone de sa bouche.

« Ma mère a besoin que je prenne deux trois trucs. Je reviens. Ne quitte pas la queue. Ça ne te dérange pas ? »

Le magasin était plein. Toutes les caisses étaient ouvertes et les files d'attente allaient bien plus loin que la zone d'attente. Je secouai la tête, lui faisant signe d'y aller. Il se retourna et s'éloigna en courant, toujours au téléphone avec sa mère.

Je secouai la tête en riant alors que je me retournais vers la caisse. En m'appuyant contre le caddie, j'attendis dans la file qui avançait tout doucement. J'attendais depuis environ une minute ou deux depuis que Caleb était parti quand j'entendis mon nom. Un frisson parcourut ma colonne vertébrale, et les cheveux au dos de mon cou s'hérissèrent.

Je connaissais cette voix, mais je devais me tromper. Ce n'est rien. Tu es en Alaska. Il n'est pas là.

Je regardai autour de moi en faisant attention de rester discrète. Mais j'entendis mon nom à nouveau. Mon estomac se serra et une lourde boule d'anxiété que je connaissais bien s'installa en moi comme si elle n'était jamais partie.

Cette fois, quand je regardai autour de moi, je le vis. J'étais tellement choquée de voir Lance là que pendant un instant, je ne pus bouger. Il se tenait dans le rayon vitamines près de la pharmacie. Il était là avec ses cheveux blond foncé, toujours un peu en bataille. Grand et maigre, il me regardait depuis l'autre côté du magasin.

Je me forçai à rester calme, mais la panique montait en moi. Je voulais me retourner et courir dans tout le magasin pour trouver Caleb. Mais je ne voulais pas montrer ma peur, pas alors que Lance me regardait. Je savais que c'était ce qu'il aimait, me faire peur.

Je sentis la présence de Caleb pas très loin derrière moi. Dans les trois minutes où il était parti, tout avait changé. Il jeta quelques trucs dans le caddie et me regarda. Le moment où il vit mon visage, il s'arrêta, sa main passant dans mon dos.

À son toucher, je voulus m'effondrer dans ses bras. Mais je ne pouvais pas faire ça. Pas maintenant.

« Ella, qu'est-ce qu'il y a ? » demanda-t-il, ses yeux parcourant mon visage.

Je déglutis malgré la peur qui serrait ma gorge.

« Il est là. »

Caleb plissa les yeux, mais il ne détourna pas le regard.

« Tu parles de qui je pense ? »

J'acquiesçai, mon mouvement secoué.

« C'est Lance. Je ne veux pas que tu regardes. Il est à côté des vitamines. »

Caleb ne bougea pas pendant un instant, ses yeux réfléchissant.

« Ella, je vais aller lui parler, d'accord ? Tu n'es pas seule, et tu ne seras pas seule. Mais avant que j'aille le voir, je vais appeler ton père. J'ai juste besoin que tu fasses comme s'il ne se passait rien. Reste dans la file d'attente et passe à la caisse. Tu peux faire ça ? »

En le regardant, je me sentis hocher la tête. Parce que c'était la seule chose à faire.

Caleb ne s'éloigna pas de moi alors qu'il appelait mon père. J'écoutais son côté de la conversation.

« Rex, c'est Caleb. Lance est à Anchorage. On est au supermarché. »

Il y eut un pause alors qu'il écoutait ce que mon père lui disait.

« Ouais, elle va bien. Elle est juste là avec moi. Je vais aller lui parler et le garder là pendant qu'elle passe à la caisse. Il y a beaucoup trop de témoins pour qu'il fasse quoi que ce soit de débile ici. Dans l'état, elle va devoir faire la queue un bon quart d'heure avant qu'on puisse partir d'ici. »

Je ne pouvais pas entendre la voix de mon père, juste un murmure, puis Caleb me donna le téléphone. Il attendit pendant que je parlais à mon père.

« Ça va ? » demanda mon père.

Je me sentais malade et j'avais froid. Mes mains étaient gelées et je voulais m'enfuir. J'avais appris à vivre avec cette anxiété quand elle était quotidienne, mais j'avais pu m'en reposer et maintenant elle me rentrait dedans de plein fouet. Mais je savais que ça n'aiderait pas de dire quoi que ce soit de la sorte à mon père. Donc je mentis, mais pas complètement. Parce que ça irait. Caleb était là avec moi.

« Ça va, papa. Je veux dire, ça ne va pas, mais ça ira.

— Tiens le coup, dit-il simplement. Tu restes dans la file d'attente et tu laisses Caleb aller lui parler. On a besoin de le garder là, et Caleb va sûrement réussir à l'occuper quelques minutes. On était inquiets qu'il fasse quelque chose comme ça après les photos qu'il a envoyées, donc j'avais déjà prévenu les équipes d'Anchorage. J'ai juste besoin de te laisser pour pouvoir les appeler, d'accord ? »

J'avais sans doute dit au revoir, mais je ne m'en souvenais pas. Avec mon téléphone serré fort dans ma main, j'attendis, le temps passant lentement. Le murmure des voix autour de moi disparut et je n'entendais plus que le silence.

Tout ce que je pouvais penser était que c'était le rappel dont j'avais besoin. Juste quand je commençais à penser que je pouvais me détendre et trouver du bon dans ma vie, la vie me rappelait pourquoi je ne pouvais pas.

Chapitre Vingt-Trois

CALEB

Une tension s'empara de chacun de mes muscles alors que je m'arrêtais devant un homme que je savais être Lance Wallace, ne serait-ce qu'à cause du fait que son regard n'avait pas quitté Ella pendant une seule seconde alors que je m'approchais de lui. Traversant ce hangar, je n'étais en aucun cas conscient de notre public. Ma seule concentration était sur le sac à merde en forme d'homme devant moi.

Cet homme qui prenait du plaisir à torturer Ella, à lui faire peur, à essayer de lui faire penser qu'il la contrôlait. Une furie froide me tenait la poitrine. En m'arrêtant devant lui, je le regardai de haut en bas. C'était le genre de gars que la plupart des gens ne peuvent pas supporter. Il avait l'air arrogant, étrange. Il était fin et maigre, et ses yeux étaient d'un marron plat.

Sachant qu'il travaillait dans la recherche, je sentis qu'il pensait qu'il était au-dessus de la plupart des gens. Peut-être que c'était un intellectuel, mais c'était un connard absolu, le genre de connard qui utilise sa carrière comme couverture.

Je ne dis rien. Je le regardai simplement, me tenant assez près pour le forcer à me regarder. C'était un lâche. Quand il posa enfin le regard sur moi, je parlai.

« Laisse Ella tranquille. »

Ses lèvres se tordirent en un rictus.

« Je ne lui ai rien fait. Pour qui tu te prends ?

— Ça n'a pas vraiment d'importance. Je connais ton casier. Ce n'est pas la première fois que tu essaies de harceler une femme jusqu'à ce qu'elle s'intéresse à toi. »

Lance me regarda à peine. Son regard se tourna à nouveau vers Ella. En regardant par-dessus mon épaule, je vis qu'elle faisait encore la queue. Il fallait que je gagne encore quelques minutes. Juste assez de temps pour que la police arrive. Je n'avais aucune idée de ce qu'ils avaient prévu de faire en termes d'accusations.

« Pas un seul pas dans sa direction, tu m'entends ? » demandai-je.

Lance me jeta un coup d'œil, un peu agacé.

« Ça n'a pas d'importance. Ella n'est pas faite pour être avec un idiot comme toi. J'ai fait mes recherches sur toi. Je sais que tu es son ex du lycée et que tu lui as sauvé la vie dans un accident de voiture. Tu penses que c'est pour ça qu'elle t'aime bien ? C'est rien ça. Elle a besoin de quelqu'un comme moi, pas une brute de pompier. »

Ma colère passa de furie froide à rouge. Pas parce que ce connard m'insultait. Je m'en foutais. C'était la façon dont il parlait d'Ella, comme s'il la possédait. En ajoutant à ça tout ce qu'il lui avait fait subir – juste assez pour la rendre folle, juste assez pour la stresser où qu'elle aille, dès qu'elle sortait de la maison – je n'arrivais plus à penser clairement.

Je reculai le bras, franchement prêt à lui enfoncer

mon poing au beau milieu de son visage arrogant. Mais j'entendis la voix d'Ella et sentis sa main sur mon bras.

« Caleb », dit-elle, d'un ton grave, bas et contrôlé.

Si qui que ce soit avait pu m'arrêter à ce moment-là, c'était elle.

« Ne fais pas de scandale », dit-elle.

Lance la fixa du regard, un rire amer lui échappant.

« Tu vois, elle aime pas le numéro du bourrin. »

En me retournant vers lui, j'avançai d'un pas.

« Espèce de connard », crachai-je.

La main d'Ella se tendit sur mon bras alors qu'elle me tirait en arrière. Je n'avais aucune idée de ce qu'elle faisait, et honnêtement, je ne comprenais pas.

« Ella, laisse-moi m'en occuper. »

Elle me tira par le bras un fois de plus, les murmures autour de nous commencèrent à passer au-dessus des éclairs dans ma tête, ma colère s'apaisant juste assez pour que je me souvienne que j'avais un sacré public dans ce magasin. À ce moment-là, j'entendis des pas bouger rapidement dans notre direction, des pas lourds contre le sol dur. En quelques secondes, deux agents de police étaient à côté de nous avec un autre pas loin derrière. Ils nous regardèrent, l'un d'entre eux prenant le temps de regarder Ella.

« Madame ? Ella Masters, je suppose », dit l'agent.

Au hochement de tête d'Ella, l'agent me regarda, puis Lance, son regard plein de calculs. L'autre agent me regarda, pointant le mur non loin du menton, m'indiquant que je devrais reculer. Je n'avais aucune envie de reculer. Mais Ella avait sa main sur mon bras et me tirait en arrière.

On resta là et on vit les policiers parler à Lance. Je ne pouvais pas les entendre, mais en un rien de temps, ils lui passaient des menottes. Son regard changea à peine. Il s'éloigna, en regardant par-dessus son épaule, gardant ses yeux sur Ella tout du long. Cet homme était complètement fou, et ça me rendait malade. Ella resta silencieuse à côté de moi, mais je pouvais sentir la tension en elle.

L'un des policiers s'approcha de nous.

« On l'arrête pour harcèlement au second degré. Le procureur vous appellera demain, dit-il en dirigeant son attention entre Ella et moi.

— Vous connaissez l'étendue et la durée de la situation ? » demandai-je.

Je voulais m'assurer qu'ils n'allaient pas simplement le laisser partir.

« Vous devez être Caleb Fox, dit l'agent de police, en me tendant la main. Je suis l'agent Turner. »

Je serrai sa main rapidement puis levai un sourcil, attendant une réponse à ma question. Il s'exécuta.

« Rex Masters nous a tenu au courant. L'un de nos détectives a déjà rassemblé les plaintes et les preuves pour si jamais ce gars venait ici. Je dois dire qu'on ne s'attendait pas à ce qu'il vienne vraiment. Donc c'est un coup de bol. »

Il s'arrêta et regarda Ella.

« Avez-vous des questions madame ? »

Ses yeux rebondirent entre lui et moi.

« Pas pour l'instant. J'aimerais parler au procureur plus tard », dit-elle enfin.

Elle semblait agitée et fatiguée.

Quelque chose semblait clocher, mais je n'avais pas le temps de trouver quoi ici, au milieu d'un supermarché plein à craquer avec un policier juste en face de nous.

« Puis-je prendre votre numéro ? demandai-je avant qu'il parte.

— Bien sûr. »

Il le récita rapidement et nous tendit à chacun une carte avec son nom et des informations.

Je regardai Ella qui avait croisé les bras, les entourant fermement autour de sa taille. Elle ne me regarda même pas. Elle se tourna et retourna rapidement là où on avait laissé notre caddie, sans surveillance. Il semblait qu'elle ait demandé à la femme derrière nous de le surveiller.

« Merci », était-elle en train de dire quand je la rattrapai.

La femme à côté d'elle, avec de grands yeux brillants et un sourire, nous regarda avec curiosité. Tout ce qu'elle dit fut :

« Pas de soucis. Tout va bien ? »

Ella hocha la tête fermement et agrippa ses doigts au caddie, le poussant un peu vers l'avant. J'avançai dans la file d'attente à côté d'elle, lui jetant un coup d'œil seulement pour trouver ses yeux fixés vers l'avant. C'était plus qu'évident qu'elle essayait de ne pas me regarder.

« Ella ? »

Je posai mon coude sur le caddie et me penchai plus près d'elle.

« Ça va ? »

Ses yeux se jetèrent sur moi puis repartirent, sombres et défensifs. Je m'attendais à ce qu'elle soit sous le choc, voire en colère de l'arrivée de Lance.

« Je viens de te le dire. Je vais bien. Je ne veux pas en parler ici », répondit-elle.

Incertain de ce qu'il se passait dans son esprit, j'avais assez de bon sens pour savoir que ce n'était pas le moment d'en parler. Donc je me redressai et j'attendis à côté d'elle alors qu'on passait en caisse. Des regards curieux se posaient sur nous, ce qui n'était pas vraiment une surprise.

Je résistai à l'envie d'appeler Rex pour avoir des nouvelles. Je ne voulais pas passer un appel tout de suite alors qu'Ella était clairement en colère contre moi.

Je passai ma paume le long de son dos parce que je ne pouvais pas m'empêcher de la toucher, sentant la tension vibrer en elle. Pendant un instant, je la sentis se détendre légèrement avant de se contracter à nouveau.

On paya puis on marcha jusqu'à ma voiture. Elle resta silencieuse tout du long. Quand on arriva au niveau de ma voiture, elle me tendit silencieusement les courses alors que je les mettais dans le coffre. Je le fermai quand elle se retourna et partit pour remettre le caddie. Elle monta dans la voiture sans en mot quand elle revint.

Je ne savais pas du tout ce qu'il se passait, mais ça me stressait. Une fois que j'eus fermé ma porte et qu'on était dans l'espace privé de ma voiture, je la regardai et me tournai sur mon siège.

« Qu'est-ce qu'il se passe, Ella ? »

Elle croisa les bras à nouveau, les yeux fixés vers l'avant alors que ses doigts tripotaient le bord de son manteau, un vieux tic nerveux. Mon cœur se tordit sévèrement.

« Tu savais qu'il serait peut-être là, dit-elle enfin. Pourquoi tu n'as rien dit ? »

Je hurlai silencieusement. C'était exactement ce qui me faisait peur.

Elle se tourna enfin pour me faire face, une douleur contenue dans le regard.

« Tu ne pouvais pas simplement me le dire. Il a fallu que vous trouviez une excuse débile pour m'accompagner à Anchorage aujourd'hui. J'aurais voulu venir avec toi.

— Ella... »

Je commençai à tendre une main, et elle se recula dans son siège en secouant la tête.

Je passai ma main dans mes cheveux avec un soupir fatigué.

« Écoute, je comprends. Je ne voulais pas que tu t'inquiètes. Il t'a déjà fait beaucoup trop de mal. On avait peur que tu insistes pour venir ici seule. Je n'aimais pas l'idée, mais... »

Je m'arrêtai, rassemblant mes pensées. Même si j'aurais pu transférer une partie des responsabilités sur son père, je n'en avais pas envie. Je ne voulais pas qu'elle s'inquiète.

« Je suis désolé », dis-je enfin, puisqu'il n'y avait pas grand-chose d'autre à dire.

Elle déglutit, un son audible dans ce petit espace. Elle finit par acquiescer et regarda droit devant elle à nouveau.

« Allons-y, s'il te plaît.

— Ella... » commençai-je à dire, mais elle refusa de me regarder.

Quelque chose d'autre bouillait sous la surface, mais je ne savais pas quoi.

On rentra à la maison en silence. Quand j'arrivai devant chez ses parents, elle sauta presque de la voiture. Avant de fermer la porte, elle me regarda.

« Je pense qu'on devrait faire une pause. »

Une douleur me traversa, et un éclair de colère et de vieille douleur se réveilla en moi.

« Tu m'as déjà repoussé une fois, mais si tu veux le refaire, il n'y a rien que je puisse faire pour t'en empêcher. »

J'entendis son souffle siffler brutalement, mais dans cet instant, je m'en fichais complètement.

Chapitre Vingt-Quatre

CALEB

Quelques jours de plus passèrent, durant lesquels le harcèlement de Lance sembla enfin prendre fin. Entre tout ce que Rex avait rassemblé avec la permission d'Ella de plonger dans l'historique de ses e-mails et SMS, Lance se retrouvait avec plus de chefs d'accusation. En soi, ce n'était pas aussi dramatique que ce qu'on attendait. Du moins pour moi. En fin de compte, il faisait face à des charges ici en Alaska et en Oregon. Son avocat défendait qu'il devrait être ramené en Oregon pour être jugé, ce qui m'allait parfaitement bien.

Plus loin il serait d'Ella, au sens géographique, le mieux ce serait. Et pourtant, ma colère et frustration face à l'effet que ça avait sur Ella avaient du mal à s'évacuer dans ce processus lent et méthodologique. Pendant ce temps, Ella et moi parlions à peine.

Si j'avais été honnête avec moi-même, j'aurais admis que j'étais frustré par elle également. Je pensais que j'étais remis depuis longtemps de la douleur qu'elle m'avait causée en me quittant après l'accident. Et pourtant, la façon dont elle m'avait repoussé dans ce processus me frappait là où ça faisait mal. Parce que c'était exactement ce qu'elle avait fait la fois d'avant.

Je l'aimais. Mais ça brûlait qu'elle me repousse comme ça. Encore. Le fait qu'elle pense que laisser quelqu'un qui tient à vous essayer de vous aider soit la même chose que prendre le contrôle, eh bien, c'était nul.

En fermant mon casier à la caserne, je repoussai ces pensées. Alors que je me retournais pour quitter le vestiaire, Cade entra. Il s'arrêta à côté de la porte.

« Ça va entre toi et Ella ? » demanda-t-il sans même s'embêter à dire bonjour, mais là encore, Cade n'était pas du genre à perdre son temps.

Quand je haussai les épaules, il me regarda pendant un long moment puis secoua la tête.

« Ella peut être têtue, mais toi aussi.

— Et qu'est-ce que c'est censé vouloir dire ? »

Cade mit une main dans sa poche, plissant les yeux.

« Écoute, je comprends. Ça arrive, mais ne laisse pas ta fierté te retenir. J'ai fait ça et je donnerais n'importe quoi pour récupérer ces sept ans avec Amelia. »

Je le regardai pendant un long moment, essayant d'évacuer la tension qui montait en moi.

« Ouais, bah c'est pas aussi simple. En plus, Ella est celle qui m'a largué, à l'époque et maintenant. Pas l'inverse. »

Cade leva les yeux au ciel.

« Je sais que tu es un peu plus jeune que moi, mais j'imagine que tu as raté les potins de l'époque. Amelia m'a largué aussi. Elle avait ses raisons. Tout comme moi j'avais mes raisons d'être parti, mais j'aurais pu me battre bien plus tôt. Si Ella compte autant pour toi que ce que tu dis, alors bats-toi. »

Il ne me laissa pas la chance de répondre et se retourna simplement pour partir. Ça m'énervait.

« Ah bah merci ! » lui lançai-je.

Il s'arrêta à la porte, se retournant et me lançant un regard noir, ses yeux verts ressemblaient tellement à ceux d'Ella.

« Elle t'aime, tu sais. Trouve une solution. »

Cette fois, il partit vraiment, et je me tus.

À ce moment-là, Ward Taylor, le surintendant de mon équipe, sortit du coin du vestiaire et se dirigea vers les casiers. Ses yeux passèrent de Cade qui battait en retraite et revinrent sur moi. Il était évident qu'il avait entendu la plupart de cette conversation, au moins les dernières phrases.

J'aimais bien Ward et je le respectais, mais je n'avais aucune intention de me lancer dans une discussion sur la relation, ou absence de relation, avec lui. Je réussis à lui lancer un petit sourire puis me retournai pour fermer mon casier. J'étais soulagé quand j'entendis le son de son casier s'ouvrir puis se refermer. Je me tournai pour partir, me disant que le moment était passé.

Pas de bol. Ward se tenait là, s'appuyant sur les casiers, ses yeux posés sur moi. Ward était un dur à cuire et un super surintendant. Il avait tendance à être silencieux et pouvait être intimidant quand on ne le connaissait pas. Il avait un gros point faible en sa femme, Susannah. Tout ce qu'elle avait à faire était d'entrer dans une pièce, et il fondait quasiment. Ces derniers temps, à moins qu'on soit sur le terrain à gérer un feu, il était tendu et s'inquiétait de si elle allait accoucher à la seconde. Ça allait arriver d'un jour à l'autre, et elle avait dépassé la date prévue.

Ça voulait dire que Ward était bougon, mais on

faisait tous avec parce qu'il était évident qu'il s'inquiétait. C'était un homme qui aimait bien contrôler ce qu'il se passait et ça le rendait presque fou de ne pas pouvoir contrôler quoi que ce soit dans ce cas.

Son regard gris attrapa le mien et il leva un sourcil.

« Besoin de conseils ? »

Je retins un soupir et haussai les épaules.

« Pas vraiment.

— C'est pas mes affaires, mais je dirais juste une chose. Si elle compte pour toi, ne la laisse pas partir. »

———

Le lendemain, Ward était en congé parce que Susannah avait enfin commencé le travail. Pendant ce temps, en tant que premier chef d'équipe de notre équipe, j'étais aux commandes quand on fut appelés sur un gros feu dans un hôtel de chasse. En Alaska, il y avait des hôtels et des chalets de chasse partout, donc ce n'était rien d'inhabituel. Cet hôtel servait de réserve de chasse et de pêche plutôt haut de gamme.

Même si l'hiver approchait, il y avait encore des clients à l'hôtel. L'hôtel était à quinze minutes de vol de Willow Brook mais complètement hors-route, donc on s'équipa et on y alla. Mes pensées d'Ella disparurent dans la chaleur des flammes. Notre équipe et celle de Levi répondirent à l'appel.

Alors qu'on volait au-dessus, on pouvait voir les flammes dans le ciel. L'hôtel était entouré par rien d'autre que de la forêt et de la vie sauvage, incluant quelques sections d'épicéas délabrés qui survivaient encore après que le scolyte eut ravagé les forêts. En pensant qu'on entrait dans l'hiver, je n'étais pas aussi inquiet que si nous avions été en plein printemps ou été. Il allait pleuvoir dans quelques jours. Si on pouvait réussir à contrôler ce feu et à mettre tous les clients de l'hôtel en sécurité, ce serait une victoire. Fred Banks, le pilote qui nous avait emmenés en hélicoptère, nous salua de la main et dit qu'il reviendrait quand on l'appellerait sur la radio.

Mon frère Nate avait appelé pendant que nous étions en route pour dire qu'il arriverait bientôt avec de l'eau. Nate, comme beaucoup de pilotes de petits avions en Alaska, avait un permis pour piloter des avions et des hélicoptères et aidait souvent nos équipes avec des lâchés d'eau pendant les feux. Même si ce feu-ci n'était pas particulièrement isolé, isolé pour l'Alaska, ils n'avaient pas de source d'eau locale à part un puits et une rivière non loin.

Je parlai avec Levi une fois qu'on était sur place. On organisa rapidement un plan puis on se déploya. La priorité était de sortir les clients de l'hôtel. L'hôtel avait un couloir central et deux ailes sur les côtés. Les clients étaient coincés à l'étage, de chaque côté des ailes.

L'équipe de Levi s'occupa d'une des ailes alors que la mienne s'occupait de l'autre. Même si le lieu était au milieu de la nature, c'était un hôtel de luxe avec de grandes suites et des salles à manger et autre. Il était aussi pensé pour que les gens restent longtemps. Cet hôtel était ouvert toute l'année pour les chasseurs, pêcheurs, randonneurs et autres qui venaient pendant le printemps, l'été et l'automne alors que les skieurs venaient l'hiver.

Quelques clients et les propriétaires avaient réagi rapidement et avaient fait ce qu'ils pouvaient pour isoler le feu qui avait démarré dans les cuisines. Mais sur trois étages et un hôtel quasiment plein, tout le monde n'était pas sorti. Alors que les flammes montaient haut dans le ciel et brûlaient la structure en bois, il fallait qu'on agisse vite. Je regardai Jesse, qui partageait les responsabilités de chef d'équipe avec moi.

« Je vais monter. Vous sortez les échelles ? »

Jesse acquiesça. On était dans une situation inhabituelle. Dans la plupart des feux en nature, nous étions assez limités dans notre équipement. Mais l'hôtel avait des échelles assez hautes pour atteindre les fenêtres dans un des bâtiments de réserve, donc nous avions des options.

Je regardai l'équipe.

« Thad, Donovan, vous montez avec moi ? » demandai-je.

Ils acquiescèrent. Je connaissais la réponse sans demander, mais par habitude, je demandais.

Jesse et le reste de l'équipe se dépêchèrent d'aller chercher les échelles. En enfilant mon masque à oxygène et mon casque, suivi par Thad et Donovan, on entra au rez-de-chaussée. La fumée était épaisse. On pouvait entendre le son du feu tout autour de nous, partir du centre de la structure. Il y avait une chose de notre côté, mais qui jouait aussi contre nous, la structure était en bois épais. Le bois alimentait le feu, mais brûlait plus lentement que des matériaux plus légers. Mais si ça devenait trop chaud, on aurait des problèmes.

On monta les marches. D'après le propriétaire, il y avait deux groupes de clients au troisième étage. En regardant par les fenêtres une fois qu'on était arrivés au troisième étage, on pouvait déjà voir les échelles. Je n'avais même pas besoin de dire à Thad et Donovan quoi faire. Ils commencèrent immédiatement à vérifier chaque pièce de l'étage. Après qu'on se fut séparés, je trouvai un couple âgé qui souffraient tous les deux en respirant de la fumée. Je n'étais pas certain qu'ils supporteraient l'échelle.

Thad et Donovan avaient travaillé rapidement, séparant ceux qui pouvaient descendre à l'échelle en toute sécurité et ceux qui devraient être portés. Ils commencèrent à aider les clients à sortir par les fenêtres sur les deux échelles. Pendant ce temps, je devais faire quelque chose que je détestais : choisir qui devait sortir le plus vite. L'homme et la femme du couple étaient tous les deux fragiles et toussaient beaucoup. Honnêtement, je ne savais pas ce qu'ils faisaient dans un hôtel perdu au milieu de l'Alaska.

Quand je les regardai, l'homme attrapa mon regard.

« S'il vous plaît, occupez-vous d'abord d'elle. S'il le faut, je peux prendre l'échelle », dit-il entre deux toux.

Je lui tendis mon masque à oxygène et lui donnai quelques bouffées d'air frais puis le remis en place.

Avec un autre regard vers Thad et Donovan, je comptais que sept autres personnes devraient être escortées jusqu'en bas. Pas de temps à perdre. Je pris la femme dans mes bras et la transportai rapidement jusqu'à dehors. Elle était petite, fragile et facile à porter. La fumée devenait de plus en plus épaisse, et je pouvais entendre le feu accélérer au centre de la structure. Je me demandai pendant un instant comment ça allait de l'autre côté de l'hôtel, mais je restai concentré, descendant rapidement les escaliers pour arriver dehors.

Après avoir transmis cette femme à l'équipe médicale, je courus immédiatement vers le troisième étage. Il faisait incroyablement chaud, la chaleur pénétrant l'équipement lourd, et je savais que je n'avais plus beaucoup de temps. En arrivant au sommet à nouveau, je vis Thad et Donovan aider les deux derniers clients à passer la fenêtre. Soulagé, je m'approchai de l'homme qui attendait là où je l'avais laissé. Je lui donnai quelques bouffées d'oxygène de plus avant de remettre mon respirateur. Il insista sur le fait qu'il voulait marcher, mais je secouai la tête. Je pouvais bouger plus vite en le soulevant.

On sortit en quelques minutes, Thad et Donovan juste derrière nous. Après avoir amené l'homme jusqu'à l'équipe médicale, je retrouvai Levi juste devant le centre de la structure. Leur timing était similaire au nôtre. D'après les propriétaires, tout le monde était sorti. Un chien brun gambadait sur le terrain. Il s'arrêta à côté de Levi et moi, léchant ma main alors que je retirais mes gants.

« On a besoin d'eau pour ce feu », marmonnai-je une fois que j'eus retiré mon respirateur.

Levi hocha la tête.

« D'une minute à l'autre, ça devrait arriver », dit-il.

Comme s'il avait été conjuré, on entendit le son distinct d'un hélicoptère au loin. Je me demandais si c'était Nate. Je n'avais bien sûr aucun moyen de savoir d'ici, mais je pourrais vérifier à la radio bientôt. Pendant ce temps, Levi et moi nous remîmes au travail, pour aller créer des pare-feu dans la zone autour de l'hôtel pour espérer contenir le feu sur la structure seule. L'obscurité approchait, donc il fallait que tout ça soit fait le plus rapidement possible.

La nuit dernière, je m'étais assis au sol contre un arbre, à boire une bouteille d'eau. En penchant la tête sur le côté, je regardai Levi.

« On n'a pas de nouvelles de Susannah et du bébé pour l'instant j'imagine. »

Levi me lança un sourire fatigué et haussa les

épaules. Son visage était couvert de sueur et de suie juste comme le mien. Ça avait été un long après-midi et une longue fin de journée. Le feu était sous contrôle mais la structure fumait encore. Entre nos deux équipes et les clients de l'hôtel, il y avait beaucoup trop de gens à ramener à la ville. En l'état, il semblait que certains d'entre nous allaient devoir passer la nuit ici donc j'avais prévu de me porter volontaire. Pour la première fois depuis des heures, Ella dansait au bord de mes pensées.

Comme s'il avait lu dans mes pensées, Levi commenta :

« Je vais devoir appeler Lucy. Je me dis que je vais me porter volontaire pour passer la nuit là. T'es avec moi ? demanda-t-il.

— Je me disais la même chose. Il fait presque nuit. Voyons avec Jesse pour voir s'il a des nouvelles de Fred et Nate. Je ne sais même pas s'ils peuvent faire un aller-retour de plus ce soir. »

Levi hocha la tête, prenant sa tête dans ses mains.

« Jesse ! »

Jesse Franklin se tourna là où il se tenait avec quelques autres gars. Il s'approcha et s'arrêta devant nous.

« Qu'est-ce qu'il se passe ?

— Tu as entendu à la radio s'ils peuvent faire un dernier aller-retour ce soir ou pas ? demandai-je.

— C'est un non. Ils viennent d'appeler pour dire qu'il fait trop noir. C'était ce que je me disais aussi de toute façon. On a notre équipement, on est partis pour une nuit. Il y a encore de l'eau courante dans ce bâtiment, dit-il en pointant du doigt une réserve.

— Nan, c'est vrai ? » dit Levi.

Jesse rit.

« Ouais, mec. C'est la cabine de nettoyage pour les

clients quand ils rentrent de la chasse. Pas d'eau chaude mais on prend ce qu'on peut. »

On s'installa pour la nuit avec les gars. Je m'endormis plus tard avec Ella qui passait dans mes pensées, en boucle dans mon esprit. Elle me manquait. Tellement.

Chapitre Vingt-Cinq

ELLA

Une semaine entière s'était presque écoulée. Entretemps, Lance avait été arrêté et avait reçu ses chefs d'accusation. D'après mon père, il serait renvoyé en Oregon bientôt pour le jugement. Depuis, je n'avais pas parlé à Caleb ou à grand monde à part mes parents. Un soir, Amelia m'avait presque forcée à aller à la soirée filles, cette fois accueillie par Lucy dans la maison qu'elle partageait avec Levi. Avec l'accord enthousiaste des autres, Holly venait avec moi. D'ailleurs, c'est elle qui conduisait. Je n'étais pas vraiment d'humeur, mais je savais que si je continuais à éviter tout le monde il y aurait trop de questions.

Voir Lance à Anchorage m'avait ramenée en arrière et m'avait rappelé pourquoi je ne pouvais pas espérer que les choses fonctionnent avec Caleb. C'était trop demander à l'univers. Même s'il semblait que Lance serait enfin condamné, ce qui était encore largement au conditionnel, ça ne changeait pas les enjeux émotionnels pour moi. Le voir avait été un rappel violent de pourquoi je ne pourrais jamais trouver quelque chose de bien et stable avec Caleb. L'espérer était en demander trop.

J'essayais de faire bonne figure et réussissais à convaincre tout le monde pour l'instant. Avec la naissance du bébé de Susannah plus tôt dans la journée, tout le monde était distrait. On était installées à la table de la cuisine quand on vit un hamster blanc et brun passer à toute vitesse dans la pièce. En regardant Lucy, je haussai les sourcils.

« Tu as souvent un hamster en liberté dans la maison ? »

Elle sourit et hocha la tête.

« Oh oui. C'est le hamster de Levi, avec un nom très original : Ham. Il est là depuis plus longtemps que moi. Il fait plus ou moins ce qu'il veut, et Levi le nourrit à la main. C'est plutôt adorable. »

J'essayai d'imaginer Levi en train de nourrir un hamster à la main. Cette image était plutôt absurde, Levi avec son air de pompier bourru et son petit hamster blanc et brun. Lucy attrapa Ham et le souleva du sol pour me le tendre. Ham me regarda, ses petits yeux marron tout écarquillés. Je passai mes doigts le long de son dos et le regardai se balader sur la table, reniflant les cartes.

Maisie était en retard, alors on joua une main avant qu'elle arrive. Amelia, Lucy et Maisie étaient toutes passées voir Susannah à l'hôpital plus tôt dans la journée. Elle y passait la nuit et rentrerait chez elle demain.

Avec toutes ces discussions sur le bébé, je n'appris que durant notre deuxième main que Caleb et son équipe étaient partis s'occuper d'un feu avec l'équipe de Levi. J'essayais de ne pas me laisser embêter par cette information. En pensant au fait que j'étais avec trois femmes mariées à des pompiers forestiers, je n'avais pas l'impression d'avoir le droit de m'effondrer devant elles. Pourtant, mon cœur se serra et la culpabilité me poignarda. Je l'avais quitté. Encore. Ma peur pour lui perça l'apathie dans laquelle je m'enveloppais, comme une couverture.

L'arrivée de Maisie me changea les idées. Elle regarda Lucy gagner encore une main en triomphe. Lucy regarda Maisie.

« Tu vois », dit-elle pleine de joie.

Maisie hausse les sourcils.

« Voir quoi ? Je sais déjà que tu peux gagner quand je ne joue pas. »

Amelia rit.

« Ouais, on sait toutes ça, Lucy. »

Lucy soupira en exagérant puis mélangea les cartes, faisant signe à Maisie de nous rejoindre à la table. Holly fit le tour de la table avec ses yeux.

« Je vois que c'est du sérieux », observa-t-elle.

Je lui donnai un petit coup de coude, me forçant toujours à ne pas m'inquiéter pour Caleb.

« À qui le dis-tu. Elles ne déconnent pas. »

Lucy distribua les cartes.

« C'est juste un truc qui nous amuse. Et en plus, vous êtes de la chair fraîche. »

Holly ne perdit pas le rythme.

« S'il y a bien quelque chose que je ne suis pas, c'est fraîche. Je suis à Willow Brook depuis toujours, je connais les secrets de tout le monde, dit-elle avec un sourire narquois.

— Tellement vrai, offris-je avec un petit sourire. Des nouvelles du bébé ? demandai-je, en regardant Maisie.

— Il est adorable, bien sûr. Susannah a perdu pas mal de sang, c'est pour ça qu'ils la gardent pour la nuit, répondit Maisie.

« — Ça va aller ? demanda Holly en même temps que moi.

— Ouais, je ne sais pas exactement ce qu'il s'est passé. Ward était dans tous ses états dans la salle d'attente. Il s'est calmé quand ils l'ont laissé retourner la voir. L'infirmière est venue nous dire qu'elle allait bien, je me suis dit que c'était un bon moment pour les laisser. »

Lucy regarda Holly.

« Tu es infirmière, qu'est-ce qui cause quelque chose comme ça ? »

Holly pencha la tête sur le côté.

« Je préfère ne pas faire de suppositions. S'ils ont dit qu'elle irait bien, elle ira bien. Je suis certaine qu'elle est fatiguée dans tous les cas. »

Amelia donna un petit coup de coude à Lucy.

« Ça va aller, et c'est ton tour. »

Lucy regarda ses cartes avant d'en poser deux sur la table. Maisie regarda Amelia.

« C'est ton tour après.

— Mon tour de quoi ? répondit Amelia.

— D'avoir un bébé », dit Maisie avec un clin d'œil.

Amelia soupira.

« Je n'arrive toujours pas à décider. »

Maisie leva les yeux au ciel.

« Eh bah, n'attends pas trop longtemps. Cette deuxième grossesse me fatigue tellement, dit-elle en caressant son ventre. Je me suis dit que ce serait plus facile parce que je l'avais déjà fait, mais pas de bol. »

Le téléphone de Lucy vibra et elle posa quelques cartes sur la table avant de regarder l'écran. L'expression joueuse sur son visage disparut rapidement, et elle répondit.

« Hey, qu'est-ce qu'il se passe ? »

Elle hocha la tête, ses yeux se tournant vers moi.

« Ouais, hm, ouais. D'accord. Je t'aime. »

Elle tapota sur l'écran pour mettre fin à l'appel et me regarda.

« Caleb et Levi vont passer la nuit sur le terrain avec quelques-uns des gars. »

Ses yeux se posèrent ensuite sur Maisie.

« Je suis surprise que tu n'aies pas encore eu la nouvelle. »

Maisie haussa les épaules.

« Je ne suis pas de garde. Tu viens d'avoir la nouvelle. Ils ont fait des allers-retours tout l'après-midi. Ils sont combien à passer la nuit ? » demanda-t-elle.

J'essayai de ne pas être trop concentrée sur Lucy, mais mon cœur se serrait. Mon inquiétude passa au niveau suivant.

Lucy mélangea les cartes, d'un air plutôt pas inquiet.

« Levi n'a rien dit. Il a dit qu'il faisait trop noir pour qu'ils puissent rentrer. Mais du bon côté, il y a de l'eau courante dans l'un des bâtiments de réserve où ils nettoient le poisson et des trucs du genre.

— Des trucs ? demanda Maisie.

— Bah, c'est un hôtel de chasse et pêche, donc j'imagine que les trucs c'est des carcasses », répondit Lucy de façon très factuelle en regardant ses cartes.

Maisie leva les yeux au ciel.

« Bon sang, t'es pas obligée de le dire comme ça.

— Bah comment tu veux que j'appelle des animaux morts ? » contra Lucy.

Holly gloussa. Il n'y avait qu'en Alaska qu'on parlait d'animaux morts et de poissons en jouant aux cartes.

« Tout le monde va bien ? » demandai-je, incapable de me retenir plus longtemps, mes intestins en boule.

Les yeux de Lucy atterrirent sur les miens. Pendant un instant, je pensai qu'elle allait se moquer de moi, mais elle changea d'avis.

« Bien sûr. Tout le monde va bien. On aurait su plus tôt sinon. Tu as eu des nouvelles de Caleb ? »

Je grognai silencieusement alors que beaucoup trop de paires d'yeux curieux se posaient sur moi. Je n'avais pas vraiment parlé à qui que ce soit du fait que j'avais dit à Caleb que j'avais besoin d'une pause. Mais à ce moment, je remis tout en question. Ce sentiment bien trop familier que je ne méritais pas une chance d'être heureuse entrait en collision avec ma soudaine culpabilité d'avoir repoussé Caleb. Encore.

La seule personne qui savait quoi que ce soit était Amelia. Elle avait essayé de m'en parler l'autre jour, et je l'avais envoyée balader. J'avais beaucoup de choses qui me trottaient en tête et je n'avais pas l'énergie d'écouter un discours d'encouragement. Parler à la police locale et celle en Oregon après l'arrestation de Lance m'avait demandé beaucoup d'énergie mentale.

J'étais plus que soulagée, mais ça avait été quelques jours très fatigants émotionnellement. Il fallait que je leur explique tout. Encore. En attendant, à moins que Lance n'avoue quoi que ce soit, ils me préparaient au fait que je devrais témoigner. J'allais peut-être devoir aller en Oregon pour ça. Je ferais face à ce problème quand il se présenterait, ou du moins c'était ce que je me disais à chaque fois que j'y pensais.

Le regard d'Amelia se posa sur moi. Bien que j'aurais préféré qu'elle ne dise rien, elle en avait décidé autrement.

« Tu n'as pas de nouvelles de Caleb, hein ? » demanda-t-elle, droit dans le mille.

Je pris une gorgée de vin et lui lançai un regard,

retenant une réplique acerbe. Avec un soupir, je répondis :

« Non, pas de nouvelles. »

Holly me jeta un coup d'œil en plissant les yeux.

« Comment ça se fait ? »

Bon, foutu pour foutu. J'allais devoir prendre sur moi et être honnête.

« Je, euh, je lui ai dit qu'on devrait faire une pause. »

Holly soupira de façon dramatique.

« C'est pas possible, bordel. »

L'émotion forma une boule dans ma gorge. Je déglutis, me forçant à me reprendre.

« Il faut que tu passes à autre chose. Ne laisse pas le passé se mettre en travers de ça. Pas une fois de plus », dit Holly sèchement.

Amelia ajouta son grain de sel.

« D'accord, je ne sais pas de quoi elle parle, mais Caleb est amoureux de toi, c'est évident. Cade dit qu'il est dans tous ses états depuis quelques jours. Tu as l'air triste aussi, donc c'est quoi le problème ? »

Je ne savais pas comment l'expliquer moi-même. Ne serait-ce que parce que ma soudaine inquiétude pour Caleb rendait tout le reste ridicule.

Lucy sembla changer d'avis sur sa première décision de ne pas s'en mêler, ses yeux attrapant les miens.

« Sérieusement, ce gars t'adore. »

Je jouais avec les cartes dans ma main, regardant Lucy et mâchant le coin de ma lèvre inférieure.

« Ce n'est pas aussi simple que ça, dis-je enfin. Je sais que Caleb... »

Mes mots s'échappèrent. Parce que ce que j'étais sur le point de dire était que je savais que Caleb m'aimait. Je n'en avais aucun doute. Pas un seul moment de doute. Je repensai à la première fois où j'avais quitté Caleb. Je traversais les débris du choc de l'accident et la confusion que je m'étais créée en repoussant Caleb au moment où j'avais tellement besoin de lui.

Et ces semaines après que j'eus pu quitter l'hôpital, j'étais restée chez mes parents alors que ma mère me tournait autour. Et j'étais encore en convalescence. Je boitais partout avec mes béquilles pendant un temps à cause des blessures à la jambe que j'avais subies. J'avais commencé à avoir peur des regards de mes camarades, un mélange de confusion et de pitié avec une grosse pincée de bordel-heureusement-que-je-ne-suis-pas-elle.

Holly gérait son propre deuil, ses peurs à mon propos et tout le reste étaient emmêlés. On avait réussi à sauver notre amitié, mais ça n'avait pas été facile. Quand j'avais guéri et eu l'occasion de prendre mon envol et de quitter la maison, je l'avais fait pour me venger, m'accrochant à l'espoir que je pouvais échapper au deuil et la culpabilité qui m'avaient capturée.

Je m'étais dit que je pouvais me sortir de la douleur et accepter que je ne pouvais pas compenser la mort de Jake. Toutes ces pensées tournaient dans mon esprit alors que je regardais les femmes autour de la table. Pourtant, je trouvai quatre femmes toutes aussi têtues, indépendantes et fortes face à moi. Après un long silence, Holly le brisa.

« Tu sais, t'es têtue comme une mule. Ne laisse pas ta culpabilité t'éloigner de Caleb une fois de plus.

— Je ne suis pas têtue. Pas cette fois », marmonnai-je, mon envie de me défendre montant rapidement en moi.

Holly soutint mon regard, avec ses yeux puissants.

« Si. »

Je m'effondrai presque en larmes, mais je tins le coup. La tension autour de mon cœur se soulagea légèrement, et je ne savais pas pourquoi. Après un instant, Holly détourna le regard et posa une carte sur la table, me donnant un coup de coude.

« Ton tour. »

Son commentaire signifiait la fin de cette conversation où tout le monde partageait ses opinions sur moi et Caleb, ce qui était un soulagement. Je réussis à me détendre, ne serait-ce que parce qu'elles laissaient tomber le sujet et que la conversation reprit son cours. Maisie appela l'hôpital pour prendre des nouvelles de Susannah et du bébé. Avec des bonnes nouvelles, on porta un toast à sa santé et on termina la partie.

Alors que Holly me ramenait chez mes parents, on approchait de la route qui menait à la maison de Caleb. Je me demandai soudainement si je devais aller vérifier que Creamsicle allait bien. Je la regardai.

« Eh ? »

Les yeux sur la route, elle ralentit.

« Quoi ?

— Je vais appeler Caleb pour voir s'il veut que j'aille voir son chat. »

Un sourire se forma au coin de la bouche de Holly.

« Ah, vraiment ? »

Elle savait où Caleb vivait. Willow Brook était une petite ville, et la plupart des locaux savaient où tout le monde vivait. Elle tourna vers sa rue, en commentant :

« Vas-y, appelle-le. »

En sortant mon téléphone, ou plutôt son téléphone, je l'appelai. Je ne savais pas s'il allait répondre ou s'il avait du réseau, mais vu que Levi avait pu contacter Lucy, j'avais bon espoir. Il décrocha à la seconde sonnerie.

« Hey », dit-il, d'une voix plus bourrue que d'habitude.

Mon cœur s'écrasa contre mes côtes.

« Ça va ? demandai-je. J'ai appris par Lucy que tu passais la nuit sur le terrain, mais ta voix est bizarre.

— Juste une longue journée, et beaucoup de fumée plus tôt », répondit-il.

Mon cœur se serra et je fus soudainement anxieuse, me disant que c'était peut-être bête de demander s'il avait besoin que j'aille voir son chat. Mais j'étais déjà au téléphone, donc je continuai.

« Je me suis dit que j'allais t'appeler pour savoir si tu voulais que j'aille voir Creamsicle. »

Il ne répondit pas tout de suite donc je continuai à parler.

« Je veux dire, si c'est ok. Je peux même passer la nuit et lui tenir compagnie. »

Caleb resta silencieux encore un instant puis son rire doux traversa la ligne.

« Je suis sûr qu'il adorerait ça, et bien sûr tu peux y passer la nuit. Je rentre demain normalement, proba-blement vers midi, selon le rapport météo.

— D'accord. »

Je m'arrêtai, l'émotion s'épaississant dans mes mots.

« Tu dors au chaud ?

— Tu t'inquiètes pour moi ? » répliqua-t-il.

J'entendais le sourire dans sa voix.

« Peut-être. Holly me dépose chez toi.

— Bon à savoir. Si tu as besoin de ma voiture, les clés sont dans le tiroir à côté de la porte.

— Ta voiture est là ?

— Ouais. Donovan est venu me chercher ce matin. Il habite juste en bas de ma rue. »

Je voulais dire plus de choses, mais nous avions un public curieux composé de Holly uniquement, donc je restai simple.

« Bonne nuit. Appelle-moi demain matin, d'accord ?

— Bonne nuit. »

Il y eut une longue pause alors que je serrais le téléphone dans ma main.

« Tu me manques, Ella. »

Je fondis presque en larmes.

« Tu me manques aussi », répondis-je, les mots m'échappant simplement.

Je cliquai sur l'écran pour mettre fin à l'appel et pris une grande inspiration.

« Ne dis rien, ordonnai-je en regardant Holly du coin de l'œil.

— Ouais, d'accord. »

En secouant la tête, Holly se gara devant la maison de Caleb.

« Tu veux que je reste avec toi ? On peut se faire une soirée pyjama. »

Me tournant vers elle sur mon siège, je souris.

« Ça me va, mais laisse-moi juste rappeler Caleb. Je veux dire, c'est sa maison. »

Holly rit alors que je rappelais Caleb rapidement. Il avait l'air perdu quand il répondit.

« Ouais ?

— Est-ce que Holly peut rester avec moi ?

— Tu n'avais pas besoin de demander, mais bien sûr, répondit-il avec un petit rire. C'est tout ?

— Ouais. Rappelle-moi demain maintenant quand tu penses que tu es sur le chemin du retour. »

Mes joues étaient rouges quand je mis fin à l'appel.

« D'accord, soirée pyjama », annonçai-je, une joie enfantine bouillant en moi.

On était des adultes bien loin de l'enfance où on faisait des soirées pyjama tout le temps, mais c'était encore une chose qui me donnait vraiment l'impression d'être rentrée à la maison.

Holly me suivit dans la maison de Caleb, en faisant le tour de la pièce avec ses yeux quand on entra.

« Woah, c'est une belle maison, commenta-t-elle. Je me souviens de quand ils étaient en plein chantier parce que Nate n'arrêtait pas de raconter à Alex l'installation des trucs solaires.

— Viens, je vais te faire visiter », dis-je en lui faisant signe de me suivre.

J'étais un peu pompette après le vin, et me sentis rougir de l'intérieur et de l'extérieur après mon petit appel avec Caleb. Une soudaine vague d'envie me frappa alors qu'on montait les marches de son escalier en colimaçon. Il m'avait manqué ces dernières nuits. Je soupirai à l'intérieur. Holly avait raison. Je pouvais être têtue.

Après avoir montré l'étage à Holly et qu'on était redescendues, il y eut un miaulement depuis le porche avant. Dès que j'ouvris la porte de la cuisine, Creamsicle se précipita. Il fit le tour de mes chevilles avant de courir vers son bol d'eau et de nourriture. Pendant ce temps, je fouillai dans les placards pour voir s'il y avait du vin ou des bières.

Holly s'installa avec moi devant la télévision. On finit une bouteille de vin et Creamsicle s'installa entre nous sur le canapé pour qu'on le caresse, en ronronnant comme un moteur.

Chapitre Vingt-Six

ELLA

Le lendemain matin, alors que Holly et moi prenions un café, mon téléphone sonna. Je répondis immédiatement quand je vis que c'était Caleb.

« Salut, tu sais à quelle heure tu rentres ? Je me disais que je pouvais passer te chercher. »

Au lieu de la voix de Caleb, c'est la voix de Levi Phillips qui m'accueillit.

« Salut Ella, c'est Levi. Petit retard.

— Caleb va bien ? demandai-je rapidement, mon cœur battant fort alors que l'anxiété s'emparait de moi.

— Oh, il va bien, à part qu'il s'est cassé la jambe, répondit Levi en toute nonchalance. J'ai été désigné pour t'appeler et te mettre au courant. »

Une panique serra ma poitrine.

« Pourquoi est-ce que tu es aussi calme ? Qu'est-ce qu'il s'est passé ? Tu es sûr qu'il va bien ? »

Mes questions s'échappèrent, l'une après l'autre, sans même un temps d'arrêt entre chaque.

Levi gloussa.

« Je suis calme parce qu'il n'y a aucune raison de

paniquer. Je ne suis pas content qu'il se soit cassé la jambe, mais il va bien. Je te le promets. Tiens. »

Il y eut un son de frottement, le bruit de pas, puis un autre son de frottement avant que la voix de Caleb arrive sur la ligne.

« Je te promets que je vais bien, dit-il, d'un ton un peu endolori.

— Qu'est-ce qu'il s'est passé ? »

Sa frustration filtra à travers la ligne téléphonique avec un soupir.

« Un truc débile. Le feu était quasiment éteint, et on vérifiait le bâtiment. Une poutre est tombée sur ma jambe. J'aurais dû attendre un peu plus longtemps, mais c'est comme ça. Dès que l'hélicoptère arrive, ils vont m'emmener directement à l'hôpital quand on arrivera à la caserne. J'essaie de convaincre Levi que c'est pas nécessaire d'aller à l'hôpital, mais il me fait chier pour l'instant. »

Intellectuellement, je savais que ce n'était pas une blessure majeure. Il s'était cassé la jambe, rien de plus. Mais la panique prit le contrôle de moi, frappant mes pensées comme du métal.

Je n'avais pas réalisé que je pleurais avant de renifler. La voix de Caleb s'adoucit.

« Écoute, ça va. C'est chiant, mais je vais bien. C'est rien de grave. »

J'eus un hoquet. Holly était allée aux toilettes quand le téléphone avait sonné et revint à ce moment-là, son regard inquiet m'étudiant. J'écartai le téléphone de ma bouche pour expliquer.

« Une poutre est tombée sur Caleb et il s'est cassé la jambe. »

Ses yeux s'écarquillèrent puis elle passa en mode pragmatique.

« Bon, il faut que j'y aille parce que ma garde

commence bientôt. Dis-lui que je le verrai à l'hôpital plus tard. Je t'appellerai dès qu'il arrivera. »

Caleb entendit sans doute ce qu'elle disait parce qu'il répondit.

« Dis-lui qu'on fait comme ça.

— Je te retrouverai là-bas, dis-je rapidement. Une idée de quand ils bougeront ?

— Pas encore. Le brouillard est épais ce matin. Dès que ça se dégage, on sera en chemin. »

J'entendis plusieurs voix dans le fond et Caleb leur répondit avant de me parler à nouveau.

« Bébé, il faut que j'y aille.

— D'accord, je te rejoindrai quand tu arriveras. »

Je restai accrochée au téléphone jusqu'à ce que la ligne soit silencieuse dans mon oreille. Puis je le posai sur le comptoir et fondis en larmes immédiatement. Holly enfilait son manteau et revint près du comptoir à côté de moi, posant son coude sur la surface.

« Ça va ? » demanda-t-elle.

Je traînai ma manche sur mon visage et reniflai, hochant la tête en même temps.

« Je ne sais pas pourquoi je pleure. Je veux dire, il va bien. C'est juste sa jambe. Hein ? »

Holly frotta mon dos, ses yeux s'adoucissant.

« Oui, beaucoup de gens se cassent la jambe chaque jour. Je suis sûre qu'il ira bien dès qu'il aura un plâtre. Mais peut-être que tu devrais réfléchir à pourquoi tu t'effondres pour ça. »

Je lui jetai un regard noir et un autre hoquet suivit.

« Bien. Je te verrai au boulot plus tard. Parce que je viendrai à l'hôpital dès qu'il arrive. Tu promets de m'appeler ? »

Holly sourit.

« Bien sûr. Faut que je te dépose ?

— Non, Caleb a dit hier soir que je pouvais utiliser sa voiture. »

Holly haussa un sourcil, mais ne dit rien en se retournant.

« À plus tard », dit-elle en passant la porte.

———

Quelques heures plus tard, je me dépêchai d'aller à l'hôpital, ne m'arrêtant même pas à l'accueil. Malheureusement, quelqu'un m'arrêta alors que je me précipitais vers le couloir.

« Excusez-moi, madame. »

En regardant par-dessus mon épaule, je vis un jeune homme en tenue d'hôpital.

« Oui ? demandai-je, essayant sans succès de cacher l'impatience dans mon ton.

— Il faut que vous passiez à l'accueil avant d'aller par-là », expliqua-t-il.

Je retins un gros mot, alors que j'étais pressée et stressée. Ce n'était pas de sa faute s'il était sur mon chemin.

« Je viens voir Caleb Fox. Il sait que j'arrive. »

L'homme n'était pas convaincu.

« Il faut quand même que vous signiez le registre. »

Bon, foutu pour foutu. Avec un soupir, je me retournai et me dépêchai d'atteindre le bureau de réception. Après avoir donné mon nom et avoir signé, on me donna la permission d'y aller.

Une fois que j'atteignis la chambre où Holly m'avait dit que Caleb était, je ne frappai même pas et passai simplement la porte. Le docteur Lane, ou Charlie, se tenait à côté d'une salle d'examen et parlait à Caleb. Elle regarda derrière son épaule, avec un regard inquiet.

« Pardon… Oh, bonjour Ella. Qu'est-ce que vous faites là ? »

Pourquoi tout le monde me posait toutes ces questions au lieu de simplement savoir que j'avais tous les droits d'être ici ? Avec un autre soupir, j'ouvris la bouche pour expliquer mais Caleb fut plus rapide que moi.

« Elle est là pour me voir, doc, expliqua-t-il. Ça ne vous dérange pas si elle reste ? »

Ses yeux étaient sur les miens, et des papillons se baladaient dans mon ventre. Seul Caleb était capable de me faire un regard comme ça alors qu'il attendait qu'on lui plâtre une jambe cassée et avait l'air de souffrir.

Charlie nous regarda puis haussa les épaules.

« C'est vous qui décidez bien sûr. Je ne suis pas au courant des potins en ville. Vous êtes ensemble ?

— Oui. »

Dépassant les incertitudes passées en moi et fermant la porte derrière moi, j'avançai jusqu'à la table d'examen, la contournant pour me mettre en face de Charlie.

« Comment tu vas ? » demandai-je, enroulant ma main sur la barre sur le côté de la table.

Caleb avait une jambe posée sur la table et l'autre à moitié pendante sur le côté. Ses cheveux étaient ébouriffés et ses yeux étaient fatigués. Il sentait un peu la fumée et je voulais pleurer encore une fois. Je déglutis l'émotion qui s'épaississait dans ma gorge et essayai de respirer doucement.

« Ça va. Le doc va me mettre un plâtre et je pourrai y aller, expliqua-t-il, montrant son mollet droit. Je ne vais pas pouvoir conduire pendant un certain temps en revanche. »

Il attrapa une de mes mains, une poigne forte et chaude.

« Tu n'as pas besoin de t'inquiéter autant. Ce n'est pas grave. »

Charlie rit un peu et nous regarda.

« Ah, les pompiers. Quoi qu'il vous arrive, vous vous en remettez toujours. Ça va prendre un peu de temps cette fois en revanche. Ne le laissez pas conduire avant que je l'autorise, je suis sérieuse », dit-elle, son regard se tournant vers moi.

Je hochai la tête, avec beaucoup d'empathie.

« Bien sûr que non. »

Elle leva son dossier qui était sur le comptoir derrière elle.

« Je repasserai bientôt. »

Quand la porte se referma derrière elle, la pièce devint silencieuse. Je regardai simplement Caleb, absorbant cette vue : les traits propres et forts de son visage et ses cheveux couleur chocolat noir. Il était adossé contre les coussins. Il avait l'air fatigué mais détendu. Des larmes s'écrasaient sous mes paupières, pas de tristesse mais d'un mélange de joie, de confusion et de regret.

Pourquoi est-ce qu'une simple jambe cassée me permettait de dépasser toutes les complications dans mon cœur et mon esprit, je n'en avais aucune idée. Je l'aimais. La peur et l'anxiété que je portais depuis un an et quelque m'avaient éteinte à nouveau. L'horreur que Lance m'avait fait subir et la façon dont ça s'était terminé m'avait fatiguée.

Quand on est jeune et qu'un ami meurt, on finit par apprendre que ça laisse une cicatrice sur le cœur, mais que la plaie guérit et qu'on continue. Les cicatrices ne disparaissent pas, mais elles vous changent. Tout le temps que nous avions passé séparés m'avait fait oublier beaucoup de choses. Je ne pouvais pas changer le passé, mais je pouvais changer notre futur.

La main de Caleb s'enroula autour de la mienne et il la serra doucement.

« Ça va ? » demanda-t-il.

Je n'avais pas réalisé que je pleurais avant de sentir la traînée froide d'une larme sur ma joue suivie de grosses larmes qui émergeaient de l'émotion dans mon cœur.

« C'est quoi le problème avec les hôpitaux ? Je pleure dès que je suis pas loin », marmonnai-je en passant mon pouce sur ma joue.

Pour une certaine raison, ça me fit rire. Ça commença avec un rire normal mais ça ne s'arrêta pas. Quand je repris enfin ma respiration, Caleb souriait, à simplement me regarder et attendre.

« T'as fini, c'est bon ? » demanda-t-il quand je réussis enfin à prendre quelques respirations sans rire.

Avec un hoquet, je hochai la tête, attrapant un mouchoir sur la table derrière moi, pas encore prête à lâcher sa main.

« Ouais.

— Qu'est-ce que est aussi drôle ? »

Je me calmai rapidement, levant le doigt pour caresser ses sourcils.

« Je ne sais pas. Je t'aime. »

Il soutint mon regard pendant un long moment, avant de me rapprocher de lui rapidement. En passant son bras autour de ma taille, il se redressa et me rapprocha encore.

« Je t'aime aussi. Mais je crois que tu le savais déjà. »

J'arrivai à peine à hocher la tête avant que ses lèvres soient sur les miennes.

Le son de la porte qui s'ouvrit nous sépara rapidement. Charlie entra avec un infirmier et une aide-soignante. Ses yeux voyagèrent entre Caleb et moi, avec un sourire jouant sur ses lèvres. Elle ne dit rien. Puisque nous avions un public et qu'ils avaient du boulot, je m'écartai.

Chapitre Vingt-Sept

CALEB

Trois semaines plus tard, je jetai un coup d'œil vers mon téléphone posé sur la table basse à côté du canapé. En me penchant, je l'attrapai. Bon sang. Un coussin était tombé au sol dans mon effort pour attraper le téléphone. Creamsicle me regarda depuis son coin sur le bord de la fenêtre. À part les blessures mineures que j'avais subies dans l'accident de voiture au lycée et quelques autres petites blessures pendant mes premières années en tant que pompier, je n'avais jamais eu de blessures qui m'avaient immobilisé comme cette fois-ci. Je m'étais fracturé le tibia droit, ce qui était vraiment chiant. D'après le docteur Lane, ça prendrait six à huit semaines avant de pouvoir retourner au boulot.

Et je ne pouvais pas conduire non plus. En gros, je passais la plupart de mon temps allongé sur le canapé en espérant qu'Ella ou ma famille m'emmèneraient là où j'avais besoin d'aller. C'était extrêmement emmerdant. Aujourd'hui, Ella était à Anchorage, donc j'étais à la maison seul avec Creamsicle pour me tenir compagnie. Il me jugeait un peu pour l'absence totale d'activité dont je faisais preuve.

J'étais plus que pressé de me faire retirer ce plâtre. Ward avait proposé de me donner des tâches légères à faire, mais c'était de la numérisation de vieux documents et je n'en avais aucune envie. J'avais demandé si je pouvais simplement être en congé. Ward était complètement dans le brouillard avec son nouveau bébé, et il avait simplement acquiescé et autorisé le congé.

Après avoir rattrapé le coussin perdu sur le sol, j'ouvris mes messages et cliquai pour écrire un SMS à Ella.

Hey, quand est-ce que tu rentres ?

Dès que j'eus fini d'écrire, je regardai l'écran, attendant sa réponse. Après un moment, je jetai le téléphone sur le canapé avec un grognement. Je n'avais jamais attendu que quelqu'un me réponde de ma vie. Mais je m'ennuyais comme un rat mort.

Juste au moment où j'étais sur le point de me forcer à me mettre debout pour aller prendre une douche, mon téléphone vibra. L'attrapant, je vis une réponse d'Ella.

Tu t'ennuies ? :)

Je souris et écrivis ma réponse.

Je m'emmerde comme un rat mort. Je crois que la prochaine fois que tu vas à Anchorage, je devrais venir avec toi.

Mais tu passerais la journée à attendre. Je travaille et tu ne peux pas conduire.

Je regardai mon écran de téléphone. Elle avait complètement raison. Évidemment. Mais j'aurais donné beaucoup pour une autre soirée à Susitna Burgers & Brew avec elle. Une soirée où je pourrais garantir que Lance ne gâcherait rien en envoyant des photos après.

Il était en Oregon, libéré après avoir payé sa caution, en attendant le jugement, mais avec des ordres stricts et avec un bracelet électronique. Apparemment, il harcelait une autre femme de son ancien boulot depuis tout ce temps aussi. Quand ils avaient commencé à creuser, ils avaient rapidement trouvé une trace. Il avait assez de problèmes pour ne rien tenter.

Je tapai un autre SMS.

Peut-être que tu pourrais prendre des plats à emporter sur le chemin du retour/ Quelque chose du resto thaï qu'on adore, et on le réchauffera ici. S'il te plaît.

Bien sûr. Écris-moi ce que tu veux, et j'y passerai en rentrant. Je pars dans une heure.

Tu me manques.

Faut que j'y aille. J'ai cours. <3

Avec un autre soupir, je réussis à me lever, à attraper mes béquilles là où elles étaient posées contre le côté du canapé et sautillai jusqu'à la salle de bain. Mon lit me manquait. L'escalier en colimaçon, qui avait paru être une idée brillante quand on avait construit la maison, était une horreur en béquilles. Dieu merci, le canapé d'angle pouvait se déplier en lit. Mais ce n'était pas mon lit, et j'étais fatigué d'être coincé en bas.

J'avais besoin de prendre une douche avant qu'Ella rentre, et deux heures étaient largement assez pour faire ça. Le temps qu'elle prenne à manger et rentre, je serais prêt. J'étais déterminé à la faire craquer, alors qu'elle avait décidé de résister au sexe. Elle s'était convaincue que j'étais en sucre, et qu'on ne devrait pas coucher ensemble pendant que j'avais mon plâtre. Je disais merde à ça. Elle me manquait. Son corps nu me manquait, et être plongé en elle me manquait.

Comme promis, Ella arriva deux heures plus tard. Le temps entre notre petite conversation par texto et son arrivée avait été productif. J'avais pris un douche, j'avais fait quelques étirements que le docteur Lane avait recommandés pour éviter les courbatures, et j'avais même lavé le bol d'eau de Creamsicle et l'avais nourri.

Il n'était toujours pas particulièrement fier de moi, mais il était très difficile à impressionner. Ella entra par la porte de la cuisine, ses bras pleins de sacs de livres, de son sac d'ordinateur, de courses et de la nourriture thaï que j'avais demandée.

J'étais heureusement assis sur un tabouret au comptoir, à boire une bière et à feuilleter des magazines que mon frère avait déposés. Mon instinct était de lui demander si elle avait besoin d'aide parce que je supposai qu'elle avait plus de courses dans la voiture. Mais essayer de l'aider avec ma jambe lui compliquerait encore plus la vie que si je restais simplement en place.

Bon sang. Je détestais être inutile comme ça. Et comme ma bouche n'écoutait pas les instructions de mon cerveau, je lançai :

« Tu as besoin d'aide ? »

Dès que j'ouvris la bouche, ma bouche en arriva à la même conclusion que mon cerveau.

« Ah merde. Je ne suis pas vraiment utile. »

Ella s'arrêta à côté du canapé, posant son ordinateur et ses livres avant de revenir près du comptoir. Après avoir posé les sacs de course sur le comptoir, avec la nourriture à emporter, elle se plaça face à moi. Un sourire arqué au coin de sa bouche, mais je ne savais pas ce qu'elle cachait. Elle perdit la bataille quand un petit rire m'échappa.

« Qu'est-ce qu'il y a de drôle ?

— Tu es vraiment un mauvais malade. »

Avec un haussement d'épaules, j'attrapai sa main libre, la rapprochant de moi. Elle s'avança doucement entre la cage de mon plâtre et de mon autre jambe, qui était oblique contre la barre du tabouret.

Je dégageai une mèche de cheveux de ses yeux et la rapprochai encore un peu, savourant le sursaut de sa respiration quand elle se cogna contre mon torse. Bon sang. Je ne pensais pas pouvoir en avoir assez un jour, d'Ella. Là tout de suite, la voir avec ses longs cheveux bruns en cascade sur ses épaules, ses yeux vert mousse qui s'assombrissaient de désir, et la sensation de ses seins pleins contre mon torse. Le paradis.

« C'est vrai », murmurai-je en la rapprochant et en posant mes lèvres sur les siennes.

J'avais prévu que ce soit un baiser rapide, mais c'était comme si une flamme avait pris vie autour de nous. En un éclair, sa langue s'emmêlait avec la mienne, mon cœur battait fort contre mes côtes, et l'envie me fouettait.

Ella s'éloigna, bien plus tôt que ce que je voulais. Ses lèvres étaient gonflées et ses pupilles sombres et larges avec une respiration en cascade. Je pouvais sentir les pointes de ses tétons contre mon torse. J'en profitais pleinement, passant ma main le long de son dos pour attraper son cul, laissant mes doigts jouer avec elle juste le long de la pliure entre ses cuisses.

« Caleb, il faut que tu arrêtes, murmura-t-elle.

— Pourquoi ? Je me suis juste cassé la jambe. Je vais bien.

— Il faut que j'aille chercher le reste des courses,

murmura-t-elle, ses joues prenant une teinte rose alors que je la regardais.

— D'accord, va chercher les courses. »

Je la laissai partir, pas parce que j'en avais envie mais parce que je savais être stratégique quand j'en avais besoin. J'attendis au comptoir, prenant quelques gorgées de ma bière avant qu'elle ne revienne avec le reste des courses. Je me levai et boitai sur une béquille, j'ouvris les placards et l'aidai à ranger ce qu'elle me tendait. Je sentais qu'elle voulait s'opposer à cette petite tâche, mais j'étais prêt à lui rappeler que le docteur Lane avait dit qu'il fallait que je bouge quand je le pouvais.

Je n'avais jamais pensé que ranger les courses pourrait m'exciter, mais c'était exactement ce qui se passait tout de suite. Alors que la douce odeur d'Ella arrivait jusqu'à moi et que la bière me montait un petit peu à la tête, mon corps était à fond.

Après avoir rangé les courses, Ella me repoussa jusqu'au comptoir, et elle mit les plats thaï sur des assiettes avant de les réchauffer rapidement. Alors qu'on mangeait, je la regardai enrouler des nouilles autour de ses baguettes, réalisant à quel point j'avais envie d'elle. Alors que ses lèvres s'écartaient et que sa langue sortait pour attraper une nouille qui s'échappait, mon sang se dirigea immédiatement vers mon entrejambe.

Je me forçai à rester concentré sur le dîner et réussis à manger. C'était un putain de miracle considérant que je n'arrivais pas à détacher mon regard de la bouche d'Ella à chaque bouchée. Quand je pensais que ça ne pouvait pas être pire, elle passa sa langue le long d'une baguette en finissant. Bordel.

Concentrée sur ce qu'elle faisait, Ella se leva pour tout mettre dans le lave-vaisselle. Elle refusa de me laisser l'aider et m'ordonna d'aller me reposer sur le canapé. Je décidai que c'était parfait quand elle se pencha au-dessus de moi pour ajuster les coussins. Elle portait un chemisier de boulot avec des boutons serrés sur ses seins. Un soupçon de dentelle bleue apparaissait. Malheureusement, la tentation fut brève quand elle retourna à la cuisine.

Creamsicle était concentré sur quelque chose dans le champ, sa queue s'agitant dans tous les sens alors qu'il était assis à la fenêtre. Par-dessus mon épaule, je lançai :

« Tu peux laisser Creamsicle sortir, je crois. »

Ella ouvrit simplement la porte de la cuisine. Au moment où Creamsicle entendit ça, il traversa la pièce en un éclair et fila dehors. La nuit tombait, et l'air était frais. Un courant d'air entra dans la maison avec une pointe d'odeur de bois brûlé. Si je n'avais pas été embêté par un plâtre à la jambe, je me serais levé pour faire un feu. Je n'étais pas vraiment d'attaque pour ça, mais je ne voulais pas demander à Ella de s'en occuper. Elle revint sur le canapé avec une bière pour moi et un verre de vin dans sa main. Comme le canapé était déplié en lit, elle ne pouvait pas simplement s'asseoir. Je me décalai pour faire plus de place à côté de moi quand elle s'installa de l'autre côté près de mes pieds.

Un sourire s'éprit de ses lèvres alors qu'elle prenait une gorgée de vin et posait son verre sur la table derrière le canapé. S'installant à côté de moi, elle fourra ses pieds sous ses genoux et me regarda.

« Qu'est-ce que tu veux regarder ce soir ?

— Tu choisis. J'ai vu tout ce qu'il y a à voir ces dernières semaines. Trouve quelque chose que je n'ai pas vu et convaincs-moi de l'aimer. »

Elle gloussa, et j'attrapai sa main dans la mienne, la rapprochant de moi. Je bougeai rapidement, ne lui laissant pas le temps de réfléchir et l'attirai juste au-dessus de moi. Par chance, comme si j'avais tout prévu, ses genoux tombèrent de chaque côté de mes hanches. Elle rit à nouveau, ses yeux tombant sur les miens et ses joues rougissant.

« Caleb, qu'est-ce que tu fais ?

— Ça. »

Je posai ma bouche sur la sienne, passant ma main dans ses cheveux et la tirant près de moi. Je ne pris même pas la peine d'y aller doucement. Ma bite était dure depuis la seconde où ses hanches s'étaient posées sur moi. Je passai mon autre main le long de son dos, attrapant ses fesses et frottant mon excitation contre elle. Elle gémit dans ma bouche, me donnant l'ouverture parfaite pour passer ma langue dans son intérieur chaud et doux. Assez prise de court, elle ne résista pas, ses hanches s'enfonçant dans les miennes et se balançant contre moi.

J'avais besoin de la goûter. Avec un grognement, j'arrachai mes lèvres à elle, passant ma langue le long de son cou, savourant le goût salé et fort de sa peau.

« Caleb », murmura-t-elle dans un gémissement bas alors que je mordais son téton à travers son chemisier.

Elle protesta faiblement.

« On doit arrêter. Il faut que tu fasses attention avec ta jambe. »

Je passai ma langue le long du coton de son chemisier, tirant sur les boutons.

« Ça ne fait rien à ma jambe du tout, et ce ne sera pas un problème, murmurai-je en levant les yeux pour la regarder. Si tu veux que je me sente mieux, accorde-moi ça.

Le regard d'Ella soutint le mien, ses yeux s'assombrissant. Pour faire bonne mesure, j'enfonçai mes hanches contre les siennes, savourant son gémissement clair. Passant la main entre nous, j'ouvris les boutons de son chemisier. Elle ne m'arrêta pas, même si je pouvais voir l'hésitation se battre au désir dans ses yeux.

« Caleb », marmonna-t-elle à nouveau.

Je caressai son téton avec le bout de mes doigts, les serrant et regardant ses lèvres s'enfoncer dans sa lèvre gonflée.

« Oui, Ella ?

— Tu es censé te reposer », protesta-t-elle.

Son corps la trahissait alors qu'elle frottait son entrejambe sur la bosse dure de ma queue.

« Je me repose depuis trois semaines. Fais-moi confiance, ça ne m'empêchera pas de me reposer. D'ailleurs, je dormirai bien mieux. »

Un petit rire lui échappa, ses joues prenant une teinte d'un rose plus sombre.

« Mais... »

Je décidai de prendre les choses en main, ou plutôt en bouche. Autant que je voulais jouer avec ses seins, j'avais besoin qu'elle arrête de parler. Passant mon pouce sur un téton, je fis remonter mes mains dans ses cheveux et posai ma bouche sur la sienne. Avec un doux soupir, sa langue passa contre la mienne et notre baiser s'enflamma. J'adorais l'embrasser.

Ses mains attrapèrent mes joues et elle plongea dans notre baiser, sa bouche tout aussi avide que la mienne. Pendant ce temps, je passai mon pouce sur l'attache entre ses seins, grognant à la sensation de ses seins qui se libéraient.

« Putain Ella », murmurai-je contre ses lèvres alors que je prenais une bouffée d'air.

Elle se redressa, ses lèvres gonflées, ses yeux fous et sa peau rouge.

« Tu files un mauvais coton, dit-elle, sa voix rauque

avec une pointe de sourire qui jouait avec le coin de sa bouche. Si tu te fais mal à la jambe, je dirai à Charlie que c'est entièrement de ta faute.

— Ça me va très bien », dis-je de façon magnanime, sachant qu'elle ne dirait jamais rien parce qu'elle serait beaucoup trop gênée.

Et je n'étais en aucun cas inquiet. Et moi, en revanche, je n'avais aucun problème si Charlie savait que je m'étais fait mal à la jambe en m'enfonçant dans ma jolie Ella jusqu'à la garde.

Ses joues rougirent encore plus sombre, et elle leva les yeux au ciel. Mais ensuite, elle me fit tout oublier, tout sauf elle. Elle se leva, rapidement, retirant son chemisier de ses épaules, son soutien-gorge tombant au sol. Avec un sourire aux lèvres, son legging rejoignit la pile de vêtements.

Ma queue était si dure, c'était un miracle que je n'aie pas déjà terminé. Ella était aussi attentive qu'elle l'était, s'approcha pour ajuster mes coussins. Alors qu'elle se penchait au-dessus de moi, j'attrapai un de ses seins dans ma main, attrapant son téton entre mes dents. Avec un tour de langue, je l'attirai pour le sucer. Elle cria puis se recula, un flash dans les yeux. Passant sa main sur la ceinture de mon jogging, elle l'arracha, me provoquant en évitant de toucher ma queue, qui était dure comme la pierre et prête. Elle baissa douce-ment mon jogging jusqu'à mes genoux puis me monta à nouveau.

Rien d'autre que la soie de sa culotte entre moi et le paradis. Je la regardai, avec ses cheveux tombant sur ses épaules, ses tétons qui jouaient à cache-cache derrière les mèches brunes, sa peau rougie et ses yeux brûlants de désir. Je tendis la main et passai mon pouce sur sa lèvre inférieure, grognant quand elle l'attrapa entre ses dents et le suça. Je balançai mes hanches en elle, savourant la chaleur mouillée qui traversait la soie. Libérant mon pouce, je fis descendre mes doigts, caressant son téton avec mon doigt mouillé avant de passer sur son ventre puis de passer mes doigts sur la soie fine de sa culotte.

Je ne m'embêtai même pas à y aller doucement. J'en avais déjà eu assez de ça. Écartant la soie, je plongeai mes doigts en son centre, en la regardant se cambrer et perdre son souffle. Son canal se serra autour de mes doigts.

« Regarde-moi », dis-je d'un ton bourru.

Ses yeux s'ouvrirent doucement. J'adorais la voir quand elle était comme ça. J'avais l'impression qu'on était les seuls au monde, entourés des rideaux dansant de désir. Je n'avais jamais envie d'en sortir.

« J'adorerais te voir jouir sur ma main, mais je ne pense pas pouvoir attendre aussi longtemps. Plus encore, je veux que tu viennes sur ma queue. »

Ses lèvres s'écartèrent et ses yeux s'écarquillèrent alors que je retirais mes doigts. Ajustant l'angle de mes hanches, je restai immobile un instant, la tête de ma queue posée à l'entrée, la chaleur humide m'appelant. Elle se souleva, ses yeux sur moi, puis plongea doucement vers le bas, m'accueillant, centimètre par centimètre, jusqu'à ce que je sois entièrement installé en elle.

Chapitre Vingt-Huit

ELLA

Le regard sombre de Caleb soutint le mien. La pièce était silencieuse, à part pour le léger bruit de nos respirations. Le battement de mon cœur, fort et rapide, résonnait dans mon corps. Ses mains passèrent sur mes côtés pour s'enrouler autour de mes hanches. Avec un balancement de ses hanches, son membre étira mon canal. La sensation était si délicieuse qu'elle envoyait un chaud frisson dans tout mon corps.

Ça faisait trois longues semaines que je me retenais. Mais ici, maintenant, rien d'autre ne comptait. Rien à part la sensation de lui en moi. Mes yeux commencèrent à se fermer, après un autre balancement de ses hanches en moi.

« Regarde-moi. »

Son ordre bourru rappela mon regard à lui. Je commençai à me balancer avec lui, montant et descendant, le circlusant avec mon centre, encore et encore. Je me sentis serrée alors que le plaisir montait en moi.

Je ne pouvais pas détourner le regard alors qu'il agrippait mes hanches. Mon clito, mouillé et glissant, frottait contre lui alors que nous nous balancions. Le plaisir explosa en moi, de chaudes traînées de feu avec chaque balancement. Le moment me sembla fou, hors de contrôle, perdu dans la folie. Pourtant, j'étais également suspendue dans le temps, dans un brouillard de passion et d'intimité si profonde qu'elle me touchait en plein cœur.

Ce n'était pas juste du sexe. Les cicatrices sur mon cœur et celles sur mon corps étaient des souvenirs de tout ce que nous avions traversé ensemble. On avait traversé notre propre enfer et en étions ressortis, dans un monde où les flammes de ce feu nouveau pour émerger des cendres de l'ancien.

Il libéra une de ses mains de mes hanches, caressant mon dos dans un passage chaud et me rapprochant. Ses lèvres attrapèrent les miennes dans un baiser lent et sensuel. Il recula alors que je balançais mes hanches contre lui, chaque éclat de sensation nourrissant le plaisir qui explosait en moi.

Sa paume passa sur mon ventre, plongeant dans mes boucles et appuyant sur mon clito. Tout en moi se rassembla puis se démêla dans une explosion de plaisir. Mon canal pulsa autour de sa queue, la serrant fort. Je sentis la chaleur de sa libération me remplir quand je m'effondrai sur lui, plongeant ma tête dans le creux de son cou alors que j'avais du mal à retrouver mon souffle.

Le plaisir anima mon corps comme des vagues d'après-séisme. La peau de Caleb était humide, comme la mienne, mais il était chaud et sentait bon. Je le reniflai, une odeur de bois mélangé à une fraîcheur piquante que j'adorais.

L'une de ses mains se posa sur mon dos et l'autre s'installa dans le creux de ma taille. Une fois de plus, je sentis cette étrange sensation là où son pouce me caressait, entre la peau douce de mon ventre et les bords de la peau cicatrisée sur mes côtes. Je pensais qu'il ne s'en rendait même pas compte. Mais moi si.

Après quelques instants, je réussis à lever la tête. Avant de m'en rendre compte, ma question m'échappa.

« Tu les remarques des fois ? »

Il ajusta son épaule contre les coussins et ouvrit les yeux.

« Remarquer quoi ? »

Voilà ma réponse.

Il haussa un sourcil en retour.

« Mes cicatrices. »

Son regard descendit, son pouce s'immobilisant.

« Non », dit-il enfin, ses yeux remontant pour rencontrer les miens.

Je levai la main, passant mon pouce le long de sa mâchoire.

« Eh bah, tu as eu ce que tu voulais. »

Il rit doucement et haussa les épaules.

« Tu vois, je vais parfaitement bien. Je parie même que je vais dormir mieux que depuis trois semaines ce soir. »

———

Le lendemain matin, un samedi, j'étais dans la cuisine pour faire du café pendant que Caleb se douchait. Je m'étais réveillée sur le canapé-lit, ma tête enfouie dans son épaule. Son bras était autour de moi et me tenait près de lui. Dans un moment de rêve brumeux, je m'étais sentie parfaitement en sécurité, comme si j'étais exactement où j'étais censée être. Même avec mes vieux doutes, Caleb réussissait à me faire me sentir comme il l'avait toujours fait. Parfaite.

Sortant les œufs, j'entendis un bruit sourd puis une injure. Posant les œufs sur le comptoir, je traversai la pièce rapidement pour aller dans la salle de bain et ouvrir la porte en verre de la douche. Caleb était assis là, ses hanches contre le siège du coin de la douche.

« Ça va ? »

Il me regarda, un peu agacé.

« Ça va. J'ai juste glissé.

— Tu as besoin d'aide ? » demandai-je, entrant dans la douche, sans même faire attention au sol mouillé avant que l'humidité ne monte dans mes chaussettes.

Il enroula sa main autour de la mienne. Je l'aidai à se lever et l'aidai à sortir de la douche, vers un sol moins glissant.

« J'ai dit que j'étais hyper pressé de retirer ce putain de plâtre ?

— Tu as dû en parler vite fait, ouais , dis-je avec un rire, réalisant qu'il allait parfaitement bien. Quand est-ce que tu revois Charlie déjà ?

— Pas assez tôt. Ça fait trois semaines, et j'ai mon premier rendez-vous de suivi la semaine prochaine. Elle m'a prévenu que ce serait six à huit semaines, mais j'ai l'impression que ça fait une éternité. »

En reculant pour jeter mes chaussettes maintenant mouillées dans le bac, je posai mes mains sur ses hanches et le regardai.

« Tu ne fais que de dire que ça va. »

Je me mordis la lèvre pour retenir un rire.

« Ça va, mais c'est chiant », marmonna-t-il en se séchant.

Je le laissai alors qu'il enfilait un jogging, pendant que je montais à l'étage pour trouver une paire de chaussettes sèches. Je revins pour finir de faire mes omelettes. Après avoir fini de manger, il me demanda de le déposer à la caserne pour la journée. C'était un samedi, donc je lui lançai un regard confus.

« Tu es sûr ?

— Tu as plein de trucs à faire en ville, et bon sang j'en ai marre de rester à la maison.

— Tu... »

Je retins ma question. Pour la troisième fois ce matin, j'allais lui demander s'il allait bien.

Un sourire sortit du coin de ses lèvres.

« Je vais bien. »

Je m'approchai de là où il était assis, un des tabourets du comptoir de la cuisine. Sans perdre une seconde, il me cala entre ses jambes. Sans aucune honte, il fit descendre sa main le long de mon dos et attrapa mes fesses. L'envie me traversa en un éclair.

« Oh non, tu ne vas pas commencer maintenant. »

Passant sa main libre dans mes cheveux, il m'approcha à un centimètre de ses lèvres.

« Je suis peut-être un peu grognon, mais c'est plutôt génial que tu t'occupes de moi comme ça.

— Ça veut dire que tu vas arrêter de te plaindre de pas pouvoir bouger ? »

Une joie bouillonnante s'éveilla en moi, enlaça mon cœur si fort que j'en pleurais presque d'émotion. Il secoua la tête, murmurant non contre mes lèvres avant de m'embrasser. Ses baisers me tuaient, à chaque fois. En une seconde, j'avais l'impression d'avoir pris feu. Puis, il se recula et ses yeux attrapèrent les miens.

« N'oublie jamais que je t'aime. »

ÉPILOGUE

Caleb

Six mois plus tard

Je me tenais en haut de la piste de ski. C'était l'hiver, et le soleil était haut dans le ciel, brillant contre le ciel bleu. En levant les yeux, je savourai la vue en faisant lentement un tour sur moi-même. Des sommets de montagnes s'élevaient de chaque côté derrière moi. La baie de Kachemak était visible au loin, et le soleil se reflétait en éclats à la surface de l'eau.

Ella et moi étions venus passer quelques jours à l'Hôtel de la Dernière Frontière pour une mini-lune de miel. On s'était mariés deux jours plus tôt et avions l'intention de passer quelques jours de plus ici. Le chalet de ski était à environ quatre heures au sud de Willow Brook, à Diamond Creek, encore une autre ville splendide d'Alaska. Owen et Ivy Manning, qui avaient dessiné ma maison, nous avaient invités après le mariage.

Ella attendait à l'hôtel, et il fallait que je descende la montagne en ski pour la rejoindre. Avec un coup de pouce de mes bâtons de ski, j'avançai et dévalai la pente, la neige formant un arc autour de moi quand j'arrivai en bas. En saluant Cam Nash, le beau-frère d'Owen, un champion de ski à la retraite qui s'était installé ici, je me dirigeai vers l'hôtel.

Après un petit passage dans notre chambre pour retirer mon équipement et me changer, je me dirigeai vers le restaurant. Je trouvai Ella sur son ordinateur, à écrire. Depuis qu'elle avait officiellement emménagé chez moi, j'avais appris qu'elle ne savait pas arrêter de travailler. Mais je ne m'en plaignais pas. Du tout. Je ne pouvais pas vraiment m'en plaindre alors que j'avais un boulot qui me demandait de partir en campagne pendant des semaines d'affilée parfois.

Je m'avançai jusqu'à côté d'elle à la table et penchai la tête, déposant un baiser dans son cou. Tournant la tête vers moi, elle sourit.

« J'étais juste en train de finir », murmura-t-elle.

Dans les derniers six mois, on s'était trouvé une routine confortable. Elle travaillait surtout à la maison, et je m'occupais des diverses choses que mon équipe devait gérer. Creamsicle lui tenait compagnie dès que je devais partir. Même s'il fallait encore qu'on fasse face à la saison la plus dense pour moi, entre le printemps et l'automne, je n'avais pas peur. Elle allait me manquer plus que tout, mais elle avait intérêt à être là quand je reviendrais.

Je m'installai à la table, en face d'elle, regardant ses cheveux sombres lâchés, ses yeux verts et la façon dont ses dents mordaient sa lèvre inférieure alors qu'elle finissait de taper quelque chose avant de fermer son ordinateur. Mes yeux descendirent sur sa main, où elle portait une alliance en platine simple. Elle n'avait rien voulu d'autre. Ce n'était pas vraiment le genre de nana qui aimait les diamants, et ça m'allait très bien.

Lance était en prison. Les charges en lien avec Ella avaient tenu, ainsi que d'autres chefs d'accusations liés à deux autres femmes. Il avait un mode opératoire, et c'était un miracle qu'il ait réussi à garder un emploi prestigieux. Il avait reçu des plaintes en Californie, en Oregon, dans l'État de Washington et en Alaska. Au bout du compte, les chefs d'accusation d'ici et de l'Oregon avaient été assez pour l'envoyer en prison. J'étais vraiment soulagé qu'on n'ait pas eu à penser à lui récemment.

Je m'assis là, en face d'Ella, et je n'arrivais pas vraiment à croire qu'elle était là, et qu'on était mariés. Je n'aurais jamais pu parier que le fait qu'elle finisse dans le fossé avec sa voiture il y a sept mois allait la ramener au plein centre de ma vie.

Delia Hamilton, la cheffe du restaurant de l'hôtel, s'arrêta à notre table, ses cheveux blond miel captant la lumière du restaurant.

« Tout se passe bien ? demanda-t-elle avec un sourire chaleureux.

— Parfaitement, répondit Ella, en la regardant.

— Vous voulez quelque chose à boire ?

— Je vais vous prendre du cidre chaud. Et toi ? » demandai-je en attrapant le regard d'Ella.

Un petit sourire jouait avec ses lèvres et elle hocha la tête. Avec un petit signe, Delia se retourna. Elle gérait la cuisine de l'hôtel et avait été très accueillante. Son cidre chaud était plutôt fort, et il était parfait pour un jour d'hiver froid. On était venus pour un weekend, et on était rapidement devenu accro à cette potion.

Pendant qu'on attendait, je tendis la main sur la table pour attraper celle d'Ella.

« Tu es prête à aller à Hawaï ? »

Elle pencha la tête sur un côté et acquiesça.

« Oh oui. Même si c'est super ici. J'avais entendu dire qu'ils avaient fait plein de rénovations quand j'étais à la fac. Mais... woah. C'est plutôt dingue de penser que cet endroit était vide à une époque.

— Je crois que ça fait à peu près cinq ans que Gage est revenu et l'a rénové. Dès que tu as envie de venir ici, on le fera. J'adore cet endroit, et puis ça fait toujours plaisir de voir Owen et Ivy. »

Delia servit notre cidre, nous demanda si on avait besoin d'autre chose puis s'en alla, nous laissant seuls. Je regardai par la fenêtre les montagnes blanchies, puis je revins à Ella, réalisant que là où on était n'avait aucune importance. Pas pour moi. Bien sûr, Hawaï aurait été très agréable en ce moment. L'hiver avait été long. Même si les journées se rallongeaient, l'obscurité pouvait parfois être fatigante quand on n'a que cinq ou six heures de luminosité pendant des mois.

Plus tard ce soir-là, je marchai vers les fenêtres pour regarder le coucher de soleil derrière les montagnes. Notre chambre avait une vue des pistes et donnait sur la baie de Kachemak. Le soleil passa derrière les montagnes, ses rayons se déployant en roses et violets sur la surface de l'eau qui tremblait dans le vent.

Les mains d'Ella étaient sur le rebord de la fenêtre. Je me plaçai derrière elle, passant mes bras autour de sa taille et plongeant ma tête pour sentir son odeur. Sa main remonta pour caresser ma joue alors qu'elle penchait la tête en arrière pour attraper mon regard.

« Je n'arrive toujours pas à croire que tu sois là, murmura-t-elle.

— Oh, je suis là, dis-je en attrapant ses lèvres dans un baiser lent. Je serai toujours là. »

ELLA

Quelques semaines plus tard, je me retournai dans le lit, me réveillant doucement dans les bras de Caleb. Il avait chaud, mais en soi il avait toujours chaud la nuit. J'adorais ça.

On n'était jamais arrivés à Hawaï. Je n'arrivais pas à le croire, mais le lendemain, j'étais tombée d'un remonte-pente et m'étais tordue la cheville. Une fois de plus, il s'était passé quelque chose qui avait changé nos plans. Mais je m'en fichais. Vraiment complètement. On était restés au chalet de ski pour quelques jours de plus puis étions rentrés à la maison.

Ma cheville allait mieux maintenant. Je sentis Caleb bouger dans son sommeil, et je collai le bas de mon dos contre lui, souriant quand je sentis son excitation contre moi. Je n'arrêtais pas de penser que ce désir ridicule et hors de contrôle commencerait sans doute à disparaître maintenant qu'on était ensemble depuis un certain temps. Mais c'était tout l'inverse qui semblait se produire.

Dans la lumière fuyante du matin, alors que le désir nous enveloppait comme de la fumée, je me retournai quand il dit mon nom.

« Oui ?

— Bonjour », dit-il doucement, plongeant le visage pour attraper mes lèvres.

Comme toujours, il n'y avait jamais de simple baiser avec nous. Une bonne heure plus tard, après qu'il m'eut complètement désossée dans un orgasme éclatant, on prit une douche avant de descendre. Je m'appuyai contre le comptoir et pris une gorgée de mon café alors que Caleb se préparait pour le travail.

Ces petits moments de banalité étaient mes parties préférées de notre vie ensemble. J'avais banni ces petits cadeaux de ma vie avant de retrouver Caleb. Il se tenait là, remplissant son sac d'équipement et se retournant alors que je le suivais jusqu'à la porte.

« Quand est-ce que tu rentres ?

— Peut-être que je ne devrais même pas partir », répondit-il alors que son regard s'assombrissait.

Mes joues chauffèrent.

« Non. Pars. J'ai du boulot, et tu as dit que vous aviez des projets aujourd'hui. »

Il me fit un clin d'œil et jeta son sac sur son épaule.

« Je t'aime », lança-t-il en ouvrant la porte.

Il me regarda une fois de plus. En un instant, il attrapa ma main et me colla à lui. Il attrapa mes lèvres avec force, mon cœur battant la chamade quand il s'éloigna. En marchant à reculons, il m'envoya un baiser avant de se retourner. En fermant la porte derrière lui, je m'y adossai en souriant.

À suivre dans la Saga Au Cœur des Flammes : *À Feu Doux*. L'histoire de Jesse et Charlie est pleine d'émotions et une romance inattendue avec un soupçon d'interdit. Jesse ne peut pas arrêter de penser à la jeune docteure propre sur elle.

"La meilleure saga de pompiers, point. La Saga Au Cœur des Flammes de J.H. Croix n'est faite que de romans à cinq étoiles et celui-ci rentre parfaitement dedans." Ne manquez pas l'histoire de Jesse !

Pré-commande en 1-click: *À Feu Doux*